流星划过的那夜，我的父亲
倒在街上，丢失一把枪
初雪降临的傍晚
扳机再次扣动
子弹射穿亲爱人的胸膛

人死以后
再没人搂着我说去把水箱填满
没人给我煮馄饨汤

"你可不要分析我。"
"我不用分析。"

"没事，我就待一会儿，想想我需要查清楚什么。"
"你慢慢想，把线索捋好。"

"秦宇，我过几天要回学校了。"
"不就是哈尔滨吗，我跟你过去，在学校附近找个工作。"
"真的？"
"真的。"

"秦宇，你答应了，不许反悔……我是说真的。"

"是真的。"

CONTENTS

目 录

献给Y，与家人

第一章 哈尔滨冰啤

　　陈新月在这家超市待了有一阵了。她沿着一排货架，以无比缓慢的速度挪动着，主要目的是发呆。她刚进来时天还亮着，现在外头明显黑了好几度。超市老板打开了灯，坐回柜台后面，探头朝她张望一眼，心里犯起了嘀咕。

　　这时一辆面包车停在门外，外出送货的店员回来了。店员是个精瘦小伙子，甩上车门进了店，从挎包里掏出一千多块钱的货款放在柜台上，又拿出水瓶咕咚喝了两口。老板把钱收进纸箱，朝里面的货架努努嘴。

　　店员拧好水瓶，摘掉挎包，走到货架一头盯着陈新月，像是盯贼一样。陈新月回过神，朝店员看了一眼，立即伸手往货架上拿东西，手指先碰到了一盒牙膏，再往旁边看，是各式各样的洗发水。原来这一整排货架都是洗护用品。她不需要牙膏，也不需要洗发水沐浴露，陈新月又把手收了回去，再看向店员，他明显更狐疑了。

陈新月心想自己真要买点东西走，不然真被当成贼了，她绕到货架另一侧，看到有饼干，赶紧拿了一盒，店员仍旧跟着她。陈新月又拿了瓶饮料，准备就这样去结账，忽然听得大门口"哐当"一响。

一人着急忙慌冲进店门，想必没刹住，胳膊直接撞在了半开的铁门上。这人不捂胳膊，反而扶住晃荡的铁门，另一只手指着外头的面包车："人呢？刚谁送的货？"

店员的注意力顿时转了过去，老板也从柜台后面站了起来："你找哪个？"

这人应该是跑了一路，半弓着腰大口喘气："就刚才，给洪峰饺子馆送了十件啤酒、汽水，还有纸杯的人……就开的那车。"抬头换气间，能够看清这人挺年轻，可是他的神情像熬了三五十年一样，皱成一团，哪个年轻人能急成那样。

"我送的啊……"店员瞅了眼老板，然后朝门口走过去，"刚才货是我送的，咋了？"

年轻人伸手："你把钱给我。"

"啥，啥啊？"店员纳闷，走近一步，"你说刚才那批货？总共一千二百零五，还抹了五块钱零头，只收一千二，刚那个人还数了一遍啊。就那男的，窄脸，说话容易结巴，常穿儿子的校服外套，他不是饺子馆的老板吗？"

年轻人点头："是，他是我舅。"

店员说："那不就没问题了，账也没错啊。"

年轻人又赶紧摇头，抓上店员的胳膊："账没问题，钱有问题。你把刚才收的那一千二给我，我给你换几张，行不？"

老板听到了立即皱眉："假钱？"他赶紧把纸箱从柜台下端出来，拿起一张百元钞照着光检查。

"刚才的钱，放这箱子里了？"年轻人见状走过去，店员把他拦住了："你干啥？"老板也有点警惕，一只手把箱子搂住，另一只手举着百元钞眯眼瞧了半天，颜色和水印都挺逼真，于是把钱放回了箱子里："不像假的啊。"

　　"不是假的。"年轻人说，"钱是我的，是我舅从我那里拿的。"他看到老板表情有变化，又紧着补充，"我不是不掏钱，只是有几张钱上面记录了点字，一直放在我抽屉里。我舅不知道，进货钱不够就直接拿了。新的钱我带来了，一千多块钱，刚去银行取的，我跟你换行不行？"

　　他迅速从衣兜掏出一沓钱："我取了一千五百块，给你这一千二百块，剩这三百块，也给你都行。之前那些钱我一定要拿回来。"

　　他恭恭敬敬地双手平举着钱，老板的目光移向他的脸。年轻人眼睛因急切而发亮，头发全都粘在额头上，想必那汗不是跑出来的，而是急出来的。

　　"你先装起来。"老板把他的手推回去，然后把纸箱在柜台上放好了，拾起刚才那几张百元钞，两面都看了看，干干净净的，连个折痕都没有。老板抬起头："什么都没有，哪来的字啊？"

　　年轻人也愣了，直着眼睛问："这不是刚才那些钱？"

　　老板把纸箱往前一推："刚才的货款，一千二，都在里面了。"

　　这年轻人立即翻了起来，店员"哎"了一声想阻拦，老板摆了下手，意思是让他找吧。箱子里面除了刚才那一千二百块，还有一百块钱和一些零钱。其实这一千二百块也只是老板临时放在箱子里的，现在人们大都用手机支付，偶尔有人用现金，店内稍微存点零钱够找零就行了，大面额的一般都存起来了。

　　"这真不是我的钱。"年轻人再抬起头，表情急得皱成一团，"我的钱是旧的，还有两张上面写了字，这些都是新的，什么也没有。"

那也没法。老板把纸箱拉回面前："搞错了吧。"

此时店里除了他们，还有三位顾客。陈新月站在货架深处，另外一男一女已经等着准备结账了。

老板冲他们招手："来，这边付款。"

那男的给女的买了瓶果粒酸奶，放在柜台上，老板说："八块。"男的拿出手机正准备扫码，柜台上的二维码被一只手按住了。

"你刚才把钱装哪里了？"年轻人撑着柜台，跨过这对情侣，继续追问店员，"是装兜里了还是……"

店员很不耐烦，根本不想理他的破事了，但目光下意识地瞥了眼自己的挎包。那挎包软趴趴地搁在柜台一角。

年轻人顺着他目光，反应过来，迅速拿到了那个包。店员也赶紧伸出手，晚了一步，没抢到。

店员撇了撇嘴，没好气道："就装那包里了。你不用翻，我那包里没钱，不可能把你的钱给调换了。"

帆布挎包里只有一个塑料水杯、一串钥匙。

年轻人把包抖了抖，慢慢放回柜台上，完全愣住了。

"你赶紧走吧，在这儿影响生意……"店员赶紧把包拿到了柜台后面。

"是不是在车上？"年轻人忽然又问。

店员简直服气了，回过头一板一眼道："大哥，我叫你大哥行不行。我把啤酒饮料送到你家饺子馆，一箱一箱给搬下来，在店里面摆好，收到钱就装进包里了，回到超市就把钱交给老板了。百元钞票不都长一个样子，你那钱又不是镀金的，我换你的钱干吗？有用吗？一百能当二百花吗？"

"上车前把钱装包里了……那应该不在车上。那就在这店里。"年轻人喃喃，又把头转向老板，"刚才有谁碰过这个钱箱？"

老板觉得不可理喻地看着他："你魔怔了吧。"然后他另拿出一张二维码，对顾客赔笑，"不好意思，扫这个付款。"

年轻人顿时又看向情侣："刚才你们一直在超市里？碰过这个钱箱吗？"

这对情侣出来约会心情好，见他事急，便站旁边等一会儿，懒得计较。可纵使这样，居然还被他问到自己头上来了，这男的把酸奶拿到手里，边付款边说："你有病吧。"说完拉起女朋友朝外走去，不料年轻人快步走上前一挡，站在了门口。

"等等，不能走。"

年轻人声音不大，这男的本来开口想骂，可等年轻人慢慢抬起头来，他一时怔住了。年轻人半湿的刘海下，眼眶全部都红了，脸紧紧绷着。他盯着众人，重复了一句："找不到钱，谁都别想出去。"

这对情侣愣在原地。店员从后边走过来，伸手指他："你要干吗啊你？"

"找钱。"年轻人丢下两个字，转头将超市的铁门拉了出来，哗啦啦合上了一大半，超市顿时被封闭了，气氛压抑起来。

那女的把男的往后拽了拽，小声说："别是疯子吧……"

店员也停在情侣旁边，没敢再走近，他可不想跟这发疯的打一架。超市老板按着柜台说："街里街坊的，小伙子你再这样我报警了啊！"

年轻人沉默了，看了看老板和店员，似乎在思考自己下一步的行动。紧接着他从门边抄起一把扫把，转了个方向，棍子朝着前面。

"刚你们碰过那个纸箱吗？"棍尖直指情侣。

男的张了下嘴："你说我偷钱吗？开什么玩笑？"

年轻人盯紧他，往前走了一步："那你心虚什么？你身上有百元钞吗？"

那女的抓着男的胳膊，冲年轻人笑了下："我们就进来买了瓶酸奶，你别误会。"

年轻人棍子朝柜台那边一指："酸奶就在柜台附近，钱箱伸手就能摸到。"紧接着又指回来，"你们身上有没有百元钞？"

那女的穿着一条连衣裙，连兜都没有，显而易见是没有钱的。

于是年轻人只看着那男的，手中握紧扫把，好像心中更加笃定。

"见了鬼了真是……"那男的僵持几秒，咧了下嘴，双手伸进裤兜，把衬袋都拽了出来。左边装着手机，右边是空的。他又用双手使劲拍了拍身体："上衣没兜！看见了吧！我出来遛个弯，连钥匙都没带。一千块钱至于偷你的吗，有病吧你……"

年轻人定了几秒，抬头望向超市里面，忽然看到了站在货架旁边的陈新月，安静得像没有这个人一样。

年轻人之前居然没发现她，不由得皱了下眉，远远问："就你，没别人了吧？"他指的是货架后面还有没有藏着其他的顾客。

陈新月手里的饼干袋发出轻轻声响，她开口说："有也被吓跑了。"

年轻人拿棍子指着她："你身上有百元钞吗？"距离近，这木棍还有威胁作用。离得远了，这就是个扫把，不是枪不是剑，只是个虚张声势的扫把。

陈新月站在那里，把饼干饮料都放下了，抖了抖自己的衣服："我也没带现金，你要搜吗？"

年轻人慢慢地顿住了，他视线低下来，定在地面某个位置上，过了会儿，他肩膀微微耸动了一下。他挡在门口，外面天色黑透了，没人能看清他的表情。

只是他固执地挡在门口，也没人出得去。

那对情侣安静了，店员也安静了，因此忽然听得柜台后面有窃窃声响。随后超市老板站了起来，清了清嗓子，握着手机说："我可报警了啊。"

年轻人并未意识到他话语的严重性，只是想不通："那几张钱，你们谁都没拿，怎么能丢了呢？"

超市老板对他说："小伙子，我这纸箱里原先就一百多块钱，根本没少钱，没有人拿。"

"那怎么能消失了呢……"

超市老板说："你家里还有什么人，饺子馆那个是你舅是吧。你不能乱闹事懂吧，门一关，棍子一拿，把顾客都关在我超市里，严重点，你这叫非法拘禁啊。让警察跟你说道说道吧，回头联系你舅去警察局接你……"

年轻人立即抬起眼睛："我不去警察局。"

超市老板没出声。

"我没关人啊。"年轻人冲着老板说，然后从门口让开一步，对情侣挥手，"走吧，你们快出去吧。"这时他发现自己还握着那扫把，又赶紧松手扔了。

"走吧，那咱们走吧，别管了。"女的拉了拉男的，然后两人小心迈步，从半开的铁门中跑出去了。

这时超市老板一低头，手中的手机振了起来。"警察。"超市老板接通电话，走到门边望出去，"那小子还在，不过其实没事了……对，超市就在街角上。噢，我看到你们车了。"

店员也走到门口，朝外面望着。

年轻人瞬间僵住了，一步也没动，也没开口讲话。湿漉漉的不知是他的头发，还是眼神。

忽然听到很轻的一声——"哎。"

陈新月不知哪一刻，不声不响地走到了他旁边。

年轻人扭过头，陈新月朝他使了个眼色："有后门，走不走？"

她指的是，超市深处，那排日用品货架挡住的位置。

　　年轻人瞅了眼门口，来不及想清状况，拔腿就朝里面跑。超市里面确实还有个后门，拿半截门帘遮着。门帘是毛毡材料的，上头绣着白云流水，只是年久蓄了灰，那云不白了，水也不清了。最下边还有一团灰扑扑的图案，隐约是个骑牛吹笛的牧童。

　　年轻人咣咣推了两下门，然后蹲下拔开门闩，又推一下门还是不开。陈新月在他身后提醒："上面还有个门闩。"年轻人掀起门帘，果然顶上还有个门闩，有些生锈了，他踮起脚使劲把门闩给抠开了。

　　推门而出，年轻人落了一脸的灰，咳嗽了两声。外边天全黑了，街灯星星点点，路上时而有车经过，年轻人舒了一口气。他转身想往家里跑，忽然听到陈新月又叫了一声："哎——"于是他回过头。

　　陈新月站在街角，向另一个方向望着，然后朝他喊："他们来找你了。"

　　年轻人蒙了："啊？"

　　陈新月喘着气跑过来，指着身后说："他们应该发现你从后门跑了，找过来了，你双腿肯定跑不过开警车的啊。"

　　年轻人说："我……"

　　"你会开车吗？"

　　"啊？"

　　一个东西扔了过来，年轻人下意识接在了怀里，原来是车钥匙。他抬起头，陈新月站他面前问："会开车吗？"年轻人说："会。"陈新月说："那快走吧，车就停在路那边，黑色轿车。"

　　"不是……"年轻人举起车钥匙，陈新月已经朝那轿车走过去了，他赶紧迈步跟上。"等等，你让我开你的车？"

　　"先开门。"陈新月停在副驾驶旁边，指了指他手里，"你拿着钥匙呢。"

年轻人低头按了下钥匙，门锁开了。陈新月拉开车门坐了进去，年轻人握着钥匙，左右看了看，随之也钻进了这辆锃亮的轿车里。

"那谢谢啊，我家就在前边两条街，到了就把车还你。"年轻人在车里对她说。

陈新月忽然望向车后窗，然后指了一下："你看，他们过来了。"

年轻人跟着扭头，确实有一行人从街角匆匆走了过来。

陈新月说："别看了，你快开吧。"

年轻人转回头，又看了眼她，然后把车打着了。

车轱辘转动起来，黑色轿车驶出车位，顺滑地驶入道路里。年轻人双手握着方向盘，坐得笔直，没敢靠一下靠背。这是他开过最奇怪的车，也是他开过最好的车。

前边是绿灯，车子驶过第一个路口。陈新月这时问："你叫什么？"

"秦宇。"

陈新月看着他的侧脸："秦宇，你不能回家。"

秦宇快速瞥她一眼："为啥？"

"他们知道你舅是开饺子馆的，肯定能找到你家。到时候你麻烦就大了。"

秦宇说："那我还回不了家了？"

陈新月说："以后能回，今晚不能回，今晚你会被带回局里的。如果隔上一天，警察只会给你打电话，让你去讲一下事情经过，不会关人了。如果你再提前跟超市老板赔礼道歉，把案子撤掉，就压根没什么事了。"

秦宇说："你咋知道？"

陈新月说："我知道，我爸就是警察。"

秦宇又扭头瞥她一眼。陈新月看着窗外，路灯闪过，光把她的侧脸映亮了。于是秦宇转回头，只专心开车了。

车子又缓缓驶过一个路口，秦宇余光看见了路边的洪峰饺子馆。那是家很小的店，招牌没亮灯，不如其他的饭店亮堂醒目，可是那招牌是白色的，字是红色粗体的，在晚上也足够看清晰。

饺子馆门外挂着塑料门帘，防蚊虫，到了冬天才会换成厚布帘子，保暖防风。透过那半透明的门帘，能看到里面隐约人头攒动。最近几天生意都好，尤其到了晚上，大桌小桌都坐满了，好像人们更乐意在晚上吃饺子。店里一大缸腊八蒜都吃完了，昨天新泡了一缸，今天还新进了酒水。他弟这几天出门了，他舅和舅妈两个人不一定能忙过来。

秦宇只敢悄悄看上一眼，生怕多看几眼，就会连累了他们似的。车子蒙着夜色向前跑着，跑着……秦宇在仪表盘上找了找，看到油箱几乎是满的，足够跑一晚上，跑出好几个城市去。

陈新月坐在副驾里一言不发，拿出了手机，时不时看几眼。

秦宇心里渐渐觉得不对味，车靠路边停下了。

陈新月看向他问："怎么了？"

秦宇说："我没地方去，要不我就在这儿下吧，前边有家网吧，十块钱就能凑合一晚。"

陈新月说："这儿离你家饺子馆只有一条街。"

秦宇说："一条街足够了，我又没被通缉，警察不至于到处找我的，这个我懂。"

陈新月握着手机，低头看着自己的指甲，"哦"了一声。

"那，车就不给你熄火了……"秦宇抬手开车门。

"那几张钱上写了什么？"陈新月忽然问。

秦宇骤然转回头。

手机屏亮了，陈新月一边回消息，一边问："你急成那样，那百元钞上面写了什么字啊？"

"你看到我的钱了？"秦宇抓上她的靠背。

陈新月按灭手机，抬眼瞅他："我就好奇问问，你别草木皆兵。"

秦宇离得近，居高临下，眼神简直像在瞪着她，随即那锃亮的眼神慢慢暗了下去。"没什么。"秦宇转开目光，坐了回去。

陈新月看着他："挺重要的东西？"

秦宇说："我没保存好，应该在抽屉上加个锁，或者就不该放在那抽屉里。"

陈新月问："银行卡密码？"

秦宇说："不是。"

陈新月："有纪念意义？"

秦宇没说是，也没说不是，有些烦躁地向前挪了一下，手揣进裤兜停住了。陈新月了然："想抽烟？"

秦宇低头说："我下车了。"他准备起身，皮座椅发出响声。

这同时，陈新月的手机响了起来，响铃加振动，在车里显得分外吵闹。陈新月看了眼来电，按掉了，再抬头跟秦宇的目光对上了。

秦宇忽然有点不好的预感。

陈新月说："你最好继续往前开。"

秦宇指着她的手机："你刚用手机发什么了？"

陈新月说："你现在下车了，他们就算你劫持。"

"我……"秦宇瞪大了眼睛，"凭什么？"

"你在超市闹事然后跑了出去，还劫持了人质，还抢了车。"

秦宇简直不可置信，一把拍上方向盘："是你让我开的车！"

陈新月说："我为什么让一个陌生人开车？说了谁信？"

秦宇："凭什么我说他们不信？"

陈新月："因为这是我爸的车。"

秦宇张了张嘴，在车里望了一圈："这是警车？"

陈新月镇静地坐着，秦宇重新盯回她，说："那也是你自己偷开你爸的车。"

陈新月说："不可能。"

秦宇说："凭什么不可能？"

陈新月："因为我不会开车。"

"你，他……"秦宇恨不得从座位上跳起来，拿手指指了她一下，又狠狠指着来的方向，硬生生吞了半截话，"信不信我把你敲晕了扔回去。"

"那也是未遂。劫持未遂，逃跑从严。"

秦宇一把揪住她衣领："从严个什么！"陈新月穿一件宽松帽衫，领子被他抓起，露了半截腰出来。她坐在座位上，眼神稍微闪动，却依旧注视着他。

秦宇盯着她安静的眼睛："你没道理。"

陈新月没说话，秦宇又忽然松开了她，伸手挂挡，直接开动了车。

这回陈新月有些意外了，拽了下衣服，咳嗽一声："你去哪儿？"

"警察局。"秦宇对着夜晚的道路说，"我去自首。"

陈新月一下子坐正了。

秦宇眯眼看着前边路口，低声低语："没办法了，跳进黄河洗不清，我这就去自首了，前边左拐过去就是警局。"

陈新月伸出手，拍了拍他开车的胳膊："秦宇，要不我跟你说实话吧。"

秦宇没吭声，继续开车。

陈新月说："我真跟你好好说。这车是我朋友开过来的，然后他有事溜了，扔我一个人和车在这儿，我是没办法了。你别开去警局了，帮我开回解放二院去，行不？"

秦宇沉默了一下，问："什么解放二院？"

陈新月说："解放军第二重点医院。"

秦宇说："那在哈尔滨呢。"

陈新月说："对，我从哈尔滨过来的。"

秦宇一脚刹车，车贴路边停下了。他完全转过身看着她："哈尔滨，离这儿三百多公里。"

陈新月点头："你帮帮忙，你帮我把车开回去，我保证你没事，今晚超市的事我也替你摆平了。"

秦宇说："你挺牛啊。"

陈新月说："我不牛，你牛。我在请你帮忙。"

秦宇看她两秒，然后唰地坐了回去，往后靠在座椅上，像个大爷似的。刚才他一下都没敢碰椅背，现在后背贴着椅背，靠枕有弹性，靠着舒服。

陈新月说："那你答应不？"

秦宇想了下，在靠枕上扭头："我觉得你还是在骗我。"

陈新月："我没有。"

秦宇问："回哈尔滨就哈尔滨，为什么要去解放二院？那不是个大医院吗？"

陈新月说："我家就住那儿附近。"

秦宇问："你家住址叫什么？"

陈新月："就叫解放二院小区。"

秦宇问："你叫什么？"

陈新月："我叫陈新月。"

秦宇问："你不怕我把你拐了？"

陈新月说："我怕什么？"秦宇拿眼神瞅着她，陈新月又说："我爸是警察，我把实时位置都保存下来了，你前一秒拐我，后一秒我就把定位发出去，到时候直接出警，半秒都不耽误。"

秦宇继续问："你说你朋友偷偷开你爸的车过来，然后你朋友跑了？跑哪儿去了？"

"不知道。"陈新月说，"以后也不是朋友了。"

秦宇看着她，嘴角忽然扯了下，然后他点了点头，坐直了。

陈新月说："你愿意开车了？"

秦宇手插进兜："抽根烟。"

车窗玻璃降下来，秦宇转头向外，朝着马路吸了口烟，几丝火星随风飘走了，他皱眉吐气，灰白的烟雾也随风走了。对路一辆货车开着大灯迎面而来，视线刹那一片雪白。大货车到前边等了个红灯，然后轰然开走了，直到那货车屁股看不见了，秦宇才坐了回来，关上车窗。

陈新月再次问："可以走了？"

秦宇伸手挂挡，低声说："把安全带系上。"

车子飞驰，车内车外都是暗的，像一艘船漂在平稳的夜海里。开过一段后，陈新月说："走高速吧。"

秦宇说："我知道，还没到高速口。"

又过了会儿，陈新月对他说："你开车还挺熟练。"

秦宇："这还能看出熟练？"

陈新月说："能，我认识一个当司机的人，就吃开车这碗饭。就靠给领导开车，鞍前马后的，还混得挺有模样。"

秦宇手在方向盘上一动："人家开的是好车。"

陈新月说："你现在开的也是好车。"

秦宇一声不响地笑了下。

陈新月忽然又说："秦宇，其实你人不错，我们可以交个朋友。"

秦宇瞥了眼陈新月，她靠在车窗上，不知在跟谁说话。

交朋友，怎么交？是留个电话，还是握个手？她也没再说了。

直到车子上了高速，陈新月说："收费的时候，记得叫我。"

秦宇没吭声，几分钟之后，他明白了为什么她会要求叫她。陈新月还维持着眺望窗外的姿势，只是眼皮一松就睡着了。她身上系着安全带，坐得稳稳当当，只有脑袋偶尔晃一下。

现在晚上八点多，到哈尔滨应该半夜了。秦宇压根没想自己怎么回来的问题，火车、公交，怎么回来都不重要，在哪儿凑合一晚都行。

他双手掌握着方向盘，忽然感受到了自己的存在，这种感觉已经消失很久了。此时此刻他有事情做，他感到很真实，比什么都重要。

车子十点多下了高速，经过ETC通道自动扣款。陈新月让秦宇叫她估计是为了高速路费的事，但费用自动扣了，他也就没出声。经过岔路口的时候有车鸣笛，陈新月这时醒了，瞅向外面，愣了会儿才说："挺快啊。"

秦宇说："我前边停下，找个地儿上厕所。"

陈新月说："应该有加油站。"

结果越开越荒凉，经过一排街道之后，路边出现了一条河。秦宇只知道哈尔滨有松花江，但眼前这条肯定不是，不够壮阔。河道跟着公路平行，一起向前延伸，路的另一边不知是田地，还是开发区，总之不见屋影。

又开了十多分钟，终于在河道尽头的荒草荡里，出现了一个水泥灰的公共厕所。秦宇把车开过去，下车了。

他速去速回，重新钻进车里，陈新月这时解开安全带："等一下，我也去。"

透过玻璃，秦宇看到她走进车灯里，然后踩着杂草，走向暗处去了。车四周静悄悄的，下方不远的河道流水潺潺，夜晚水凉，把空气也带凉了。他刚才从厕所出来打了个激灵，回到车上，那凉意还在。

车内仪表盘是黑色的，指示灯闪着各式各样的光芒，显得格外寂静。这是一种陌生异样的寂静。秦宇忽然产生个念头，打得心头一惊。他立即在车里翻找起来，直到打开了副驾前面的抽屉，里面有两张车载CD，一个棕色皮包，皮包里面装着车主的一些证件，包括驾驶证。

秦宇翻开驾驶证，借着光亮，看到驾驶人那一栏写着个陌生名字——郑诚舟。

外面依然安安静静，荒凉得仿佛无人来过。

秦宇甩门下车，朝那个水泥厕所直冲过去。女厕所没开灯，里面没有人。秦宇又跑出来，抓了两下头发，然后朝河岸跑下去。

没跑多远就看见了陈新月的背影，牛仔裤是深色的，掺进了夜色的杂草里。好在上衣是白的，带个兜帽，站在月光下比较显眼。陈新月转过头，还没来得及反应，秦宇就一把抓住她的衣帽，往前踉跄了下才站稳了。

陈新月鞋底搓在草上，吓了一跳："你干什么？"

秦宇恶狠狠盯着她："你要干什么？"

陈新月说："什么？"

秦宇说："你故意害我，那辆车是你偷来的，对吧？"他指着被水泥房挡住的那辆看不见的车，"你还趁机想跑？"

陈新月脸上的困惑不像装的："为什么是偷的？"

秦宇："你再说车是谁的？"

陈新月："我爸的。"

"放屁！你姓什么？你说你姓陈，那驾驶证上的人姓郑！"秦宇抓紧她的兜帽，生怕一撒手人就跑了，"你就偷了把车钥匙，你还不会开车，亏我信了你的鬼话。在超市里你就盯上我了，拐着弯骗我，拿我当

016

枪使是不是？"

陈新月眼神有些闪烁，咽了口唾沫，说："不是，你先别急……我没骗你。"

秦宇紧着问："那车是谁的？"

陈新月一时答不上了。

秦宇说："除非你说那是你后爸。"

陈新月声音也大了："他才不是我后爸！"

秦宇看着她，呼吸有点急，整个河岸黑黢黢的，杂草在凉风里晃荡。他看着她黑亮的眼神，心想真是可惜这双好看的眼睛了。

"走，你必须跟我去警察局，把这辆车交代了。"

陈新月把脚跟扎在地上："我不去。"

秦宇对她说："我不管闲事，但你不能陷害我，知道吗！我已经够不顺了，你不能再把我害了。"

陈新月认真说："秦宇，我真没害你。你真不会有事的。"

秦宇揪着她的帽子，在前边拧成了麻花。陈新月往下拽他的手："你再勒着我，我没法跟你说话了。"

秦宇丝毫没有撒手的意思，于是陈新月说："好吧，这车其实不是我爸的，但车主我认识，我能给你证明。"她把手里的手机举起来，按了两下，然后举高，"你看，郑诚舟，车主的名字，没问题吧。"

她手机的未接电话里，确实显示着郑诚舟的名字，还是两个未接电话，就在刚才打的。

秦宇看完，重新看着陈新月："那你跑什么？"

陈新月说："我没跑，我下车确实是要上厕所。"

秦宇说："在这儿上？"

"不是……"陈新月说，"我从厕所出来了，然后走过来看看河。这边草丛里都是白色的石子，会发光，我还捡了一块，你看。"她展开另外一只手，手里有颗鹌鹑蛋大小、圆溜溜的白石头。

秦宇瞪着那块石头看了两秒，然后把她帽子松开了。他大步往回走，看到脚下确实布满了白石头，有大有小，他弯腰搬起一块大的，使劲抛进了旁边的河水里，"咚"一声巨响。

然后他转身，指着她脑门："还有花样，小心我把你也扔进去。"

陈新月抬起双手，示意投降。秦宇胳膊一甩，头也不回，直接回到车里去了。

陈新月安安静静系好安全带，车安安静静上路了。

距离解放二院已经不远了，不过半小时，就到了目的地。秦宇把车开进医院前边的空车位里，然后解开安全带，钥匙没拔，直接下了车。

终于到了，总算到了。刚才在河边他就想撤，可是把她一人一车丢在荒郊野外也实在不是事。不开不是事，开着车也憋屈。眼下秦宇脑子发空，什么都懒得想，只想赶紧走人。

"秦宇。"

陈新月在后面叫了他一声，秦宇站住了。

"今天在超市那事，你不用管了。"

秦宇回头，空地上风大，把他的头发一缕缕吹起，后背衣服也吹得鼓了起来。

陈新月说："其实当时超市老板根本没报警，他只是吓唬你的，我已经问过了，根本没有报案记录。"

秦宇顿了一下，慢慢眯起眼睛："这一晚上，你有一句真话吗？"

陈新月扶着车门，笑了一下："有啊，我爸真的是警察。"

秦宇站在风里，心里被吹得空荡荡的。

陈新月说："不过他是重案组刑警，超市里发生的这种小事，就算真报了警，也不用他管。"

秦宇静静看着她问："你还要说啥？"

陈新月说："我爸是名厉害的警察，立过个人二等功。你见过二等功勋章吗？是银色的牌子，亮闪闪的，上面拴着彩带。我爸什么都好，做饭也特别好吃，只是工作太投入了，不经常回家，但这其实是正确的，对于他来说。"

秦宇以为她有话说是要道歉，起码要道声谢，但没想到她介绍起了她爸。

他脱口而出："你说完了吗？"

陈新月看着他，不再说话了。

秦宇等了两秒，点了下头，转身快步离开了。

此时晚上十二点，对于大城市来说，或许不算太晚。路上仍有车，人行道上也有依稀行人，但线上火车票要早上六点才能买。秦宇走了一段，发现马路越来越宽，好像要走到城市边缘去了。他转身，发现方向错了，身后才是一片灯火通明的热闹。

于是他又按原路走了回去，抽着烟解闷。再次经过解放二院，他无意一瞥，看到不远处门诊楼前的台阶上，坐着一个熟悉的人影。

秦宇叼着烟，慢慢地站住了。

解放二院是著名的综合性大医院，全国各地的，尤其以北方为主的疑难重症患者都会前来治疗，秦宇之前没来过哈尔滨，但也久闻医院大名。现在来到医院前，他发现医院大楼比他想象的要陈旧许多，占地面积也不算大，丝毫不显气派。

现在院里只有急诊灯火通明，门诊大厅前面空无一人，除了陈新月。她坐在高高的空旷的台阶上，低头握着手机，又放下手机，盯着某处发呆。

秦宇把烟灭了，看了一会儿，继续往前走。路过医院传达室，他没忍住，走过去敲了敲玻璃。

传达室保安推开窗户："有事？还是找人？"

秦宇说："大哥，请问解放二院小区往哪儿走？"

保安说："解放二院就是这家医院，哪来的小区？"

秦宇掏出烟盒递过去，然后问："没有家属院吗？"

保安拿了根烟，探出头说："没有家属院。你有火没？"

秦宇拿打火机凑过去给他点了，保安吸了口，然后用夹着烟的手指着说："你看看，这附近哪有居民楼啊，最近的小区离这儿两公里，隔着五条大马路。你要去哪里？"

秦宇说："我可能记错了。"

保安说："你要是找地方住，马路对面不远有家七天酒店，价格挺公道的。"

秦宇点头："好的，谢谢大哥。"

保安弹弹烟灰："小伙子挺客气。"

再次走回门诊楼，陈新月果然还坐在台阶上。秦宇举起手机，点开拍照，倍数放到最大，还是看不清她的脸，一是因为距离过远，一是因为晚上光线太差。秦宇往前走了几十步，躲在距离尽可能近的一辆车后，趴在引擎盖上，悄悄拍下了照片。然后他又走回传达室，保安还开着窗户，一根烟已经抽到了烟屁股。

秦宇说："大哥，劳烦你帮我看个人，这个女的你认识吗？"

保安在窗台上摁灭烟头，从秦宇手里接过手机，瞅了一眼，就把手机还给他了。

秦宇说："认识？"

保安懒得多聊，指点说："你打开网页搜'陈春'，新闻里都写了。"

秦宇立即照做，然后问："陈春，演员？"

"不是不是。"保安赶紧说，"那你搜'警察陈春'。"

"致敬！民警陈春因公殉职，年仅四十八岁"，这是网页跳出来的第一个新闻。

保安说："上半年的事了。据说后脑勺碎了，在这医院的重症加强护理病房住了大半个月，没救回来。"

秦宇愣了好半天，才开口："那这女的……"

"女儿。"保安说，"上半年，就她爸住院那段时间，每天都来，现在不知怎样了……"

秦宇失魂落魄沿大街走着，天快亮的时候，硬生生走到了哈尔滨火车站。他买了最早的票，等了一个多小时，然后坐上了回家的火车。

早晨饺子馆不开门，秦宇从后面单元门上了二楼，进家门的时候，撞上了刚起床的宋洪峰。

秦宇把门关好，打招呼："舅，起了啊。"

宋洪峰四十岁出头，但是背驼，显得拘谨老态，像是五十多岁的样子。他站在客厅里，看鞋头朝向，是正打算进厨房做早饭，他看着秦宇问："昨晚加班了？"

秦宇说："对，夜班，忘跟你和舅妈说了。"

宋洪峰转身去卧室，拿出提前准备好的一千二百块钱："这钱还你，昨天你突然跑出门了，取了钱，都没来得及给你。"

秦宇推回去："不用，舅，你留着用就行。"

"可不行，你挣钱不容易。"宋洪峰把钱放在茶几上，然后猫腰走进厨房，"面就一碗了，留给你舅妈吃。咱俩下盘饺子？"

"舅。"秦宇忽然走过去说，"我想吃鸡蛋饼。"

宋洪峰探出头，一愣："咋忽然想吃那个？"

秦宇说："好久没吃了。以前我妈做这个最拿手，说你也拿手，是不？"

"是，都跟你姥姥学的。"宋洪峰看着秦宇，欲言又止，然后点着头搓搓手，"行，行，那咱家今早烙鸡蛋饼。"

宋洪峰一口气烙了六大张鸡蛋饼，秦宇一人就吃掉三张。他家蛋饼不是把鸡蛋面粉混在一起的，而是先将薄饼烙熟，再单独摊鸡蛋。鸡蛋摊得跟烙饼一般大小，撒上香葱，叠起来卷成个卷。这样一口咬下，饼皮酥脆，鸡蛋嫩香，尤其跟蘸酱菜更是绝配。

秦宇记得小时候，他妈还会在蛋饼里夹上火腿肠、黄瓜条。有时他起床晚了，他妈就用个袋子把饼装了，让他攥着路上吃。他小学和初中学校是挨着的，上学会经过同一条长长的巷子，巷边老树自由疯长，树冠都叠在了一起。整整九年，秦宇就沿着这条路，一边狂蹬自行车，一边咬着饼吃。导致他偶尔坐在桌子前边吃早饭，还能想起呼呼的风灌进嘴里，后背上书包一颠一颠的，像在敲着他的胃的滋味。

秦宇吃得多，宋洪峰格外高兴，也吃下两张饼，然后把剩的早饭用盘子扣起来，跟秦宇一起下楼了。这里小区的一楼都是商铺门面，连着楼道，很方便。宋洪峰家住二楼，下一层楼梯就能直接从后门走进饺子馆里。当然正门开在另一边，对着街道。

秦宇帮宋洪峰一起和好面，放进机器里揉开、压扁、擀成皮。然后秦宇涮洗拖把、擦地摆桌椅，宋洪峰开始包饺子。舅妈一般头天夜里准备好六七种有荤有素的饺子馅，一盆盆拌好放进冰箱才回去睡觉，因此第二天起得晚些。

中午秦宇在后厨煮了两锅饺子，舅妈才匆匆来了。她冲秦宇笑了笑，在水龙头下洗干净手，然后接过秦宇手里的笊篱："来，我煮，你去忙你的。"

秦宇从后厨走出来，宋洪峰正给客人端上两盘凉菜，回过头问："要去工作了？"

秦宇伸手扶正一把椅子，说："我晚上再回来帮忙。"

宋洪峰说："你好好弄工作，店里用不着你。"

秦宇说："这不是宋浩宇出门了嘛。"

宋洪峰摆摆手："他也就暑假在家，平时就我跟你舅妈两个人，忙得过来。对了，他是明天回来吧？"

秦宇说："是明天。"

"行，去吧，店里不用你。不忙就回来吃晚饭。"宋洪峰说完，又进来一批客人，他抬手招呼，拿着菜单迎过去了。

秦宇侧身经过一桌桌客人，出门去了单位。

他的单位近，只隔半条街，就在宋洪峰饺子馆所在这条大路的一个岔路上。因此秦宇回到这座城市工作近半年了，连辆自行车也没准备。也是因为离得近，宋洪峰强烈要求秦宇住在自己家里，平时宋浩宇不在家，一个卧室空着也是空着。秦宇提出每月给他一千块钱房租，但宋洪峰执意不收。

周五中午，街上人少。秦宇打开一家位置偏僻的旅行社店门，进屋关上门，坐进椅子里。他面前桌上摆着各式各样的旅游宣传单，短期的有五大连池一日游，长一点的有海南三亚七日双飞，这也是旅行社近期主打的，三人以上报名享有八折优惠。

而秦宇的工作，往好了说，是负责管理这家旅行社的分店，往直接了说，就是个看门的。他就是一把会说话的锁。店里偶有人来，秦宇就站起身，拿笔在宣传单上圈圈点点，介绍一番，然后那人点点头，表示只是路过，然后宣传单也不拿便离开了。

但这工作也有好处，毕竟能够接触到许多线上客源。所以秦宇还另外挂了不少业务，比如帮人搭伴玩密室逃脱、棋牌桌游，以及给一些房屋买卖打广告。如有事成，他赚个中介费。这副业还行，加起来比他基本工资挣得多。

秦宇将手机和电脑的消息处理了一下，然后拉起窗帘，趴在桌子上。他昨天一宿没睡，理应很困，可是他感到心里很躁，这反而扰得他睡不着了。秦宇就一动不动趴着，趴在满桌的旅游宣传单上，假装自己在补觉。

天快黑的时候，秦宇的手机响了，他揉了下眼睛，假装自己睡醒了。

来电不是客户，是宋浩宇。秦宇接起问："你回来了？"

电话那头宋浩宇说："没有，刚把入职需要的材料交完，明天才回去。我是刚才翻朋友圈，看到你昨天发的广告了。"

秦宇问："你说哪个？"

宋浩宇说："密室逃脱那个，沉浸式恐怖密室。那店在哪儿啊？"

秦宇说："新开业的，我也没记住，一会儿给你查查。"

"是在咱们市吧。"

"是咱们市，就是位置偏点。"

宋浩宇说："那哥，你顺便帮我订一下吧，明天晚上，或者后天晚上的都行，我带人去玩。"

秦宇说："女的吧？"

"嘻，就是老同学。"宋浩宇赶紧说，"高中同学，两个呢。"

宋浩宇今年大学毕业，学的金融，没有考研，在齐齐哈尔一家银行找了工作。托了点关系，安排的岗位不错，离家也近。宋浩宇打小性格老实，但是找好工作后，忽然意识到自己成熟了，也或许是意识到了人际关系的重要性，所以在这最后的暑假里，疯狂地联系起了老同学。

只是有点矫枉过正，小学初中高中，但凡留有联系方式的，他都要约人聚一聚。其中，一大半人已经把他忘了，还有几个，上学时关系就处得不好，甚至打过架，宋浩宇自己都不记得了。最后他只把几个高中同学凑到了一起，吃了顿饭。

这事就在两周以前，秦宇记得，宋浩宇那天回来喝多了，在厕所吐了一次。出来后他坐在床角问秦宇："哥，我以前是不是特别厌啊？"

秦宇没法说是，也没法说不是，只是说了句："你上学时候一门心思光学习了。"

宋浩宇说："那也不对啊，你一直比我成绩好，但是你玩得也好啊。初中的时候，你跟隔壁班几个混混约了一架，就因为他们把咱们班的黑板报抹花了。你还教我们把课本的书皮完整剥下来，套在小说外面，后来咱们全班都这么干。今晚吃饭，有个人初中跟咱们是一个学校的，她就还记得你呢。"

秦宇说："初中的事，都多少年以前了。"

宋浩宇低着头，高抬胳膊拍了拍秦宇的肩："哥，不瞒你说，不管多少年，初中都是我最高兴的时候。咱俩在一个班上，什么都有你罩着。你给我讲题，给我看作业，打球的时候我碰不到球，你都特意传给我……"

秦宇感觉他醉得坐不住了，把他肩膀往上架着，结果他头埋得更低了："哥，你真的太可惜，上高中那时候，真的……"

他话没说完，喉咙先响了一声，然后他抻着脖子，冲去厕所又吐了一回。

秦宇坐在办公桌前，挂掉宋浩宇的电话以后，给密室逃脱商家打了电话，定好明晚八点的场次。

第二天傍晚，他开着旅行社跑业务的面包车回家了，想着宋浩宇和同学们出去玩，有车能方便点。

秦宇抄近路，穿过饺子店回家，舅妈见到他说："浩宇和两个同学都在家里呢，你上去一块儿聊天吧。"秦宇点点头，转着车钥匙上了二楼。

敲了敲门，宋浩宇给开的门，秦宇开玩笑地说："同学来了啊，我看看男的还是女……"他走进客厅，猛地笑容僵住了。

秦宇做梦也想不到，宋浩宇居然约了两个女同学来家里玩，其中一个，还特别眼熟。

太眼熟了。

秦宇内心骂了句脏话。

两个女生坐在沙发上，正喝着奶茶看电视，其中一个俏脸长卷发，打扮时髦，不得不说挺好看的，但重点是另一个，另一个，居然是陈新月。

秦宇都快觉得那天晚上是做梦了，他在梦里开车去了趟哈尔滨，夜路通畅，车像船一样晃晃悠悠的。梦的彼岸，他碰见了一个小女孩没了爸爸。是他没安慰她吗，是他话没说完吗，于是她从梦里跑出来，跑到他的生活里来了。

陈新月看了秦宇一眼，没打招呼，喝了口奶茶继续看电视。

宋浩宇走回沙发："介绍一下，这是陈新月、许一朵。这是秦宇，我哥。"

秦宇看着陈新月，她始终没从电视上转开目光。反倒她旁边那个叫许一朵的漂亮女生挥了挥手："秦宇，我们给你也买了杯奶茶，放厨房冰箱里了。"

秦宇隔了两秒，点了点头："你们好。"然后他往里面走了两步，又往左拐，"那我，去拿奶茶。"

秦宇走进厨房后，陈新月才抬起头说："奶茶我放在里面了。"

宋浩宇坐回椅子上："冰箱就两层，我哥找得到。"

"我放在最里面了，有几袋菜挡住了。"陈新月站了起来，"我去帮他拿。"

陈新月从厨房的小门走进去，秦宇刚插上奶茶吸管，把塑料袋扔进垃圾桶里。他一转身，眉毛一跳。

陈新月说："你找到了啊。"

秦宇看着手里的杯子："噢。"

陈新月说："黑糖奶茶，沉底了，摇一摇。"

秦宇握着杯子晃："噢。"

陈新月转头走了，秦宇两步从后面追上来，低声说："你从哈尔滨回来了？"

陈新月站住："嗯。"

秦宇说："怎么回来的？"

陈新月说："搭车。"

秦宇说："我第二天早上坐火车回来的。"

陈新月又"嗯"了声，看着他。

秦宇忽然发现自己没话说了，看似他们交集很深，其实很多话不能说。秦宇说："那出去吧。"

陈新月本来就正往外走，于是继续迈步，出了厨房。

秦宇也搬来一把椅子，和宋浩宇一左一右，坐在沙发两边。面前电视正在播放综艺节目，两个嘉宾表演，另外几个嘉宾根据他们比画的动作猜词。嘉宾动作夸张又滑稽，许一朵看得哈哈大笑。

宋浩宇笑完看了眼表："再过半小时，咱们去楼下吃点饭吧，然后再去密室。"

两个女生点点头，说好。

宋浩宇站了起来，把椅子挪到墙边："我先下楼准备晚饭。"

秦宇也跟着站了起来，宋浩宇说："哥，你刚回来，你坐会儿。一会儿你带她俩下来吃饭就行。"

宋浩宇蹬上鞋就出门了，秦宇重新坐回椅子，看到许一朵指着电视，抓着自己的一缕头发，跟陈新月讲解着女嘉宾的发型。

陈新月坐在那边沙发里，显得安静，就像那晚她独自一人坐在医院门口昏暗的台阶上一样。

秦宇视线回到电视上，却感到心中起伏，怎么坐都不自然。

他窥探到了一个秘密，但是她却不知道。好像一架单向的放大镜架在他面前，他不想默默观察，却一点也控制不住。

他感到心里酸涩，他感到莫名心虚。

秦宇在客厅坐不住，干脆回卧室去了。家里一共两间卧室，他舅和舅妈住一间，另一间卧室平时他住，宋浩宇假期回家了，就两人一起住。

卧室里一张大床，还有一张折叠行军床，宋浩宇每回都抢着睡行军床，后来秦宇提前知道宋浩宇要回来，就把衣服全都扔在行军床上，让宋浩宇没地可抢。靠墙的衣柜一人一半，秦宇从来不占宋浩宇那一半，即使他不在家，空着就空着。抽屉也是一人一个，秦宇之前便把那沓百元钞放在其中一个抽屉里，被他舅拿走给用了。他舅不知道这些钱背后的意义，一点也不能怪他。

秦宇拉开抽屉，看着剩下的一摞旧钱，仍然想不通。那几张百元钞，怎么好端端就不见了呢？就从他舅手里，到超市老板手里，怎么就换了个模样了？

过去几天了，这依然是个谜。

半小时后，两个女生从沙发上站了起来，许一朵到卧室门口叫他："我们下去吃饭吧。"

秦宇赶紧点头："走吧。"

下楼的时候，许一朵挽着陈新月走在前边，秦宇锁好门，跟在她们后面，隔着五六个台阶。

走进饺子馆，宋浩宇正把一张折叠桌挪出来，秦宇赶紧上去搭把手。他俩把桌子搬到店门外面支好，两个女生拿着四个塑料凳子出来了，四个桌边，一边一个放好。宋浩宇看了看，拍拍手说："行，你们先坐，我去端菜了。"

桌子不大，宋浩宇端了好几趟饭菜，最后都摆满了。一共三盘饺子，五盘菜，其中铁锅鱼、排骨炖豆角等大菜是他去隔壁饭店买的，但是锅包肉、土豆丝和拌拉皮是他亲手做的。宋浩宇总共也没做过几次饭，今天亲自下厨，能看出他真的挺兴奋。

给大家递好筷子，宋浩宇才拉开凳子坐下了："店里面太吵了，外面宽敞，就是有蚊子。"

许一朵说："没事，我喜欢坐外边，外边凉快。"

陈新月握着筷子，看着旁边的人行道，然后说："我记得高二那年，我们来你家吃饭，也是坐在这里。"

许一朵想了下："还真是。好像也是这张桌子。"她推推宋浩宇的胳膊，"你还记得不？"

宋浩宇说："就是这张桌子，没换。"他笑了下，"我记得清楚着呢，我就只带同学回家吃饭过一次。"

许一朵回忆着说："哦，那次因为我们一起办了黑板报，是吧？"

宋浩宇从小到大，最大的优点是写字好看，小时候学写毛笔字，后来练硬笔书法。他那一手小楷写得，笔锋有力，平正整齐，放在作业本里，跟其他学生狗刨般的乱字一比，格外显眼，因此往往开学一两天他就被语文老师盯上了。

从小学到初中，但凡有作文比赛、诗歌比赛，或者一年没几次的黑板报比赛，都交由宋浩宇负责。秦宇记得有一次，学校发起了"寻找历史记忆，缅怀革命先烈"的主题活动，其他班级在后黑板上画满了鲜花、红旗，水平高的还画出了革命英雄纪念碑，而宋浩宇则拿大字抄写了一首七律诗——"钟山风雨起苍黄，百万雄师过大江……"

一根粉笔在他手里提顿转折，写得强劲有力，字字大气磅礴，像是刻进黑板里的一样。直到写完最后一句"天若有情天亦老，人间正道是沧桑"，整首诗霸气十足地占满整面黑板。

最后他们班凭这首诗，拿到了比赛一等奖。画了英雄纪念碑的班级屈居第二。

到了高中，学习任务重了，闲杂活动也少了。直到高二快结束的时候，班主任在自习课上巡逻到了教室后面，看着留满各科作业的后黑板，想着可以在这里办一期关于梦想的黑板报。毕竟永远写不完的作业会带给大家压力，而一期励志的黑板报或许可以给大家灌注动力。

这个光荣的任务就交给了当时的班长孙巍，作为孙巍当时的好朋友，许一朵当仁不让地作陪，还拉上了她的好朋友——绘画水平很高的陈新月。

放学后，三个人一起擦掉后黑板上的作业，看到其中一行语文作业的字迹尤其漂亮。于是很轻易地，他们发掘了当时默默无闻的宋浩宇，并把他拉入了黑板报小分队里。

宋浩宇已经习以为常了，从小到大办黑板报就是他的专属任务，不加上他还不对劲呢。他每天放学便多留一会儿，跟大家一起装点黑板。其实主要是陈新月先定好板报的布局，然后宋浩宇在文框里写字，陈新月在旁边画插画。孙巍和许一朵顺便打打下手。

最后一天板报弄到很晚，终于完工了，几个人走出校门，发现常吃的麻辣烫已经关门。宋浩宇背着大书包，鼓起勇气扭头对大家说："我家饭馆就在前边，要不去我家吃点吧。"

那时黑板报小组四个人，一起热热闹闹的，在夏夜里露天吃了一顿。当时刚刚入夏，蚊子远没有现在多，天上还有明亮的星星。

"我记得你们家的鲅鱼饺子特别好吃，这回有吗？"许一朵回忆浮现，看向桌上的三大盘饺子。

宋浩宇立即说："有啊……"不过眼前饺子都是白花花的，他也一时分不清了。

秦宇把嘴里的咽了，将面前这盘饺子挪过去："这个就是。"

许一朵立即笑了，夹起一个给陈新月，然后自己也夹了一个放嘴里："好吃，就是这个味。"

陈新月也点头："是很好吃。"

宋浩宇跟着笑了，也开始动筷。吃得差不多了，大家继续闲聊，宋浩宇随口说："对了，孙巍现在在哪儿呢？"

许一朵的脸色顿时一冷，宋浩宇立即知道这问题坏了。

陈新月在地三鲜的盘子里夹起一块土豆，告诉他说："孙巍高考完出国了，现在应该还在美国。"

许一朵哼了一声，然后恨恨地说："垃圾。"

宋浩宇瞅了旁边秦宇一眼，缩缩脖子，表示啥也不敢问。

许一朵拿筷子戳盘子里的饺子，说着："我当时还为他复读了一年，现在看真是傻。我拼死拼活想考去他理想的大学，结果他可好，自己悄悄出国了。"

陈新月吃掉土豆："去国外过得不一定好，宽进严出，压力更大。"

"我才不管他过得好不好，我只是觉得自己那时可笑。"许一朵把饺子戳得稀巴烂，"还傻傻等了他好久，结果你猜怎么样，他一到美国直接把我屏蔽了。"许一朵狠狠搁下筷子，敲在碗边上，"你还记得当时那幅黑板报长什么样吗？你画了一艘乘风破浪的帆船，底下是彩色的浪花，我在那些浪花里偷偷藏了一句话呢，我拿小字写着'我们要考去一个城市，要永远在一起'，趁你们出去洗手的时候悄悄写的。我真是可笑啊我。"

陈新月把茶水推给她："行了，都过去多久了，你还好没喝酒。"

许一朵端起水杯，咕咚咕咚喝水。

宋浩宇也喝了口水，实在不知道说啥了，求助似的又看秦宇一眼。

秦宇看了下时间："快七点了，该走了。"

"对啊，玩密室去。"许一朵往后坐了一下，问大家，"都吃好了吗？"

陈新月说："吃撑了。"

宋浩宇站起身说："那走吧，桌子等我回来再收。"

两个女生也站起身，只有秦宇没起身，坐在凳子上掏出车钥匙递给宋浩宇："拿着。"

宋浩宇接过钥匙："哥你不去啊？"

秦宇说："你们好好玩。"

陈新月忽然问道："你定的密室是几个人的？"

秦宇说："三到五人。"

陈新月说："哦，那人多比较好玩。最好是五个人，四个人也行。如果只有三个人，有一个人胆子小，那单线任务就进行不下去了。"

宋浩宇立即说："是啊，哥你一起去吧。正好你那车我开不熟。"

秦宇抬起眼，陈新月站在满桌剩菜后面，许一朵拉着她的胳膊。刚发现这一顿饭下来，他始终没和她对视一次。

宋浩宇还要说什么，秦宇站起来，用脚把凳子捅进桌子底下。

"行啊，一起吧，我开车。"秦宇从宋浩宇手里接回钥匙。

陈新月朝车子那边走过去，许一朵说："等下，我去洗个手，沾上油了。"

宋浩宇说："那去店里洗吧，我带你去。"

他俩走进店里，陈新月等在原地，抱起胳膊。

秦宇也没说话，在手里转起了车钥匙。夏天日长，天尚未黑透，只是光线微暗，天空尽头还剩一道亮光。柔和的风，好像也是从尽头那边吹过来的。

"你的百元钞，找到了吗？"风把她的声音也带了过来。

"没有。"秦宇手里钥匙停了，随后再次转起来，低声说，"丢了就是丢了。"

陈新月"嗯"了一声，然后说："那天晚上，多谢了。"

秦宇没说话。

陈新月说："我回来的时候想，你一个人，也得从哈尔滨回来。无论坐火车还是什么，都要花钱买票的，我当时都忘记了，好像也忘了跟你说谢谢了。"

"没事。"秦宇说，"你心情不好。"说完他侧头看她一眼，找补说，"我感觉，你那天心情可能不好，我不计较。"

陈新月微微一笑，点了下头，然后脑袋就低着："对了，你是做什么的，就在你舅店里帮忙吗？"

秦宇说："不是，我是旅行社的。"

"导游啊。"

"不是导游，我不负责带人旅游，我是让人交钱的。"

"哦。"陈新月应了一声。

秦宇侧头看着她，不确定她是否明白了。"我的工作类似于中介，就是宣传的……"

这时陈新月下巴抬起来了，像是在示意，秦宇转回头，那两人出来了。许一朵边走边擦着手，宋浩宇手里还抓着多余的两张纸巾。

走到路边，许一朵把纸扔进垃圾桶，然后说："走啦，开路。"

今晚路况不错，一点没堵车，七点半不到就开到了。密室在一栋写字楼里，七楼到十楼都是，估计每层都布置了不同的场景。他们定的密室主题在十楼，登记之后，工作人员发给他们一人一身衣服，白衬衣配红领巾，原来是惊悚校园的主题。

两个女生走去卫生间换衣服了，秦宇和宋浩宇直接把衬衣套在了原先的衣服外面，简单一系，根本不用照镜子。

等待的时候，楼下时不时传来鬼哭狼嚎的音效，以及尖叫的声音，难免令人感到不安。宋浩宇坐在沙发上有些紧张，两条腿倒来倒去的。

秦宇坐了一会儿，忽然开口："哎，那俩女生，你喜欢的是哪个？"他没有看宋浩宇，只是看着墙上一幅挂画，仿佛问得漫不经心。

但这时刻，他内心有点希望听到的回答是，许一朵。

他有些希望，宋浩宇喜欢的是更开朗漂亮的许一朵。

可是这小子比想象的不直接，只是打了个哈哈。

"嗐，什么喜不喜欢，就是老同学。"

说起来密室逃脱火了好几年了，还有什么狼人杀、剧本杀，这些秦宇都没玩过，但是经常见到广告。玩一次至少几百块，他感觉这些项目挺能挣钱。

这回密室是宋浩宇请的客，但他也不常玩，尤其是恐怖主题的，看到那个漆黑的入口就腿脚发软，只能硬撑着。

等着入场的时候，许一朵一直挽着陈新月，按她所说，陈新月玩密室超级厉害，不仅擅长侦破线索，胆还特别大，多恐怖的场景都不带怕的，简直是盾牌和输出双重担当。

宋浩宇半开玩笑半认真地说："哈哈，那你们打头阵啊。"

许一朵说："你确定？小心后头有鬼偷偷朝你吹气啊。"

宋浩宇后脊梁一紧，立马回头检查了一圈。

两个女生都笑了。

秦宇看着陈新月的笑脸，忽然想起那晚在医院门口，她郑重地说："我爸真的是警察，是一名很厉害的警察。"

擅长侦破，胆子大，其实也是警察的特质吧。

秦宇将目光挪开了，看向不远处的工作人员。

没多久那个工作人员走了过来，给他们一人发了一个眼罩，又把一部对讲机交给秦宇："一共有三次求助机会，按这个键通话。注意事项都讲过了，没问题就排好队，戴上眼罩，我领你们入场。"

宋浩宇举手："同志，有问题。"

工作人员："什么问题？"

宋浩宇："请问中途能出来吗？"

工作人员说："实在害怕可以终止游戏，不过我们不退钱的啊。"

宋浩宇拎着眼罩，默默说了声："不退钱没事，能出来就行。"

最终队伍是陈新月打头，许一朵、宋浩宇夹在当中，秦宇跟在最后收尾。大家戴好眼罩，搭着前边的肩膀，像队乖乖的小学生一样被带领着向前走。停下来后，只听得"吱扭"一声门响，工作人员离开了，随之阴森的音乐轰然响起，大家摘下眼罩，发现视野里仍然一片漆黑，只隐隐约约辨清，他们已经处于一条废弃的学校走廊中了。

走廊尽头的一扇破窗里闪着红光，一股风不知打哪儿吹过来，许一朵立即抓紧陈新月，打了个哆嗦："妈呀……"

宋浩宇："这，这就开始了？要找线索了？"

众人定了定神，决定一起朝那有光的窗户挪过去。其间路过几间废弃的教室，大家悬着心，不敢贴着墙，只能在走廊中间走。

好不容易走到了尽头，陈新月拉着许一朵凑近窗户，看到玻璃后面贴着一张泛黄的大字报，上面写着上课时间表。闪烁的红光是从屋子里照出来的，具体情况看不清，而屋门上安着密码锁。

陈新月说："线索应该就在这张课表上了，三年级一班，二班……每个班都有四节课……"光线实在太差，陈新月都快把脸贴到玻璃上去了，而许一朵蹲在门锁附近，借着忽明忽暗的光亮研究："密码有三位，上面标着语文、数学、英语……"

"噢，那应该是每门课的节数。"陈新月看了半天，然后揉了下眼睛，"不行，眼睛都被闪花了，宋浩宇你来看，课表上面都写的什么课？"

陈新月让位，宋浩宇立即凑近，一边辨认一边读："三年级一班，语文、数学、英语、数学……"

"那密码是121，试一下。"陈新月蹲下看许一朵，许一朵转动密码，发出"嘀嘀"的警报声，"不对。"

宋浩宇念："三年级二班，数学、语文、语文、英语。"

陈新月说："试一下211。"

门锁"嘀嘀"报警，许一朵摇头："也不是。"

两个女生继续望着宋浩宇，宋浩宇趴在玻璃上艰难辨别："三年级三班，数学、英语……哇！"宋浩宇忽然嗷一声叫，往后蹦了一大步。

宋浩宇蹲着缓了好几分钟，仍有余悸："妈呀，这NPC（非玩家角色）太吓人了……"

"他故意的啦。"许一朵说，"你越怕他越吓你。"

"不不不。"宋浩宇摆摆手，"让我先缓一会儿。"

陈新月站起身："那我来看……"话没说完，这里唯一闪烁的红光，彻底熄灭了。

这时忽然传来"啪嗒、啪嗒"声，一只皮球由远及近，蹦蹦跳跳弹了过来。同时走廊里响起了小孩子嬉笑玩闹的声音。

好像是个小男孩，一边哼着歌，一边愉快地拍着皮球。他是哪个班的孩子啊，三年级一班，还是二班？

他此时应该在上课的啊。

皮球格外清晰地越滚越近了，众人大气也不敢出，这时音效猛然转变，小男孩大哭了起来，同时秦宇那边鞋底一响，像是倒退着躲了一步。

宋浩宇在黑暗中哆哆嗦嗦地问："咋了，哥，你那儿有人？"

秦宇声音也紧了："有人，刚碰了我的腿……"

大家更害怕了，悬着心吊着胆，生怕黑暗中的那个人会突然出现，再次吓唬谁一下。

音效里的小男孩又哭了一阵，喊着老师老师什么的，随后那声音消失了。窗户里的那盏小红灯又闪闪烁烁，亮了起来。

总算能瞅见东西了，大家松了口气。只见走廊里多了一个残破的小皮球，而秦宇紧贴在对面墙上。熄灯之前，他分明大大咧咧站在走廊中央的。

宋浩宇指着说："哥，刚才碰你腿的，是那个球吧……"

许一朵直接扑哧笑了。

秦宇看看地上的皮球，又低头看看自己的小腿，立刻站直了，目光第一时间去找陈新月。陈新月继续看着窗户里的课表，然后说："秦宇，你去看看走廊里的教室的门牌号。"

秦宇迈出步子："好。"沿着走廊走到头，又走回来，秦宇说，"右边是三年级一班到三班，左边是三年级四班和五班。"

宋浩宇立即说："课表也是有五个班。"

他们仿照之前，把剩下几个班级的密码都试了，都打不开锁。

许一朵皱眉了："不是这样吗？锁上写着语文数学英语啊。"

陈新月抬头看着眼前的教室："这个教室没有门牌。"

许一朵说："这是三年级六班？"

宋浩宇说："不对，课表上只有五个班。"

"这应该是老师办公室。"秦宇指了下，"课表贴在老师窗户上，也正常。"

"噢，对，一般老师办公室都在走廊尽头。"宋浩宇说，"那密码是什么，000吗？"

许一朵立即试了，密码锁发出"嘀嘀"警报。

"不对啊……"

陈新月说："应该是加起来。五个班的语文、数学、英语，课程数目分别加起来。"

宋浩宇凑到窗户前，小心翼翼看课表："我算算啊，加起来是……796。"

许一朵转动密码，"咔嗒"，锁开了。许一朵激动地跳起来，又立即抓住陈新月的胳膊，谨慎地看着那道打开的门缝。

宋浩宇往后缩了下，看向秦宇："哥，你先啊……"

秦宇上前把手插入门缝，拽开了门。灯光亮起，这间屋子果然是办公室，办公桌上摆着书籍、作业，墙角还放着几个小皮球。

这时里侧一张办公桌上的电话铃响了，而第二个线索，其实是从那话筒里获得的。

接下来任务都差不多，无非是去各个教室里找寻线索，破解谜题。真人NPC暗自穿梭在各个房间中，时不时出来吓唬一下，大家有了心理准备，基本不会有太大反应了，只有宋浩宇从头吓到了尾。

这时教室内灯光大亮，响起了广播体操的音乐，还伴着学生轻松的笑声。

宋浩宇抬头问："结束了？"

陈新月说："应该结束了。"

工作人员推开屋门，对他们说："几位从这边离开。"

出了密室，大家如大梦初醒，意犹未尽讨论了几句，两个女生才去洗手间。宋浩宇笑了笑，对秦宇说："还挺好玩的哈。"

秦宇点了下头，评价说："值。"

走出写字楼后，晚风一吹，秦宇感觉醒过来了，他开了车门，两个女生坐进车里，宋浩宇随后坐进副驾驶。

秦宇抽了几口烟，伸了伸胳膊，才进去开车。

车子沿着夜路往回跑，秦宇透过后视镜，看不清昏暗的车厢，只能看到后车雪亮的车灯。

他的后视镜上挂了一串出入平安的挂坠，随着驾驶一晃一晃的。

路过一条夜市，许一朵在后面说："我们吃个烧烤吧。"

宋浩宇和秦宇一起看向仪表盘上的时间，宋浩宇转过头问："十点半了，不晚吗？"

许一朵直接拍板："不晚，找个地儿停吧，我请客。"

宋浩宇说："行，哥你看在前边哪家店吃。"秦宇朝侧面街道瞟着，然后打个转向，在一家连锁串吧面前停下了。

下车后他们找了个露天的座，朝老板点了一些串还有铁板烧，老板记好后，问："喝点什么？"

许一朵说："我啤酒。"

宋浩宇说："那我也啤酒吧。"

秦宇说："我开车。"

老板朝店里指了一下："要不去冰箱里看看，喝什么自己拿。"

陈新月站起身说："我去吧，你要哪种？"

许一朵朝她点头："蓝瓶的。"

许一朵笑眯眯的，看着陈新月走进店里，然后转回头来，就是一脸严肃。

"我们改天再聚一次吧。"

宋浩宇说："怎么，有什么事吗？"

许一朵戳破面前餐具的塑料膜，说："唉，新月她妈最近再婚，弄得她心情挺不好的，在家里也没地方待。今天我看她情绪不错，反正趁着放假，我们多出来玩玩，就当给她散心了。"

没等说完，陈新月就回来了，双手拿着五瓶哈尔滨啤酒。

"先拿这么多，多了我拿不了。"

宋浩宇找老板要来玻璃杯，先开了两瓶酒倒上。

许一朵率先端起一杯："来，经过今晚，我们就算认识了。"

宋浩宇笑了："我们本来就是同学啊，我哥他也不是外人。"

"不不。"许一朵一本正经地摇头，"有好多人只是见过，但不算认识。咱们四个，今晚就算认识了。"

秦宇忽然说："给我倒一杯吧。"

"啊？"宋浩宇转头问，"不开车了？"

秦宇说："不远，走回去。"

又倒好一杯酒，许一朵站起来举杯："来来来，我们几个就算认识了啊。"

大家都站起身，秦宇先嘬了一口泡沫，然后举着杯子从左到右，跟宋浩宇、许一朵，还有陈新月依次碰杯，之后一口干了："认识了。"

陈新月紧接着喝完了，将杯子搁下，正好放在他的杯子旁边。两只玻璃杯，碰得"叮"地一响。

许是错觉吧。秦宇抬眼，看到陈新月，微微笑了一下，笑容挺动人。

说好改天再聚一次，可什么时候聚，去哪里聚，也没后话了。

那晚喝到夜里，秦宇假装上厕所摸去前台结了账，虽然许一朵说她请客，可不能真让她一女生请喝酒啊。此外秦宇还有私心，没准许一朵会想下次再请回来，那她组织聚会也能积极点。只是那晚许一朵喝大了，推开桌子，搭着陈新月就摇摇晃晃走了，付没付账压根没意识，秦宇怕她一觉醒来，把聚会的事也丢脑后去了。

秦宇没许一朵的联系方式，也没加陈新月的联系方式，他有些后悔，昨天喝酒那么好的机会没把握住，只能旁敲侧击，问问宋浩宇。

隔天早上，在家对面吃油条豆浆的时候，秦宇问："对了，你什么时候去银行？"

宋浩宇说："八月底。"

"到时候就算正式入职了吧。"

"差不多，但前半年是实习期，工资只有百分之八十，不过就是个形式，只要不犯大错，也不会被开除。"

"挺好。"秦宇点着头夹了口咸菜丝，又问，"那两个女同学呢，她们找了什么工作？"

宋浩宇说："许一朵明年才毕业，她高三不是复读了一年吗，比我们晚了一届。"

秦宇"噢"了声，问："另一个呢？"

宋浩宇皱了下眉，然后说："我还真不知道。"

秦宇说："老同学见面，不聊一下工作？"

宋浩宇回忆着："我只知道她大学在哈尔滨读的，找工作没听她提过，她不会是考研了吧。"

"那么厉害呢。"

"也可能没有，她不像一直往上学的人。"宋浩宇舀了勺白糖搅进豆浆里，"陈新月几乎没过聊自己的事。可能像许一朵说的，她最近家里有事，做事都没什么心思，所以挺不爱说话的。"

秦宇捧起大碗喝豆浆，又听见宋浩宇说："陈新月高中的时候，比现在开朗多了。她画画特别好，我记得她说想当绘画老师，但是她爸不可能同意的。"宋浩宇咬口油条，继续说着，"我现在都印象深刻，我高中的同学录，陈新月她那页上没写字，就画了个卡通小人，画的是我，背着大书包，肚子圆滚滚的。哥你知道，我高中那时候胖，她画得可生动了。"宋浩宇笑了两声，"但是之前同学来家里，我想把同学录找出来看看的，结果没找到，可能塞哪个旧箱子里了。以后要是找到了，可得再好好看看。"

秦宇搁下碗，一大碗豆浆已经喝得一干二净。他站起身说："我买袋油条给舅拎回去。"然后一抹嘴走了。

他确实对陈新月十分好奇，但听宋浩宇聊太多关于陈新月的事情，他心里头又感觉不得劲，酸溜溜的。秦宇觉得自己挺没意思的。

说起来时间过得真快，宋浩宇都读完书，找了正式工作了。他这边呢？秦宇倒没羡慕，也不觉得自己过得差，人各有命，路都是自己走的。只是他觉得自己这条路，没头没尾的，走着真是没意思。

中午秦宇到旅行社坐了一会儿，拉起窗帘，点了根烟，迷迷糊糊中酝酿出了困意。他最后抽了口，刚打算趴下睡会儿，门口进来了一个中年女人。

秦宇赶紧扇了扇屋子里的烟味，一下子站了起来。那女人刚进屋就举起一沓合同，急赤白脸吵着让退钱。

秦宇拦了她一把："姐，咋了，你好好说。"

这大姐反而往前冲了一下："没啥好说的，退钱！"

秦宇被她逼得后退了两步，退到桌边上，皱眉看着她手里举着的东西——旅行社合同，海南三亚七日游。

"来，我看看。"秦宇把合同抽过来，翻到日期，抬起头，"姐，这还没出门呢，下周的旅行团。"

大姐说："我不去了，你们家太贵了。"

秦宇看着合同说："打了八折，最低价了。"

大姐说："我在网上查了，有的比你家便宜五百块。"

秦宇问："是双飞吗？有的旅游团只包去的飞机，回来是火车。行情我也了解，双飞这个价格真不算贵了。"

大姐说："我不管是啥，你们这太贵了，好几千块，赶紧给我退了吧。"

秦宇又瞅了眼合同，然后坐回椅子上："行吧，我帮你问问。但是这押金三百，应该是退不了的……"他示意大姐先安静，然后给老板打通电话，情况说明了一下。

老板那边反应很大，立即说不给退，不光押金，全部钱款都不能退。因为旅游团只剩一周时间不到就要出发了，她这边一退，旅行团凑不够人，机票房费都有损失，这一团就赔了。老板又说这大姐之前就打电话吵闹过了，他不给退，大姐才带着合同来店里闹事的，让秦宇赶紧把她打发走就行。

那大姐听到了话筒传出的声音，立即对着话筒嚷："什么叫打发，有你这么做生意的？"

老板那边没好气，她又冲着秦宇："你们就这样？顾客不应该是上帝？"

秦宇举着话筒，老板在那头冷笑："什么上帝，旅游都旅不起，穷鬼。"电话一下挂了，大姐张嘴骂不出，脸都涨红了。

秦宇把话筒放了回去，慢慢抬起头说："姐，要不这样，我帮你发个转让的广告？"

大姐赶紧问："转得出去吗？"

秦宇点开电脑文档："时间有点紧，不一定能碰上。但如果有人报名旅游，就把你这名额转给他。"秦宇简单编辑了一下旅游信息，抽出一张A4纸，放在手边敲了敲，"你也别太着急，先把联系电话和姓名写一下，笔在那儿呢。"

大姐拿过笔，写了几个字，站着不动了。秦宇转头，看到她眼眶忽然就红起来，紧接着呜呜呜开始哭。

秦宇讶异，赶紧站了起来："姐你……名额应该能转出去，我这边多发几次广告。"

大姐抹着眼睛说："我不是故意来找气受的，也不是不想旅游，是真心觉得贵啊。我儿子给我偷偷报的团，他挣钱也不容易啊。"

秦宇愣了一下，把椅子挪给她，大姐摇摇手，扶着桌子说："我今年五十岁了，从来没出过咱们市。旅游给我报上名了，我都舍不得去，你说我过的是什么日子啊。"大姐垂眼低头，耳际白发掉了下来，"我儿子孝顺吗？孝顺，但我不图他孝顺，我想看他争气啊……他连陪我两人一起旅游都舍不得……我多想让他跟别人家孩子一样，挣上大钱，多争口气啊……"

秦宇哑然地站着。

大姐最后抹了抹泪，还是把电话号码写全了，走前没忘跟秦宇道了句谢。

秦宇将转让广告编辑好，发了出去，本市的二手网站还有朋友圈都发了，之后他一直靠在椅子里抽烟。他妈如果还在，应该跟那位大姐差不多年纪，白发会不会少一些呢，笑脸能不能多几分呢……他不愿这样联想下去，可是没法，情绪来了，控制不住。

快下班的时候电话响了，秦宇接起来，老板劈头盖脸给他一顿骂，说他吃里爬外，那种女的明显就是来闹场的，居然还帮着她发广告。

秦宇缓慢地抽着烟，电话里老板骂了两分钟，然后才说："你哑巴了？把那转让广告都给我删了，听到没有？"

秦宇冲话筒吐了口烟，问："你有妈吗？"

老板一愣，随即怒骂："你小子吃错药了？你咒谁呢？"

秦宇点了下头，低声说："你有妈就行。"

老板急了："你当自己是大爷呢，我店里离了你不行？我拴条狗都……"

秦宇"啪"地把电话挂了。然后他把烟在桌子上摁灭，抓着手机出门了。偌大办公室，别的私人物品也没有，就一手机。

外面天色有些暗，小风不凉，温温的。秦宇手揣兜里，走过半条街，走到了洪峰饺子馆对面。然后他掏出手机，点开自己银行账户。

他在这旅行社工作了五个半月，最近这半月工资没发，他甩手走人，估计钱也要不到了。银行卡里一共攒下一万七千元，比他上份工作攒得多。

秦宇眯起眼睛抽烟，看到饺子馆门外又支上一桌，坐了三个男的。宋洪峰用头顶开门帘，端了两盘饺子出来，平平放在桌上，然后弓着腰笑容满面地跟客人聊天。

这个距离看，他的背显得更驼了。

他舅宋洪峰一直不算个聪明的人，在秦宇记忆中，他说话一直容易结巴，一着急就更结巴了。据外婆说，小时候宋洪峰容易咳嗽，检查说是肺结核，买了大量消炎药。肺结不结核不确定，反正连吃几月消炎药，嗓子好了，脑子却坏了。他外婆的原话是，吃药吃坏了。宋洪峰小时候伶牙俐齿，人见了都夸机灵，自从吃过药，学习学不会了，说话都不利索了，初中复读了三年都没念下来。反倒是秦宇的母亲，宋丽林，争气地念完了大学。

所以宋洪峰一直很崇拜姐姐，无论是学习方面，还是生活方面，这从他给孩子起名字也能看出来。宋丽林生下孩子，取名为"秦宇"。几个月后，宋洪峰的孩子出生了，也是男孩，宋洪峰左想右想，都觉得"宇"字甚好，其他字眼都难以超越。

但是如果直接起名为宋宇，模仿的痕迹太重，就算姐姐宋丽林同意，恐怕姐夫也有意见。所以宋洪峰又翻几天字典，定下了名字"宋浩宇"，浩浩荡荡的宇宙，不能说超越原版，但也不算逊色。

或许受家庭影响，宋浩宇从小也很崇拜秦宇，即便在学校里，当着众多同学的面，也一口一个哥叫着。秦宇初中能在学校里混得风生水起，跟宋浩宇的陪衬作用是密不可分的。

即便到了现在，宋浩宇在外人面前，还是叫他哥。

是真给面子啊。

秦宇低头把烟头捻灭了，没进家门，顺着街道往前走去。

他没想好去哪里，不过也不重要，总之不能太早回家，早回家就要进饺子馆帮忙，免不了聊几句，容易说漏嘴。秦宇决定找到下份工作之前，尽量踩着睡觉点再回去。

所以这时陈新月的一个电话，其实是救了他。

接通电话以后，陈新月自报了家门，秦宇都没反应过来。陈新月在那头说："我们前天刚一起玩了密室，吃了饭，喝了酒，你还记得吧？"

秦宇忙得给电话换了只手："记得记得……你怎么有我电话的？"

陈新月说："我问人要的。"

"哦，好的好的。"

陈新月说："我问你个事，你去过三曲舞厅吗？"

秦宇没直说去过，只是嗯一声，问："咋了？"

陈新月问："你吃晚饭了吗？"

秦宇说："这刚五点多，哪能吃这么早。"

陈新月说："那有空就过来吧，三曲舞厅对面，我等你。"

秦宇愣了下，问："叫上宋浩宇吗？"

陈新月说："你想叫就叫。"

电话挂了，秦宇没叫宋浩宇，没半点犹豫，打了辆车直接过去了。

第二章 旋转舞厅

　　出租车在马路边停下了，秦宇整了整衣服，拐进街道里面。

　　三曲舞厅开在一家百货商场后面，这栋旧楼呈一直角，站在两条马路交会处，十几年前也曾是热闹的中心，但随着新型商场兴起，这里没能及时改革，赶不上时代步伐，渐渐失了人气，里头柜台也空了一半。

　　商场虽然没落了，但是楼下两条街却经营得十分热闹。开在这里面的餐馆、舞厅，包括按摩捏脚的都是老招牌了，熟客把回忆都搁在这儿了，来惯了赶都赶不走。两条街背靠着折角大楼，包围出一片安逸。

　　秦宇走到了三曲舞厅门口，朝对面望过去，一眼看到陈新月站在街灯底下。秦宇朝她跑过去，站定："怎么站在这儿？"

　　陈新月说了句："等你啊。"

　　秦宇说："别傻站着等啊，不是吃晚饭吗？看看吃什么……"秦宇看着街边一排饭馆，"炒菜？铁锅炖？火锅？"又回过头，"你看看吃什么？"

陈新月却望向对面："那里面有吃的吗？"

"舞厅里面？"秦宇跟她一起看，"应该有，炸鸡薯条啥的。"

"那咱俩进去吧。"

秦宇一下子转过头，瞅着她："你想进那里面玩啊？"

陈新月"嗯"了声，拿肩膀撞了他一下，轻轻地，但是像是有意碰到了他的胳膊，然后她直接朝前走去："走吧。"

秦宇琢磨着这个动作，愣了两秒，才赶紧抬步跟上了。

三曲舞厅是个大型蹦迪场，圆弧形大门上面挂着一条一条霓虹灯，一到晚上灯都打开了，闪得人眼花缭乱，里头乐曲声包不住了似的透出来，闷闷振着，隐约听着就感觉热闹。

大门外观装饰得花哨，但实则只开一道小门，有保安守着，只容人一位一位地进入。

陈新月先从小门进去了，秦宇随后交了六十块钱，保安才点头放他进去。陈新月说："还有门票？我们AA吧。"

"不用。"秦宇把钱包装好，"男的交钱，女的免费。"

陈新月说："那还挺好。"

秦宇点头："是吧，合理。"

舞池是一大片下陷的场地，场边有座，高处也有座。陈新月看了一圈，然后沿着黑乎乎的楼梯往下边走，秦宇在后面跟着，每一步都踩在震动的鼓点上，忽然就开口问："你怎么找我来这儿了？"

陈新月回过头："什么？"

秦宇按着扶手，大声问："你想找个伴，怎么不找许一朵？"

陈新月看着他说："你不也没叫上宋浩宇。"

秦宇无言，闪光灯把两个人打得忽明忽暗，脸上也是色彩斑斓。

陈新月瞅着秦宇，笑了一下，然后继续沿楼梯往下走。

舞池里面歌舞十分带劲，外边围了几圈卡座，不断有人来来去去，将桌椅带得歪扭。陈新月站在一个空座旁边，立即有服务生过来了，陈新月朝前边张望着："里面还有位置吗？"

服务生递上酒水单："应该有，你们自己找。"

秦宇把酒水单接过来，跟着陈新月又沿着舞场绕了小半圈。陈新月走得很慢，时不时停住几秒，秦宇也看向舞池，闪动的灯光晃眼，每个人的脸都瞧不清，甚至连男女都瞧不出来，只能通过白花花的大腿分辨，哦这是个女的。

但这里气氛实在荡漾，男女跟着节奏一顿乱扭。

舞场里有个俗称叫黑三曲，意思是在黑灯瞎火的环境里，三首曲子结束前准能培养出感情。人们管这里叫三曲舞厅，估计也是这意思。

秦宇不知道陈新月走走停停在看什么，但他看了几对男女之后，转走了目光。

最后陈新月终于挑了个位置，坐下了，秦宇拉过椅子坐在她旁边，递过酒水单："你喝什么？"

陈新月点了杯颜色亮丽的调制酒，秦宇要了一打啤酒，他知道紧挨舞场的座位是有最低消费的，至少一打啤酒加个果盘，两个人要加倍。于是秦宇主动又点了一份炸鸡，一份洋葱圈，还有一大份水果拼盘，省得待会儿服务生提醒跌了份。

服务员收完款拿走点单，转脸就把酒水和小吃上齐了。陈新月抿了一口她点的鸡尾酒，然后把杯子放下了，没有评价，显然味道一般。

秦宇推过去一瓶开了瓶的啤酒，陈新月看他一眼，然后把酒瓶挪到了自己面前。秦宇望着舞池，喝了口啤酒，问："你会跳吗？"

陈新月听不清，音乐太吵了，回道："啊？"

秦宇凑过去："你会跳舞吗？"

陈新月大声说："会啊，这多简单，就是乱扭。"

秦宇笑了下，坐正身子，又喝了口啤酒。

"你呢？"陈新月问，"你会跳吗？"

秦宇对她说："我扭得可好了。"

陈新月："那你下去跳跳？"

秦宇似笑非笑，准备起身："一起啊。"

陈新月坐着没动，冲舞池一扬下巴："我再看看，学习一下。"

秦宇便没起身，笑了笑说："那就一起坐会儿，我一人跳多没意思。"

之后两人很长时间没有对话，陈新月看着前边某处，一口接一口喝起了啤酒，喝得比秦宇还猛，一瓶没多久就下了肚。陈新月把空瓶推给他："再来一瓶。"

秦宇把空瓶搁到地上，将炸鸡和洋葱圈推到她面前："吃点东西，要不凉了。"

陈新月点了点头，吃了两口炸鸡，然后动作忽然定住了，目光好像盯在了舞池中某个人身上。随后她站起来，说："我去个厕所。"便匆匆离了座。

秦宇抬起头，看了眼她的背影，然后望向舞池。一个男人正在拨开蹦迪的人群，缓慢地向前移动着，而陈新月沿着舞池边缘，一边观察，一边与那人同方向朝前走着，好像是在跟踪。

原以为她是借酒消愁来的，没想到她是有备而来。

秦宇喝了口啤酒，站起身，也跟了上去。

等到出了舞池，人也少了，秦宇看清陈新月跟踪的是一个挺健硕的男人，约莫四十岁，也可能五十岁出头了，不好判断。因为这人虽然能看出点沧桑的社会感，但身材锻炼得极好，胸背健壮，臀部坚实，穿着紧绷的黑T恤黑裤子，每一块精心保养的肌肉都被箍得紧紧的。这打扮虽然扎眼，但显得比较油腻，一看就不怀什么正经心思。

那个男人的走向，并不是舞厅出口，那个方向走到头只有卫生间。果然，男人快走几步，钻进了卫生间里，而陈新月在几米外停住了，朝男厕所入口定定望着。

音乐一首赶着一首，声音震耳，从来没断过。

秦宇脚步没停，径直从陈新月身边走过去，被她发现，一把拉住了："你跟来干什么？"

秦宇说："我上厕所啊。"

陈新月微微愣了一下，说："哦，那我们没吃完的东西怎么办？"

"你爱吃吗？"秦宇看着她，说，"酒就那样，炸鸡也没味，不知道放了多久。"

陈新月仍抓着他衣袖，秦宇低头看了看衣袖，又看着她："咋了，不让我去？我酒喝多了着急着呢。"

陈新月没说话，把手放开了。

秦宇头也不回走进厕所。

厕所不大，一排小便池就六个位置，一眼就看到了那个男人站在最里面，紧身黑T恤十分显眼，秦宇走到他旁边的空位，解开裤子方便。

这个男人看似练得壮，但身体素质不太行，有点虚，秦宇都解决完毕了，他还没完事。秦宇拉好拉链，又往上拽了拽裤腰，中年男人或许感到了压力，朝秦宇看了一眼。

他这一转脸，秦宇感到了眼熟。

秦宇原先猜测这个男人是陈新月的继父，混迹舞厅行为不端，而陈新月是来替母亲抓现行的。这样一切故事就能串起来了。毕竟许一朵说陈新月母亲最近再婚了，而陈新月心情不好，总是若有所思的，或许因为她亲生父亲是名正义的警察，英勇殉职，而继父却是个经常出入于花街柳巷的人，令陈新月打心眼里瞧不起。

但是不对，眼前这个中年男人秦宇见过。秦宇在脑中搜刮了一下，想起来了——这个男人倒卖房子加过他微信，让他代发广告，是几个月以前的事了。秦宇之所以对这人留有印象，因为他总发朋友圈，炫肌肉的，炫车炫表的，一天能发好几条，不过这人确实很有钱，倒卖的几套房子都是大复式，加起来能有好几千万，他自己家里肯定住着更好的。后来他的房子通过别的途径卖出去了，也没给秦宇广告费，估计只是广撒网，压根把秦宇这个小人物忘记了。

但秦宇知道他是有老婆的，还有一儿一女两个孩子，朋友圈里曾经晒过，老婆相当年轻，看着挺幸福。真实过得幸不幸福外人不了解，但他不可能在短短几月内，抛妻弃子又另外再婚的。

这个男人不可能是陈新月的继父。

陈新月跟踪他干什么呢？

秦宇记得他的微信名叫周大千，有可能不是真名，但姓应该是真的。

那男人上完了厕所，走到水池前洗手，秦宇扭开旁边的水龙头，一扭头冲他乐了："哟，这不周哥吗？"

周大千明显愣了一下，然后点着头招呼："也过来玩了？"

秦宇说："啊，晚上无聊，过来热闹热闹。"

周大千拧上水龙头，擦了擦手："一人来的啊？"

秦宇笑着："可不吗，周哥你也一个人？"

"哪能啊，当然有伴，正在舞场里等我呢。"

周大千跟秦宇边聊边往外走去，出了厕所门口，周大千搭住秦宇肩膀："小兄弟别生气啊，我这人记性不好，请问你是哪个？"

秦宇恍然笑着："噢，周哥可能不记得我，正常正常。几个月前我通过朋友介绍，看过你的房子，坐北朝南，上下通透，我当时真是想买了，但我媳妇又看上了一个大平层，我也拗不过她。后来又凑了点钱，再一联系，你那房子已经卖出去了。"

周大千立即点头："难怪，就一面之缘，印象不深，小兄弟别见怪。"

秦宇连忙笑："那怎么会，周哥这块头，身材好啊，我才记得清楚。"

周大千也哈哈笑，松开秦宇，拍拍自己的肩："在健身房耗出来的，还不是为了讨姑娘喜欢。"

"周哥往舞池里一跳，姑娘们肯定都蜜蜂似的围上来了，嗡嗡嗡嗡……"秦宇故意表现得夸张，好像醉了酒。

周大千很吃这一套，笑得开怀："小兄弟一个人，去我那桌喝一杯吧，这里我认识好几个姑娘，给你介绍一个。"

秦宇笑着摇摇头："胃里喝得晃荡，我在这儿站会儿，一会儿准得再跑趟厕所。"

周大千说："行，那我先回去。对了，我手头还有几套房子准备出手，要不加个联系方式？"

秦宇说："周哥我有你微信。"

"哦对对对，你之前看房，肯定也加了微信。"周大千对他点头，"那有事联系啊，再看上房子就跟我说，我给你优惠。"

秦宇说："行，到时我直接找你。"

周大千笑着一拱手，转身走回了舞池。

秦宇望着他的黑色背影融进了摇晃的闪光灯里，然后转头，看到陈新月站在不远处，面无表情看着他。

秦宇耸了下肩，朝她走过去。

陈新月对他说："你故意的吧？"

"故意什么？"秦宇说，"上厕所碰见熟人了，聊了两句。"

陈新月说："你看出来了。"

秦宇笑了："我看出来什么了，你这人怎么说话只说一半？"

陈新月说："你看出了我在跟踪周大千，所以故意跟过来，跟他搭话的，是吧？"

秦宇说："原来你真是在跟踪周大千啊，那你说说，你跟踪他干什么。"

陈新月问："你怎么认识的周大千？你知道他住在哪里吗？"

秦宇说："我没准知道。"

陈新月立即问："他住在哪儿？"

秦宇说："你先告诉我，为什么跟踪他。"

陈新月静静看着他，目光中波澜动了一下。秦宇意外地觉得，她的眼神竟然是委屈了，像是受了欺负一样。

秦宇心里头就纳闷了，一下起了气，硬着声音跟她说："要讲道理不？是你把我约出来的吧，是你说要进舞厅的吧，结果你也不下场玩，连话都不聊两句，我点了一桌吃的喝的，你转身就跟踪别人去了，把我当什么了！就像之前那天晚上，你骗我一路把车开到了哈尔滨，一句实话没有，你要我玩呢是吗？"

陈新月稍微一愣，过了几秒，眼皮低了下来："没有，我……"

秦宇说："你别跟我说心情不好。我知道你爸半年前殉职了，我知道你妈再婚了，我知道你家里有事。但你不能光耍我啊，一直拿我揉圆捏扁，拿我当出气筒啊？"

陈新月一下子抬起头，表情瞬间静了下来，看着他说："你知道的还挺多。"

秦宇也注视着她："不多，我一点也不知道你想干什么。"

陈新月说："你想知道什么，想知道我为什么跟踪周大千是吗？"

秦宇说："啊，为什么啊？"

陈新月说："你也知道我爸殉职了，是吧，你知道他怎么死的吗？"

秦宇说："我又不是警察。"

陈新月说："他被人从后面用榔头砸了，脑袋碎了，直接就趴到地上了，什么都看不到了，谁干的看不到，连天空也看不到了。他闭上眼之前，看到的只有土地，还有自己淌出来的血。如果他躺着，死前还可以看到天空呢。那天晚上有流星，新闻都报道了，五百年难遇一次，这新闻你有印象吗？"

秦宇没想到她说这个，憋着的那股劲一下就散了，只觉得嗓子眼发涩，冲她摆了下手："你别这样，算我莽撞了。你要对我实在没兴趣，就算了。"

"周大千就是凶手。"陈新月继续说出来了。

"他？"秦宇一下子愣了，"那让警察抓人啊。"

陈新月说："证据不够，警察只抓到了直接凶手，就是拿榔头的那个人。但整件事肯定是周大千指使的，是他买凶杀的人，我知道我爸死前那段时间，一直在暗中调查周大千。"

秦宇说："那这些都跟警方说了吗？你爸肯定有关系好的警察同事吧，找他们啊。"

陈新月抬眼看了他一下，显然他这句话有点傻，肯定是该说的都说了该做的都做了，但结论还是证据不足啊。陈新月轻轻叹了声气，说："周大千在外面逃了几个月，宣称说是旅游，但明显就是出去避风头了，他最近刚刚回城，我看到他进了这个舞厅，所以就跟进来了。"

秦宇说："你跟踪他，为了找证据？"说完秦宇维持着张嘴的姿势，想了下才合上嘴，他自己也感觉到说出的话有点傻，说不到点上，所以显得冒着傻气。

陈新月摇了下头："我跟着他，只是想观察一下。"

秦宇问："观察？"

"我想看看，一个凶手，凭什么能心安理得地生活下去。"陈新月深深吸了口气，"他的行踪不好找，我也不知道他现在住哪里，跟踪丢了，就找不到他了。"

秦宇说："他的房子确实很多。"

陈新月说："是，他是开建筑公司的，很多楼盘都有房子。"

秦宇摸了一下裤兜里的手机，欲言又止。陈新月察觉了，抬头看着他的脸，问："你怎么知道他房子很多？"

秦宇稍微想了一下，然后将手机掏了出来："我有他的微信。"陈新月表情一下显露出一股跃跃欲试，但是仍然站着没动。秦宇继续跟她说："周大千会在朋友圈发倒卖广告，如果说看房，肯定能见到他。"

陈新月望着他，稍微点了下头。

秦宇说："但这方法只能用一次。如果他真能买凶杀人，那这个人也很危险，不是必要尽量别试。"

陈新月笃定地点了下头。

被她这么认真地看着，昏暗光线里她的眼神又亮，秦宇倒有些不好意思了，视线朝旁边挪了下，说着："我不是破坏了你跟踪周大千吗，所以提供给你个方法，想找总能找到。"

陈新月轻声地说："谢谢你了。"

秦宇赶紧说了声："不用。"

陈新月说："这里面太吵了，要不我请你去对面正经吃顿饭，行吗？"

秦宇说："你不用客气。"

陈新月瞅着他，朝出口那边望了望，然后劝他说："你也别客气，咱们走吧。"

秦宇看回她，很快点点头："行，那就走吧。"

陈新月走在前头，秦宇跟在后面，始终这样维持着，连过马路，他们都没并排走到一起。

但有些不同的是，秦宇开始偷偷看陈新月了。以前也看，但就是普普通通的看，目的只是记个脸。而现在，秦宇更像是在刻意地打量，他发现陈新月虽然挺瘦的，但是腿很直，穿着牛仔裤，白球鞋上露出一截白袜子，干干净净挺好看。她上面穿了件小外套，头发扎起来，过马路的时候，她侧头看车，发尾就轻轻甩起来了。

秦宇现在没法客观地评价她，但他想象自己是个陌生人，见到陈新月这种背影，应该会觉得她很有气质，像是学跳舞的。

走到对面的饭店门口，轮到陈新月犯愁了："咱们吃什么？"

秦宇答非所问："你学过跳舞吗？"

"啊？"陈新月回头看他，"怎么了？"

秦宇说："我看你身板挺直的。"

陈新月说："从没学过。"过了几秒，她忽然又开口，"可能是因为小时候我爸管得严，我稍微一低头，他就扇我的背。"

秦宇感到话题不对，赶紧走了几步，指着一家常菜馆："就吃这个吧，炒俩菜。"

陈新月说："好啊。"然后站着没动。

秦宇转头跟她说："走啊。"

陈新月说："你不想抽根烟吗？刚才在里面憋半天了。"

秦宇说："没事。"

陈新月说："你抽吧，我等会儿你。"

秦宇被她整笑了："你怎么忽然这么客气，我真不抽，走吧，进去吃饭去。"

两人走进饭馆，选了张靠边的桌子面对面坐下，陈新月推过菜单："你点吧，随便点。"

秦宇说："那来个干煸豆角，来个红烧肘子。"

陈新月问："大晚上吃烧肘子？"

秦宇抬起脸看着她："不是随便点？"

陈新月摆摆手："那点，点。"

秦宇笑了一下，招服务员过来，改口点了干煸豆角和小鸡炖榛蘑。服务员抬笔记录，问："主食吃什么？"秦宇又看向陈新月："你主食吃什么？"

陈新月说："饺子。"

秦宇说："去我舅家吃饺子多好。"

陈新月说："那吃什么，吃米饭？"

秦宇扭头问服务员："饺子都什么馅的？"

"招牌是西芹鲜肉、西葫芦鸡蛋，三两起点。"

秦宇合上菜单："那一样来三两。"

服务员拿着菜单走了，秦宇拎起茶壶倒了两杯水，递给陈新月一杯。陈新月捧在双手手心里，冲水面吹了口气，轻轻说了声："谢谢。"

秦宇说："倒杯水，客气啥。"

陈新月说："谢谢你今晚出来。"

秦宇稍微愣了一下。陈新月慢慢转着手里的杯子，说："我一个人，还真不敢进舞厅里面去。"

秦宇点头："能看出来，你不是爱玩的那种人。"紧接着他端杯喝了口水。

陈新月继续说："也谢谢你愿意配合我，别人都不太理解，包括许一朵，还有我爸那些同事。我爸已经去世半年了，那个拿榔头的凶手也关进牢里了，故意杀人加盗窃财物，定的重罪。一切都尘埃落定，他们都说再查下去没意义了，都觉得我是胡思乱想，觉得我是没走出来。"

秦宇听得停顿了一下，然后说："是，我是能理解。"陈新月抬起头，秦宇喝下剩的半杯水，又拎壶给自己倒了一杯，壶嘴淌出的茶水断断续续的："这种事没办法走出来，人不在了当然会想，半年哪够啊，五年，十年，一辈子可能都在想。一个跟你最亲的人没了，这世上再没人实心实意对你好了，你见着了别的有爸有妈的孩子对你笑，都觉得他们是在可怜你，这怎么走出来啊。"

秦宇手停留在壶上，像是捂着那壶盖。陈新月坐在对面，无声无息地，秦宇继续说着："不光是走没走出来的问题，而是这事情不对。凡事总有个真相，别人劝什么都没用，也都糊弄不过去，只有真相才有力量。摸出了真相，一切才会尘埃落定，否则一辈子都不可能放下。别人没有你的经历，理解不了，不能怪他们。"

服务员过来一趟又走了，桌上两盘饺子冒着热气。

秦宇回过神来，拿起筷子，抬头笑了笑："给你弄沉重了，是吧？"

陈新月说："是不太下饭。"

秦宇说："饺子烫，刚出锅，不着急吃。"他又把筷子放下了，搭在盘边上，想着说点轻快的，"你之前说，你爸是一名厉害的警察，还立过二等功？"

"是啊。"陈新月说，"他殉职之后追记的，我替他上台领的奖。其实我觉得这些形式挺没意义的，可是我想，我爸一定喜欢，一定觉得骄傲。所以我认真对待了，还在台上替他敬了个礼。"

秦宇低低"噢"了一声，没想到话题全都殊途同归，于是坐正了身子，看着她说："你要是不想聊你爸，咱们就绕开别聊，要是想说，我就继续听着。"

陈新月淡笑，明白这是他的一份好心，可是她要聊什么呢，聊她的父亲是个怎样的人吗？她的父亲陈春正直善良，从警二十五年手下没有悬案，统共带出了三个徒弟，没一人说他一句不好。在父亲葬礼上，几个同事全都憋红了眼眶，咬紧大牙不能出声。结束后几人留下帮忙，搬遗像的时候才终于忍不住了。照片里的陈春同志一身警服精神抖擞，笑容炯炯有神，面容仿佛年轻了十岁，几个同事抱在一起号啕大哭，肩膀捶得咣咣响都停不下来。

她父亲对谁都是一腔真心，包括跟她母亲，虽然两人缘分不够，因为工作而渐行渐远了，但离婚以后，她爸每个月都抽空找她妈见一面，旁敲侧击问她缺不缺钱、遇没遇到事，怕她一个单身女人生活不容易，知道她妈遇到了对象以后，才避嫌不见了。

她父亲最大的缺点就是抽烟太凶了，但自打有了女儿，从来不在家里抽。每回接陈新月放学，他都摆摆手让陈新月先上楼，然后自己站外边点根烟。但他不知道的是，陈新月从来没有乖乖地进屋等，而是在楼道里，趴着窗户往下瞅。那片烟雾是浓的，缓慢上升，渐渐挡住父亲的脸，那微微呛人的味道是她对父亲最具象而踏实的回忆。抽烟不好，父亲自己也知道，只是工作忙起来总是断不了，终于他对陈新月发誓，等她大学毕业找个好工作，他一定把烟戒了。

他一定能做到，只是可惜，没等到那一天。

陈新月最想聊的其实不是这些，她想说父亲遇害前一天，给她打了个电话，她没接到，临睡前看到了，也忘记打回去了。不过一个老父亲能说些什么啊，无非是：吃晚饭了吗，吃了什么啊，味道怎么样；噢，爸爸没吃过，你爱吃就好；这两天降温了，记得多穿衣服啊，穿那件最长的厚羽绒服，里面再加个厚马甲；没事，爸警服厚，爸也抗冻；行了不耽误你时间了，晚上别熬夜，有事给爸打电话，缺什么了爸给你送过去。

其实陈新月整个大学四年，只主动给父亲打过一次电话，那回她犯了肠胃炎，熬过去之后看什么都没食欲，只想吃父亲亲手煮的小馄饨，煮得烂烂的，汤里都是鲜味。当天下了大雨，天气预报显示还伴有6级大风，父亲举着一把被吹翻了的伞，抱着怀里的保温饭盒，等在女生宿舍门口。陈新月一出宿舍楼，方圆几十米没人，就只看到了他。就那一回，父亲却得意地记住了，总是跟她说：想吃什么了，大风大雨爸也给你送过去。

父亲遇害那晚，城市上空划过了百年难遇的大规模流星雨，陈新月和同学们都聚在顶楼教室等着许愿。如今陈新月已经忘记自己许了什么愿望了，似乎愿望本身不重要，期盼流星的仪式感才重要。但如果时光倒退，流星重来，她只会许一个愿望——让父亲好好活着。真是个可怜的愿望啊，可她要如此许愿，请让他活着，请让他晚上别走那条黑暗的小巷，请让他保持警戒回头看看身后，请让他别逞英雄及时报备自己的行动，请让大家打着手电，呼喊着"陈春"的名字的时候，他能够微弱但及时地回答一声——"哎"。

若时光真能重来啊，她只会飞奔回家，哪怕大风大雨，她也会如期而至，然后敲响那熟悉的家门。那时敲门有人应，他人还在。

她想聊什么啊，她还能聊什么呢，她只想说"爸爸我好想你，我没有一天不在想你"。可是说这又有什么用呢。

陈新月抿唇，终是没发一言，秦宇把筷子拿起又放下，端起杯子喝口水，再把筷子拿起又放下，如此循环。救场的是服务员，终于过来上菜了，一口气把干煸豆角和小鸡炖榛蘑都端上了桌。

服务员走后，秦宇再次拿起筷子，低声说："菜上齐了，吃吧。"

陈新月快速夹了块蘑菇塞进嘴里，又夹了一筷子豆角。她垂着眼睛，大口大口吃了起来。

秦宇说："光吃菜不咸吗，吃个饺子？"

陈新月把一个饺子夹进碟里，然后站起身来："没醋，我去拿点。"

"在那儿。"秦宇赶紧指了一下，"调料都在那边小柜上。"

陈新月拿起调料碟子，问："你吃什么？"

"醋跟酱油就行。"秦宇抬头寻找，她始终低着眼睛。

陈新月走了两步，又听到秦宇叫："哎。"

陈新月扭头，秦宇张了下嘴，然后对她说："一滴酱油，三滴醋。"他坐在小饭馆暖黄的灯光底下，抬起胳膊，比画出了个倒瓶子的手势。陈新月看着他一点头，缓慢微笑了一下。

吃完晚饭，秦宇跟陈新月就分道扬镳了。回到家里以后，秦宇有点后悔，觉得自己做得不好，大晚上天都黑透了，他就让陈新月一个人沿着小路走掉了。那条路通向旧百货后面的一片老小区，里头住的多半是老头老太太，天一黑都不出门了，于是整条小路空无一人，尽头处也是静悄悄的。

但秦宇感觉陈新月并不害怕，迈的每一步都安然稳定，她的背影越走越快，直到消失看不见了。秦宇感觉那黑暗中，仿佛有东西在悄悄守护着她。

他们分道扬镳是有原因的，走出饭馆时，两人之间气氛还算融洽。但是陈新月忽然想起来了，回头说："周大千的微信，给我看一下。"

秦宇一愣："你要加他？"

陈新月说："我不能主动加他。"

秦宇说："对啊，万一他起了疑心，反过来调查你就麻烦了，可不要打草惊蛇。"

陈新月说："我想把他微信号背下来。"

秦宇说："你不能直接跟他联系，背号码干什么？你有什么想法通过我，我帮你联系，你现在什么打算？"

陈新月说："我还没想好，你就给我看一眼吧。"

秦宇瞅着她，然后点头："好吧，我真有他微信，你不用怀疑。"秦宇在联系人里找到了周大千，举着给她看，"看，本人，头像是他健身时的照片。"

陈新月立即盯紧了屏幕，像是在默记号码。秦宇刚想收回手机，手机被她一把抢过，背过身去争分夺秒地看了起来。

秦宇愣了下，也没想跟她抢，干干站着等。不过几秒钟，陈新月就把号码记住了，还给他手机的时候，嘴里还默默重复着。

秦宇攥着手机叹了口气："你不用这样，我说了会帮你的。"

陈新月把号码彻底记熟了，刻进脑子里了，好像这样终于踏实了。她又低下眼睛，说："之前我爸的那些同事也说愿意帮我，但是他们连周大千的一点信息都不透露给我。他们不查，还阻拦我查，这根本不叫帮忙。"

秦宇张了张嘴，对她低声说："不一样，他们不了解，我是真的会帮你的。"

陈新月没吭声，掏出自己的手机，把周大千的号码一位一位存了下来。秦宇低头瞅着她，收不到半点回应。秦宇感觉自己在看一只刺猬，它意外冲进了陌生的环境里，身上伪装有刺心里吱哇乱叫，对周围其实不抱任何信任。

　　陈新月装好手机，看着地面说："我该走了。"

　　秦宇说："那你走吧。"

　　陈新月跟他点点头，转头就走了。秦宇站着望了一会儿，朝相反方向回家了。

　　三曲舞厅这边离家挺远，秦宇沿路走了一段才找到公交站牌。好不容易回到小区，上楼以后，家里人都睡了，只听见宋洪峰高一声低一声地打着呼噜。宋浩宇也躺在自己床上了，正玩手机。

　　秦宇轻悄悄躺进行军床里，宋浩宇在房间那边说："哥，旅行社工作忙吧？加班这么晚。"

　　秦宇应声："嗯，事多。"

　　宋浩宇说："暑假人们都愿意出去旅游。"

　　秦宇说："是，旅行社就是跟大家反着来。他们工作我们闲着，他们放假就轮到我们忙了。"

　　隔壁屋子里，宋洪峰似乎姿势不得劲，呼噜声响亮地拐了个弯，跟吹口哨似的。舅妈被吵醒了，气得在他背上扇了一巴掌，宋洪峰嘟囔两声，倒是渐渐安稳了。

　　房间另一边，宋浩宇手机屏幕始终亮着，噼里啪啦一直打字。秦宇翻了个身，闭上眼睛睡不着，望向宋浩宇："跟谁聊呢？大晚上聊这么起劲。"

　　宋浩宇兴致勃勃打着字："还是跟同学。"

"许一朵？"

"还有陈新月。"

秦宇一下子换了个姿势，胳膊侧着撑起脑袋："陈新月她……嗯，她俩都说什么呢？"

宋浩宇说："就是瞎聊。银行那单位要求我入职之前，准备一套正装，我就随口问问哪里买西服比较合适，她俩说正好明天去逛商场，可以陪我参谋参谋，然后我打算请她们看个电影。"

秦宇问："怎么聊的，单聊吗？"

宋浩宇打着字，没空思考秦宇的问题是否古怪，随口说："没有，我们几个同学建了个群。"

"噢。"秦宇应了一声。

"哥，一起吧？"

"一起建群？"秦宇脱口而出。

宋浩宇朝他那看了一眼："啊，不是啊，我是说明天一起去商场看电影。"

秦宇低声说："不了吧，我明天工作抽不开。"

宋浩宇又在手机里聊了两句，然后说："哥，她们也让我叫上你呢。"

秦宇说："谁啊？陈新月让你叫的？"

宋浩宇说："主要是许一朵，她说你之前请客喝酒了，明天她要请大家吃火锅。"

秦宇低低"噢"了一声，又翻身平躺了，过了几秒钟，他看着房顶说："明天看看吧，要是不忙我就过去。"

第二天秦宇一大早就起床了，宋浩宇头还捂在枕头里呼呼大睡，只有宋洪峰起床了，秦宇跟他说工作有事，不在家里吃早饭了。

秦宇坐了五站公车，到了离家较远的一个小吃店，点了碗粥还有一笼包子。这家店从清早卖到中午，只要他吃慢点，在这里耗上几个小时没问题。秦宇坐在店里面有一勺没一勺喝着粥，把手机放在桌上，往下划拉着浏览工作招聘信息。

看了十几页，都没有太合适的，现在工作属实难找，要么就是纯体力活，要么工资太低，待遇合适的，至少要求有个本科文凭。秦宇就不懂了，一个公司文员、产品销售为什么一定要求上过大学，他懂电脑打字快，脑子好使沟通能力强，社会经验还丰富，不是他骄傲，就这网站里百分之九十的工作他准保不用培训直接上手。只是这些公司什么都不管，不论能力高低，只顾卡着文凭，学历不够啥都归零。

最后秦宇在这个本地招聘网上，给自己打了个广告，还花了五十块钱做了推广。只希望有位伯乐能够挖掘他，联系他，让他下个月能有工资挣。

打完广告秦宇每隔几分钟就刷一遍，阅读量增长得倒是很快，只是没有留言没有电话，秦宇安慰自己，那位伯乐的行动可能没有那么快。

中午时候手机响了，秦宇已经把包子和粥吃得精光，又要了碗豆浆慢慢喝完了。小吃店老板知道他坐在这儿就是消磨时间，空碗都没给他收。秦宇接起电话，把面前的两只空碗摞到一起。

"喂哥，怎么着，下午忙吗？"电话里宋浩宇的声音有些回响，像是正走在外面。

秦宇说："能挤出时间。你已经出门了？"

宋浩宇说："没有，许一朵和陈新月来找我吃饭了，带了一桌子外卖，我刚出门买了几瓶果汁，家里没喝的了。饺子馆里也只有汽水，许一朵说她减肥，不喝碳酸饮料。"

秦宇说："她俩倒是挺喜欢来家里玩。"

宋浩宇笑笑："我爸妈白天都在店里，家里没人，比较自由。"

秦宇说："你们下午打算去哪个商场啊？"

宋浩宇说："稍等啊哥，我开下门。"

"嘎吱"门响，然后是电视机的声响、两个女生隐约的说话声，宋浩宇应该已经拿着果汁回到家里了。

没多久，电话里宋浩宇的声音重新回来："我们去万达商场，甜水路上新开的那家。"

"跑那么远。"秦宇点了下头，"行，那我下午过去找你们。"

宋浩宇说："我们等你一起吧，正好许一朵开车过来了。"

秦宇赶紧说："不用，你们先去……"他没说完，宋浩宇似乎把手机拿开了，在跟陈新月说话。秦宇清清楚楚听到陈新月说："我们吃完饭，然后可以去秦宇的工作单位找他。"

秦宇立即大声说："别来找我。"

宋浩宇被吓了一跳，电话那边两个女生一定也听到了。宋浩宇握着手机，对两个女生解释说："可能是不方便，去单位会影响我哥工作。"

秦宇撑着脑袋，对手机解释说："我今天，不在旅行社，在外边跑业务，正好就在甜水路附近。所以你们说个时间就行，我自己过去。"

宋浩宇立刻"噢"了声，说："那行，那下午三点？"他用目光询问两个女生，然后对秦宇确认说，"下午三点，咱们商场碰面。"

电话挂了，秦宇使劲揉了两把头发，搞不懂一个电话为什么打得那么坎坷。他工作丢了，其实不怕宋浩宇知道，毕竟他之前换过好几份工作，宋浩宇清楚他是个怎样的人，有时还帮着他一起骂老板。他工作丢了当然也跟许一朵没啥关系，讲不讲的都没压力，按照许一朵性格，知道了也只会专门跟他碰杯酒，打个哈哈就过去了。那么他遮遮掩掩的，只是不想让陈新月知道。

尽管这回并不是他被开除，而是他踹了老板，说出来也不丢人，但秦宇就是难以开口。毕竟就在几天前，他还跟陈新月介绍了自己在旅行社的工作性质，转眼间就成了无业游民，说出来总觉得不太可信，好像之前对她撒了谎一样。秦宇十分想要维持形象，于是决定先瞒着。

小吃店到了中午没什么人了，老板拿抹布擦着旁边的桌子，秦宇把空碗往桌子中间一推，示意可以收拾了，然后起身出了店门。

秦宇走到公交站牌后面，慢悠悠抽了根烟，等了两趟车，拖到第三趟公交来了，他才上了车。如此这样，到万达商场也刚两点。秦宇在商场一楼溜达了一圈，碰到了一个推销美妆产品的，销售小姐姐挺热情，挖出一坨面霜就往他手上抹，秦宇退了一步，说自己不化妆也不护肤，销售连说没关系，把面霜均匀涂抹在了自己的双手上，然后拿出一张二维码，让秦宇关注品牌公众号，之后可以送他一块巧克力。

销售小姐笑嘻嘻地问："巧克力总可以吃吧？"

秦宇没再拒绝，点开手机扫码了。

销售小姐转身捧出一个塑料盒子，里面装的都是爱心形状的巧克力，有粉蓝两种包装。秦宇随手拿了一颗蓝色爱心，装兜里了。

之后秦宇把商场一楼都快逛完了，宋浩宇他们终于来了，几人在商场门口碰上了面。秦宇一眼就看到陈新月今天穿了条新裙子，蓝白条纹的，款式像是衬衣，但是很短，露出两条洁白的腿，脚上还是那双白球鞋。秦宇抬头看向她的脸，陈新月跟他对视，眼神稍微眨了一下，像是不动声色地打招呼。

秦宇稍微愣神间，听见宋浩宇说："哥，你等挺久了？"秦宇立即把目光转向宋浩宇，说着："没有，我刚到没多久。"

许一朵拉着陈新月说："咱们先进去吧，在门口挡路。"宋浩宇推开玻璃门，用身子抵着，许一朵跟陈新月走了进去，秦宇拍拍宋浩宇的肩，两人跟着进去了。

尽管是中午，但今天周六，商场里人不算少。一行四人零零散散走着，一楼都是珠宝首饰化妆品，许一朵跟大家说："咱们要不直接去二楼男装吧。"陈新月说："稍微逛一逛，这商场我还没来过呢。"许一朵笑："昨晚跟你说，你还不愿意出门，是不是一出来逛街心情就好多了。"陈新月说："我没有不愿意出来，我是晚上睡得晚，怕起不来床。"

秦宇忽然想，自己都不知道陈新月家住哪里，昨晚他回到家里都半夜了，那会儿陈新月已经回到家了吗，还是在路上呢？

"我感觉你根本没睡吧，大清早就叫我了，我都没听到消息。"许一朵回头，对两个男生说，"今天的午饭是新月买的，铁板烧装了好几大盒，四人份的，她自己都拎不动。我们不知道秦宇中午不在家。"

秦宇愣了一下，才说："哦，我工作有事。"

陈新月淡淡笑了下："没事，我们都吃光了。"

宋浩宇说："我吃了两大份海鲜烩面，现在都还撑呢。"

边说边逛，两个女生被前边一个柜台吸引过去了，宋浩宇停在原地，转头跟秦宇说："陈新月给我爸妈也买了铁板烧，一人一只焗龙虾，还在店里陪我爸妈聊了会儿天。刚才出门之前我爸才跟我说的，夸陈新月这个女同学很懂事，还说让她破费了，让我好好请回来。"

秦宇脚在地上一蹭，点着头说："挺好，舅舅高兴就行。"

这时两个女生叫他们，秦宇一瞧，发现她们跑到那个送巧克力的化妆品柜台前面去了。秦宇担心之前那个销售把他认出来，结果过去以后发现换人了，现在销售换了个男的，依旧很热情。

四个人一起关注了品牌公众号，秦宇把原先的删掉再重扫，之后每人都拿了一块爱心巧克力。两个女生拿的粉色的，男生拿的蓝色的，大家剥开糖纸就都塞嘴里了。

　　这种事情原本没意思，但几个人一起做就显出了乐趣。许一朵把巧克力咬掉一半："粉色是榛子的，你们的是什么味道的？"

　　宋浩宇仔细品尝："酒味？"

　　秦宇点头嚼着："应该是酒心巧克力。"

　　陈新月听到了立即说："蓝色是酒心的啊？"

　　许一朵说："好像在喜糖里见到过。"

　　陈新月说："我家小时候过年会专门准备酒心巧克力，好多年没见到了。"

　　许一朵见她喜欢，说："我再帮你要一块去？"

　　陈新月拉住她，笑了笑："别了，我又不是小孩。"她指了下前边的扶梯，"从那里上二楼吧。"

　　许一朵说："那走，给宋浩宇看西服去。"

　　宋浩宇嘿嘿笑了一声，说着："这么多人陪我一人买衣服，真麻烦你们了。"嘴上说着麻烦，心里却得意，高高兴兴就跟着乘扶梯去了。

　　来到二楼，紧挨着楼梯口的一整片都是卖男士西装的，大大小小的牌子都有。许一朵拉着陈新月走过几家，看到了雅戈尔西装，说："这个牌子我爸好像穿过。"

　　陈新月拎起一件外套看吊牌，价格一千块出头，许一朵转头问："一身大概两千块钱，可以不？"

　　宋浩宇说："行啊。"

　　许一朵一招手："那咱们进去看看。"

　　几人走进雅戈尔，导购立即迎了上来，简单询问几句，然后领着宋浩宇朝店内悬挂的一大片西装走了过去。许一朵远远相中了一身藏蓝色带暗纹的西装，立即跟过去指着说："这个有他能穿的尺码吗？"

陈新月在等候椅上坐下了。

秦宇简单转了几步，拿出一身黑色西装看了看，又拿出一身灰色西装，像是棉麻的，比一般面料软薄，手感很舒服。他把西装放回去挂好，朝陈新月走了过去。

陈新月正低头看手机，一抬头对上了秦宇的目光，轻轻"嗯"了一声。

秦宇伸手掏兜，先回头看了看宋浩宇和许一朵的位置，他俩正全神贯注听着导购介绍西装。转回头来，秦宇把那块蓝色的爱心巧克力摸到手里，伸出来递给了她。

他低头看着说："酒心的。"

陈新月微微一愣，然后抬着目光问："你什么时候拿的？"

秦宇没说话，像是怕被发现，把巧克力又赶紧往前递了一下。陈新月静静看着他的脸，伸手接过，剥开包装纸，直接就放嘴里了。

宋浩宇最后确定了两套备选，一套是许一朵看上的深蓝色西装，另一套是纯黑的常规款。他先试穿了一身蓝西装，许一朵拍手："好看好看，一看就是年轻有为的银行骨干。"接着他又试了黑色的，许一朵皱眉："这个太老气，等你当上行长再穿吧。"

导购是个中年阿姨，拿长辈的眼光建议说："其实黑色西装百搭，要是嫌颜色老，可以配条浅色领带。"说着导购拿来一条浅蓝格纹领带，给宋浩宇搭了一下。

许一朵摇头："我还是觉得深蓝色的好看，上面的暗纹比较有特点，还显瘦。"她问站在一旁的秦宇，"是不是深蓝色更好看？"

秦宇看不出来："长得差不多。"

许一朵又看陈新月，陈新月坐在椅子上说："都还不错，让他自己选吧。"

　　宋浩宇说："要不就要深蓝色的？"

　　导购这时赶紧说："两款要是都喜欢，就都拿下吧，我们店正好有活动，两套衣服打七折，今天是活动最后一天了。我家牌子难得有这么大力度的折扣。"

　　宋浩宇对镜整了下衬衣领子："我就要一身就行。"

　　导购说："我看你是新参加工作来置办西服，是吧，我儿子跟你差不多大。阿姨跟你说啊，这种西装送洗，至少两三天才能拿回来，起码要准备两套替换着穿。"

　　宋浩宇说："我们公司平时不要求穿正装，预备一套就够了。"

　　导购低低"啊"了一声，有点遗憾的意思："要不再看看别的，我家还有休闲装，小夹克什么的，凑个七折多合适啊。那边也有女式西装……"导购看向两个女生，许一朵和陈新月没给回应，表情明显不感兴趣，导购又看着秦宇问，"这个小伙子也得需要西装吧？一起买至少能便宜一千多。"

　　秦宇摇头摇了一半，宋浩宇忽然转回身："对啊，哥，你之前不是说坐班需要穿正装吗，不穿还扣工资？"

　　之前旅行社确实有这个要求，只是秦宇从来没穿过，老板也懒得过来检查。更何况，他现在根本没这工作了。秦宇往前迈了一步，跟宋浩宇笑了笑："我就不用了吧。"

　　导购说："需要就再挑一套，阿姨不骗人的，你们尽管在这商场里面逛，这商场就属我家西装样式多，价格也合适……"

　　秦宇刚要张口，视线莫名其妙扫到了陈新月身上，她正似有似无看着他。秦宇本想拒绝，不知起了什么心思，一出口话就变了，对着导购道："那行，我试试吧……就那套灰色的。"他随手一指刚才摸着软乎乎的那套西装。

导购过去拎出那套灰西装，笑脸一下子灿烂了，秦宇当即心知不好。导购把西装给他挂在试衣间门上，说着："这是新到的货，还没来得及挂出来，小伙子眼光真好，这面料轻薄透气，还不容易打褶。你穿一八零就行，我再给你搭件衬衣……"

秦宇进试衣间里一翻吊牌，外套三千多块，裤子一千九百块，加起来是宋浩宇西装价格的两倍，难怪导购笑得那么灿烂。小心翼翼在身上套好，秦宇总结出个经验，藏在货架里面的不一定是打折货，还有可能是尚未展示的最新款，好一个深藏不露啊。

试衣间门一开，导购就守在门口等着称赞，左一个合身，右一个精神。秦宇没往镜子前面站，先看向宋浩宇他们。宋浩宇穿着那一身黑西装，对他笑眯眯的："哥，你这一身不错啊。"

秦宇心说：等你知道了价格觉得更不错。许一朵打量他一番，然后跟宋浩宇说："看吧，西装还是有颜色的好看，这套灰的好看，你那套蓝的好看。"整得宋浩宇连连说："行行，蓝的好看，我就要蓝的了。"最终让秦宇打定心思的，还是陈新月抬头看着他，然后点了下头，说："是挺不错的。"

是挺不错的。秦宇看重的不是这个评价，而是陈新月在点头之前，认认真真看了他两秒钟，这让秦宇觉得，她的点头是真心诚意的。

于是秦宇也对导购点了下头："这套我买了，去哪儿结账？"

刷完卡，秦宇的手机发来个短信提醒，卡里的余额只剩一万出头了。原先卡里一万大几千，现在一万小几千，稍微再一花就只剩四位数了，这上下几千元的浮动，带给人的心理差距还是挺大的。

宋浩宇拎着袋子跟两个女生走过来，秦宇赶紧把短信按了，许一朵余光瞥见他的手机屏保，乐了，拽过来看："哟，日进斗金？"

满屏一张黄澄澄的大图，上书四个红色大字——日进斗金。秦宇倒是没藏着，展示给她看："跟我之前办公室电脑屏幕一套的，老板发过来的，说这几个字开过光。"

许一朵说："电脑图片也能开光？"

秦宇说："谁知道呢，看着喜庆我就用着了，就是土了点。"

许一朵松开手："不土啊，大俗即大雅，挺有意思的。"秦宇笑了笑，见陈新月没有想看的意思，就把手机装起来了。然后他想到，昨晚她夺过他手机的时候，没准已经看到了。

电影票买的五点的，时间差不多到了，几人从二楼男装部直奔七楼电影厅，宋浩宇拎着两套西装袋子走在最后面。导购给包装得很好，西服拿衣架撑着，外面罩了个防尘袋，衣架钩子从袋里伸出来，回家直接往衣柜里一挂就成。西装不能叠，要平平整整地放，因此包装纸袋格外大，长度接近一米，坐电梯都挤，得斜过来拿。秦宇说帮着宋浩宇拎，他不让，一人拎一套都不行。也能理解，估计是宋浩宇发现秦宇买的西装价格高，只为了给他凑七折，他过意不去，所以想在别的方面找补回来点。

宋浩宇在影院门口机子取了票，秦宇看到柜台有卖零嘴的，问大家："吃爆米花不？"

两个女生摇头。

秦宇又问："可乐呢？"其实主要是问陈新月，陈新月又摇了下头，他就当大家都不需要了。

没多久进了场，靠着走廊的四个连座，陈新月先进去坐下了。秦宇心里有想法，但又不敢表现太明显，于是站在走廊上等着，许一朵进去坐下了，宋浩宇跟着进去了，秦宇坐在最边上，距离陈新月最远。

秦宇不知道看个电影是否只有他自己想法这么多。说起来他好久没进电影院了，真的算久，上一次来看电影还是小学的时候，他妈单位发了两张票，带他来看，还破天荒地买了大杯可乐和一把炸串。秦宇一手可乐杯，一手握炸串，看到别的大部分孩子都没有，心里头可得意了。那时候电影院远不如现在条件好，影视效果也差，3D压根没听说过，众人在大场子里面排排坐，就着单一的音响，看着前边一块幕布。秦宇记得那是长春电影制片厂的一个片子，家庭教育主题的，一个小女孩为了让生病的母亲吃顿有营养的，把自己从小养大的乌鸡炖了汤，那只乌鸡叫毛毛，白毛黑脸，生前毛茸茸的挺可爱。小女孩端汤的时候哭了，影院里各个位置都传来轻微的啜泣声，秦宇抬头，看到母亲眼中也泛出泪花，他本来没被触动，但瞧见母亲哭了，又看回电影，忽然心头一酸，也咧嘴哭了几声。

　　看完电影，母亲又给他买了个甜筒，夸他懂事，长大了一定孝顺。

　　现在他长大了，不得不懂事了，孝不孝顺不知道，也没机会表现了。回想往事，他首先只想到母亲望着大屏幕，眼眶湿润的神情。在昏暗的电影院里，母亲的表情那样温柔，明亮，生动，在他哭出声后，母亲立即抹了泪，转过头来轻轻拍他的背。

　　那个时候真好啊，他心里酸，就能够哭出声，哭了就有人哄，哭完了还有甜筒吃。甜筒又冰又甜，舔一口，什么难事都忘了。

　　今天的电影是动作片，不怪宋浩宇不会挑，最近没什么好片子，这是评分最好的了。看个特效热闹热闹，也还不错。影院里环绕音效轰隆隆的，秦宇戴着3D眼镜，感觉脑袋震得晕，等到看完，胃口也给震没了。

　　七楼是商场顶楼，除去电影院就是美食。出了影院没走几步，他们直接走进隔壁葫芦娃火锅店。许一朵张罗着点了一桌涮菜，一口鸳鸯锅热气腾腾地上来了，看着喷香，秦宇没胃口吃不动，肉都没吃两口，有点可惜了。

涮完火锅九点多了，商场里放起了《回家》的萨克斯曲，最后一拨客人开始往外撤。他们几个坐上直梯，秦宇按了个一层，陈新月从后面伸手，紧接着按了个负一层。

秦宇回过头，陈新月说："我们开车来的，在地下停车场里。"秦宇想起来了，早上宋浩宇在电话里说过，许一朵开了车的。看个电影给他看晕了，没反应过来。秦宇"哦"了声，又把脑袋转回去了。

等走到停车位面前，秦宇一下蒙了，又是那辆锃亮的黑色奔驰，他开去哈尔滨的那辆，车牌号都一模一样。

许一朵手里掂着车钥匙去开车了，陈新月坐进副驾驶，宋浩宇钻进后车门。许一朵看只剩秦宇站在原地，说："上车吧，你俩坐后面。"

秦宇指着问："这到底是谁的车？"

许一朵说："噢，这是新月她家的车，不过她不会开。"

秦宇重复："她家的？"

"算是她后爸的。"许一朵感觉有些奇怪，说，"我们出来玩，她问家里借来开，怎么了？"

秦宇说："没事，我看这车挺好。"

许一朵笑了笑："是挺好，开着舒服。你快上车吧。"

秦宇说："她后爸……就是跟她妈最近再婚的那个人，是叫郑诚舟吗？"

"好像是姓郑。"许一朵说，"到底怎么了？"

秦宇说："认识，确认一下。"

许一朵不明所以，秦宇冲她一点头，开门钻进后座了。初识那晚秦宇在车里翻到的驾驶证上的名字，郑诚舟，其实是陈新月后爸，秦宇算是没猜错。

但刚开始不了解，一激动给误会了，还以为车是她偷来的。

今晚吃饭大家都没喝酒，所以四个人里，三人都可以开车。但许一朵愿意开，觉得是她开来的，就该她开回去，包接包送是个道理。许一朵开车技术也很不错，比较稳当，不属于那种人见人怕的女司机，她高中毕业就考驾驶证了，在大学里租了辆车，周末就开出去玩。本来目的是散心，为了把孙巍忘干净，后来她反倒热爱上了野营，还陆续置办了烧烤架和帐篷。

许一朵这性格挺好，爱玩就好，会玩是福，就怕连想玩的心情都没有了。后来许一朵不跟两个男生聊天了，边开车边跟副驾驶的陈新月说话，时不时咯咯笑两声。秦宇觉得陈新月有许一朵这样的朋友很有福气，能把她带得开心一点。

车子先开到了洪峰饺子馆门口，秦宇和宋浩宇下车了。副驾驶车窗降下来，宋浩宇从后备厢拿出西装大袋子，冲车里说："快回去吧，到家跟我说一声。"之后又笑了下，"谢啦，陪我买西装，辛苦辛苦。"

车里应了几声，窗户慢慢升回去了。车走以后，宋浩宇才拎着两个大袋子，急急忙忙跑上楼上厕所去了，秦宇停在路边点了根烟。

家里他舅和舅妈不抽烟，宋浩宇也不抽，秦宇一般抽烟都跑去外面。他缓缓吐出口气，看着扩散的烟雾和路灯光圈晕在一起，想不起自己抽烟是从哪儿学的了。

跟谁学的呢？一根烟抽到烟屁股，秦宇换了一根点燃，心想多半是跟他姥姥。

他母亲出事以后，他姥姥大病一场，之后信了基督，每天嘴里念念叨叨，身体倒慢慢恢复了。秦宇辍学以后，在他姥姥家住了大半年，直到满了十六岁。那时候其他人都劝他回去读书，只有他姥姥不劝。

他姥姥家是县城平房，堂屋正中摆一张四方麻将桌，从中午到夜里，秦宇就没见桌边缺过人。他姥姥一般盘踞在坐北朝南的圈椅里，右手夹根烟，拿牌出牌，吸烟弹灰，全凭一手搞定。而她的左手边放着一本《圣经》，上面搁着烟盒和零钱。

秦宇刚去那阵，他姥姥时不时把他叫过来站旁边，右手扔出张牌："二条！"左手在《圣经》上敲两下，"小宇啊，人有原罪，你知道原罪是什么吗？"

秦宇对她说："姥姥，我不去学校了，不上学不算犯罪吧。"

他姥姥说："你理解的犯罪也不对，主所说的犯罪，就像是箭手错失了箭靶，没有目标，盲目地生活下去，就会持续受苦并且制造苦难，这是原罪。"

秦宇没说话，他姥姥看着牌面，问："懂我意思吗？"秦宇站在桌边说："懂了。"他姥姥问："你说说我什么意思。"秦宇说："你是说我上学也没用，姥姥，你思想真开明。"

他姥姥抬头看他一眼，转手从桌上吃了张牌，指着他叹了口气："有空看看《圣经》，主会保佑你的。"她分了个空将牌插进去，然后将整副牌推倒，"我胡了。"

另外三家怨声叹气，将麻将揉得噼里啪啦响，他姥姥将赢来的钱都搁到《圣经》上边。秦宇记得那本《圣经》是描金的，厚重贵气，页边闪着光。秦宇没翻开过《圣经》，只是一直记着他姥姥说过的这几句话，他可能要花更多时间去搞懂它们。

直到后来他妈迁坟，白发人送黑发人，他姥姥再次大病一场，《圣经》就搁病床旁边，只是她再也下不了床了。直到他姥姥离世，在地下永远陪在女儿身边了，秦宇独自生活，浑浑噩噩，始终没有懂得那几句话的意思。

整座城市渐渐沉入黑夜，饺子馆已经打烊了，舅妈一定正在后厨准备明天的饺子馅，而宋洪峰应该随便挑张桌子坐下，开始算今天的账。这些事情都成了定律，秦宇不用猜也知道。

他不着急进屋，手揣兜里往前溜达了几步，晚上起了阵小凉风，吹着舒服，是天然免费的空调。接到陈新月电话的时候，他也并不太意外，好像冥冥之中你挂念着什么，总能收到回应。上次已经把她的号码存下了，陈新月这三个字头一次完完整整出现在屏幕上，秦宇看着，忽然觉得这名字很适合晚上。她要是叫陈满月多好啊，也不算难听。

秦宇接通电话，说："我发现你挺有意思的。"

陈新月说："怎么了？"

"总喜欢在聚会之后，悄悄联系我。"秦宇说，"怎么着，你是喜欢偷摸的感觉？"

陈新月说："我没有偷偷摸摸，我有事情跟你说。"

秦宇说："有事刚才在车里不说，你是防着许一朵，还是防着宋浩宇啊？"

陈新月说："这些事情跟他们聊有用吗？"

秦宇说："跟我聊就有用？"

陈新月那边停了两秒钟，然后说："秦宇，你今天怎么这么叛逆？"

秦宇乐了下：还叛逆，我还非得顺着你不行了？他换了只手握手机："有事情就找上我了，我昨晚说了帮你，你又不接受。你这样自说自话的，跟谁都没用。"

"昨晚那时候……"陈新月抢了一句，说，"我以为你要故意吊我胃口，所以我才把手机抢过来的。"

秦宇哦了声："你又想找我帮忙，又信不过我，你让我咋办？"

陈新月说："我昨晚没理解你的话。"

秦宇说："我一共没说几句话，哪句复杂了？"

陈新月说："你说帮我，我以为只是套近乎。"

秦宇说："隔了一天，你就觉得我是真心实意的了？"

他语气不大好，陈新月却快速说了声"对"。秦宇不由得一愣，然后说："那你转变还真快。"

陈新月说："我昨天不了解你的情况。"

"什么情况……"秦宇开口又愣了，快速一想反应过来，"你今天打探我的情况了？今天上午，在饺子馆里？"

下午那会儿宋浩宇跟他说，今天午饭是陈新月打包带来的，她来得比较早，特意带了舅舅舅妈的份，还在店里跟他们聊了会儿天。他还奇怪两个女生怎么总喜欢往家里跑呢，原来这回是带着目的来的——故意来打探他的。

陈新月在电话里说："别嫌不够公平，你不也打探我了。"

秦宇说："我……"

陈新月说："你早就知道我爸殉职了。宋浩宇根本不清楚这件事，许一朵知道，但她跟你不熟也不会主动跟你说。那你是跟谁打探的呢？大概是那晚开车到解放二院以后，你跟医院的人打探到的吧。"

秦宇握着手机没说话。陈新月说："你早就对我的事情好奇了，比我打听你更早。要论侵犯隐私，也是你先侵犯我的。"

秦宇心说算你嘴皮子厉害，脑袋点了下："你厉害，难怪你密室玩得好。"

陈新月说："你很早就对我的事上心了，不是出于同情，也不是出于乱七八糟的想法，而是感同身受，所以我相信你说的话了。秦宇，你说我主动联系周大千会打草惊蛇，有想法的话通过你，你来帮我。"

秦宇说："是这个意思。"

陈新月说："我现在有想法了，我们见一面吧，我去找你。"

"现在？"秦宇立即抬头看天，乌漆墨黑的夜空，"太晚了，咱们约个地儿明天见。"

陈新月说："我听着你在外面，有车，还有做生意的。"

秦宇说："你听力挺好。我就站家门口抽根烟。"

陈新月说："你现在准备回去休息了？"

秦宇问："你等不及明天？"他看着向前延伸的马路，握了下手机说，"这样，你别过来了，我去找你吧。"

陈新月说了声"好"，然后秦宇等着，没等到其他的话。秦宇说："你还没告诉我你家住哪里。"陈新月依旧没及时说话，秦宇感觉她在犹豫，"不想让我知道你住哪里？"

陈新月说："你也不想让我们知道你的工作丢了，对吧。"

秦宇没想到她回这么一嘴，愣了："你咋什么都知道……"

陈新月却忽然说："我想到了。"

"啊？"秦宇跟不上她反应，"想到什么？"

陈新月说："我知道约哪里见面了。"

秦宇问："哪里？"

陈新月说："距离你家饺子馆一条街，有家网吧，十块钱就能待一晚上，你之前说过的。"

秦宇说："是，UU网咖，路边有块亮灯的牌子，好找。"

陈新月说："就约在那里，四十分钟后见。"

四十分钟，还卡得挺精准。秦宇挂了电话，稍一琢磨，觉得这陈新月有意思。一般人报时都喜欢凑个整，要么半小时，要么就定一小时了。四十分钟，说明陈新月此时人离得挺远，紧赶慢赶过来也需要半个小时以上，而一个小时她又等不及。

他舅家饺子馆这位置接近市中心，距离半小时以上车程就跑到郊区去了，大都是大型工厂，住不了人。除了两处，一个是北边的甜水街，属于新开发的新城区，购物娱乐发达，今天去的万达商场就在那里。还有一个就是三曲舞厅那边了，那里属于南边的老城区，旧小区也有几所。

秦宇其实大概有判断，陈新月现在应该在三曲舞厅附近，她或许就住在那边，不然也不能看到周大千进舞厅。

时间富裕，秦宇先回了趟饺子馆，打算洗把脸精神精神。店里没有人，秦宇走进后厨，看到宋洪峰正在炉灶上烧青辣椒。厨房里飘着一股微呛的味道，又带点清香，闻着很有食欲。

秦宇问："舅，你这是要做菜？"

"做饺子馅。"宋洪峰把一根烧出虎皮的辣椒从筷子上取下来，扔凉水盆里，又换了一根穿上，在炉火上均匀转着圈。他指着一旁的塑料袋说："隔壁送来了一袋子尖椒，自家种的，肉厚新鲜，我给你们做一顿剥皮辣椒水饺尝尝。"

秦宇说："虎皮尖椒泡水，然后把皮剥掉，剁成馅？"

宋洪峰说："对，跟猪肉馅一起包饺子。"

秦宇说："这能好吃？"

宋洪峰"哎"了一声："可好吃呢，你们都不信，我刚跟宋浩宇说，他也嫌这搭配奇怪。早些年我在小饭馆里吃过一回，现在都念念不忘。"

秦宇问："在店里卖吗？"

宋洪峰说："不卖，咱们自己尝个鲜。辣椒烧起来太费事，一晚上也没弄多少，只能明天早上吃了。"

秦宇笑了下："行，早饭有盼头了。"他走去水池，撩水洗了洗脸，然后把水龙头关了。宋洪峰转着辣椒问："一会儿还要出去？"

秦宇抽了两张餐巾纸擦水："对，出去有点事。"他把纸在手里团了两下，又朝宋洪峰走过去，"舅，今天陈新月，就宋浩宇那个女同学，是不是来店里跟你们聊天了？"

宋洪峰说："是，还特意给我们带了饭。这剥皮辣椒饺子，让宋浩宇明天联系她，给她也带一份，挺新鲜的，外面吃不到。"

秦宇说："陈新月问我的事了吧？"

宋洪峰说："问了两句。"

秦宇说："都问啥了？舅你回忆回忆。"

宋洪峰说："她刚开始问了你跟宋浩宇的关系，她以为你俩是亲兄弟呢。我告诉她不是，我只是你舅。"

秦宇点头："她还问什么了？"

宋洪峰穿上最后一根辣椒："她问，你为什么住在我家里，我说你单位就在附近，住着方便，比租房舒服。她问你自己家离得远吗，我说……"

宋洪峰手上顿了一下，话也卡住了。

秦宇低着头点了一下，就是这句话聊到点上了。他自己家离得远吗？宋洪峰会怎么回答呢？这孩子可怜，没有自己家。可能话语略有变化，但意思就是这个意思了。

如果陈新月再问下去，宋洪峰会长长叹出口气说："这孩子可怜啊，父亲走得早，我姐独自一人把他拉扯到初中，然后也撒手走了。这孩子也逞强，不靠任何亲戚，十六岁就在外面打工，什么工作都干过。今年终于找了个附近的工作，在旅行社坐办公室，有沙发有空调，工作环境舒坦，也能在家里吃口好的，睡舒服点了。"

宋洪峰"咔嚓"关掉炉灶，最后这根辣椒火候大了，表皮都黑成炭了。宋洪峰把辣椒丢进水盆里，跟秦宇说："其实没问什么。那女孩挺懂事的，知道是伤心事，就不往下问了。"

秦宇等了两秒，抬头跟他笑笑："没事，舅，我也是随便问一下。我帮你剥辣椒皮吧。"

宋洪峰说："不用，一会儿宋浩宇下来帮忙。你不是还要出门？"

秦宇说："还有时间。"

泡过水的烧辣椒好剥，稍微一搓，皮就下来了。秦宇没帮忙剥多少，就听到后门响了一声，宋浩宇还有舅妈都过来了。

舅妈笑呵呵的："哟，辣椒都烧完了，挺快呀。我以为你要弄到半夜去了。"

宋浩宇跟秦宇打了声招呼，然后也戴上手套，加入了剥辣椒的队伍。

秦宇又剥了几分钟，然后抽出手，摘了手套："我该出门了。"

宋浩宇抬头："哥你大晚上干吗去？"

秦宇在水龙头下洗手，跟他说："有事。"他擦干净手，对大家笑，"行，我就先溜了。"

宋洪峰对他一点头，舅妈道："有事快去忙，明早多吃两个饺子就行，你舅做的这个怪麻烦的，也不一定好吃。"

"哪能啊，我跟你说味道一定好……"

秦宇走出厨房前，回头看了一眼，他们一家三口围着一个不锈钢大盆，其乐融融地剥辣椒。秦宇一下子想到了一种亲子游戏，爸爸妈妈带着孩子，人手一小网，在一个盆里捞小金鱼，妈妈推搡爸爸嫌他手笨，孩子咯咯笑着，这场景他在商场里曾经见到过。

宋浩宇和他爸妈三口才是一家，气氛在那里摆着呢，一眼就能看出来。

这一瞬间，秦宇忽然想到他过问宋浩宇，怎么两个女生都喜欢来家里找他玩，宋浩宇回答说："因为我爸妈白天都在店里忙，不在家里，所以比较自由。"

不是的，这答案不对。不是因为你宋浩宇家里没人管，而是因为你有爸有妈，家里太正常了，以至于幸福得连你自己都意识不到。

秦宇把厨房门带上了一半，走到外面，又把大门关严了。门锁轻响，宋洪峰抬起头，透过门缝，正好能看到空荡荡的店面。桌椅在灯光下泛黄，宋洪峰有些恍惚，想起他刚才对秦宇说的——不该问就不问了，陈新月那女孩挺懂事的。

他又想起，上午跟陈新月聊天的时候，他最后一句话也是叹息——秦宇这孩子命不好，但是个懂事的孩子。

只是这话不对啊，要反过来说。明明是懂事的孩子，明明都是好孩子，但是命不好，凭什么呢？

秦宇跟陈新月正好在网吧门口碰上了，秦宇心想幸好自己跑了两步，不然还得让她等。陈新月依旧穿着白天那条短裙，迈着两条细腿，离老远就看到了，秦宇到跟前首先问："你冷不冷？"

陈新月摇头："不冷啊。"

人家好看就该夸人家好看，关心人家冷不冷干吗，拐弯抹角的。秦宇话出口就后悔，又问："你怎么过来的？"

陈新月说："打了辆车，里面不好开，在大路口下了。"

秦宇点头："是，路窄，只能骑自行车。这整条巷东西边都这样。"

陈新月朝巷子里望了几秒钟，晚上小店都亮起了灯牌，有饭馆，有网吧，也有洗头洗脚的，都是自家平房改的。巷子老，树也老，树冠层层叠叠，遮住了夜空。网吧就在巷口，大灯牌很显眼，陈新月看着说了声："我们进去吧。"

秦宇点下头："啊,先进去。"

这家网吧开近十年了,最开始叫优优网吧,后来店面扩了一倍,机子也升级了,名字改成了UU网咖。但是价格没变,大厅一小时十块,沙发座三十块,几年来都这样,挺良心。秦宇开了两台沙发座的机子,拿了两瓶农夫山泉,领陈新月进里边坐下了。

真正上网的都坐外面了,沙发区就两个人,扣着耳机蒙头大睡。挑了两个并排的沙发坐下,秦宇跟陈新月说:"这里最安静,保准没有人偷听。"

陈新月指了指桌上的两瓶矿泉水:"是给我买了一瓶吗?"

"是啊。"秦宇递给她一瓶,还帮着拧开了瓶盖,"你喝。"

陈新月接过,一口气喝下大半瓶。秦宇看着说:"我这瓶你要不也喝了?"陈新月摆摆手,把水瓶放下了,秦宇给她盖好瓶盖,"你咋渴成这样?"

陈新月说:"不知道啊,可能晚上火锅吃咸了。"隔了会,她又说,"也可能我有点紧张。"

秦宇笑了下:"你紧张什么?"

陈新月说:"之前我们单独见面也没什么,知道了你的情况以后,我就感觉不太一样了。"

秦宇说:"我理解。"陈新月疑惑地看着他。秦宇往后靠在沙发上,看着她说:"你之前害怕别人同情,怕别人可怜你,那些安慰不如不要。你装得很坚强,把自己保护起来了。但现在咱俩情况类似,能平等说话,一切摆在台面上,你反而不适应了。"

陈新月也靠上沙发上,胳膊搭着扶手:"你可不要分析我。"

秦宇说:"我不用分析。"

陈新月看着他,眼神轻轻动了一下,那是双漂亮的杏仁眼,让人不敢直视。

秦宇转开目光坐直了，声音像是叹了口气："我哪用分析啊，我是过来人。"他掏出手机，指着电脑桌上的点餐二维码转移话题，"你要吃点什么不？"

陈新月说："我不饿，都这么晚了。"

"那就先不吃。"秦宇把手机掏桌子上，又说，"其实，我们可以约在我办公室里的，要不是我把工作辞了的话。对了，你怎么知道我不给旅行社工作了？"

陈新月说："你想不到吗？"

"想不到。"秦宇说，"我可太好奇了。"

陈新月并不想卖关子，直说："我从咱们市的招聘论坛发现的。"

秦宇拍了把脑门，原来她是从招聘网站看到他的求职信息了，怪不得。

"我着急约你见面，也是因为这个……"陈新月拿出手机，想了一下，又指着电脑，"我能用这个吗？"

"当然可以啊，咱们都在网吧了，不用白不用。"秦宇把她面前的电脑按开，"是要看招聘论坛？"

陈新月说："对。"

秦宇拖动鼠标，看着她前边的电脑屏幕："那我先打开网址。"

点开了招聘网站，秦宇松开手，陈新月接过鼠标说："我昨天，不是记下了周大千的微信号吗，然后我在网页里试着搜索了一下，意外发现了他发的帖子……"

秦宇凑过去看，陈新月输入周大千的微信号，然后论坛里蹦出一条招聘信息——

诚聘小学数学/英语家教，工作内容：辅导小学数学课程，提高孩子的英文水平。英语口语流利，有重点本科学历者优先。有意者联系：×××，×××。

联系方式留有两个，其中一个正是周大千的微信号，一个是另外的手机号。

秦宇说："这应该是，周大千在给孩子找老师吧。"

陈新月说："对，说明他的孩子在上小学。"

秦宇说："他有两个孩子，一儿一女，应该都是小学生。"陈新月立即扭头看过来，秦宇对她解释，"我也是之前从他朋友圈了解到的，他晒过照片，不知是不是龙凤胎，反正俩孩子相差超不过两岁。"

陈新月点了下头："难怪，他给的薪资比一般家教高，原来是要同时辅导两个孩子。"

秦宇接着问："那你什么意思，你是要去给他当家教吗？那不是羊入虎口了？"

陈新月侧脸看秦宇，摇了摇头："我不能去。"

秦宇跟她对视，悟了："要让我去？"

陈新月说："你正好发了帖子找工作，这份工作工资挺高，合乎情理。"

秦宇说："我是要找工作，但是当家教，我不合适啊……那啥，我学历不太够。"不说招聘要求有重点本科学历，即便没这要求，他一初中毕业的，去辅导孩子功课，总归不合适。就算伪造一份学位证去应聘，他也装不像啊，到时候开口英语一股"大碴子味"，还没人家小孩发音标准。

陈新月轻轻点了下头，又看回电脑屏幕，往下滑动鼠标，秦宇不由得问："你还有别的想法？"

"对。"陈新月指着屏幕，"你看这个手机号。"招聘家教的帖子里，联系方式那一栏除了周大千的微信号，还有一个手机号，"这个手机号我也复制搜索了一下，你看——"

她在论坛里搜索这个手机号，又蹦出了几条新的招聘信息，内容都是一样的，通广建筑工程有限公司招聘文员。

秦宇念着说："通广建筑公司，是周大千的公司？"

陈新月问："你知道他的公司叫什么吗？"

秦宇说："这个我不了解，他朋友圈没晒过。"

陈新月把屏幕往下划了一下："你看，这个招聘的联系方式里留了手机号和公司邮箱。我刚开始以为这个手机号是周大千的，那么这家公司也应该是周大千的，但是我又进一步查了一下，不对，这家公司的法人是个女的。"

"女的？"秦宇皱眉，说，"给我看看。"

陈新月点开查询平台，搜索这家公司，法人是一个叫陈玲玲的人。陈新月说："虽然周大千的名字不是他本名，但这个玲玲，明显是个女的，还跟我一个姓。"

秦宇问："有照片吗？"

陈新月往下划，点开，确实有张注册的照片，秦宇盯着仔细看了两眼，恍然大悟道："噢，这是周大千他老婆。"

陈新月侧头问他："在他朋友圈看到过？"

秦宇笑了下："对，周大千他发过全家福。你说说个人隐私有多重要，什么都发，什么信息都叫别人知道了。"他笑是想缓和气氛，笑完又觉不合适，挺严肃的事情，于是又看回屏幕上的招聘说："建筑公司文员我倒是可以应聘，也没有写学历要求，工资多少我看看——"点回工资待遇那栏一看，月薪四千元，不包吃住，五险一金基本没有。

"待遇稍微差了点……算是临时工吧，连着发这么多帖子，说明这工作招不到什么人，竞争的人肯定少。"秦宇问陈新月，"你的想法，是让我应聘这个工作？周大千他老婆的公司，跟他也是密切挂钩的，我可以去应聘试试，没问题，但是你想调查什么？"

陈新月没有直接回答，好像忽然累了，向前趴在电脑桌上，侧过脑袋问："你们在舞厅里聊过天的，周大千会不会认出你？"

秦宇说："到时候看情况。我怀疑周大千有自己的公司，又以他老婆的名义开了个小公司。他们这些做生意的，一般都有好几家公司，我以前也在类似的单位打过工，多少了解一些。如果只是挂名的小公司，周大千不会经常去的。"

陈新月微微点了下头。秦宇看了下电脑时间，十一点半了，问："困了吧？"

陈新月趴那儿"嗯"了一声，她的背薄，肩头瘦瘦的，一把就能攥住了。

秦宇不由得问她："你几天没睡觉了？"

陈新月低声说："我也不知道。"

昨晚她知道了周大千的微信号，估计一晚上都在调查这个事情，再往前推，秦宇想到初次遇见时，她坐在副驾驶上就直接睡着了，而当时的他作为一个陌生人正在开着她的车。她的父亲牺牲半年了，这半年来，她不曾睡过一个好觉。

秦宇说："你要不趴着睡会儿，或者躺在沙发上，这个靠背应该能向后放下来。"

陈新月说："没事，我就待一会儿，想想我需要查清楚什么。"

秦宇说："你慢慢想，把线索捋好。"

陈新月低低地说："我知道。"

秦宇坐了会儿，拧开矿泉水喝了两口，感觉肚子饿得叫唤。晚饭火锅没吃两口，现在扛不住了。眼下走不开身，没准还要一起熬整夜，秦宇低声问："我叫个外卖，你吃不？"

陈新月轻声说"不"。秦宇扫码之后，看这外卖只是隔壁一家超市代做的，有泡好的面、泡好的自热火锅，还有烤肠和炸串。

秦宇点了许多样炸串，炸鸡排、炸蘑菇、炸馒头片，都是他小时候爱吃的，出锅酥香，裹满咸淡适口的酱。他妈说这是垃圾食品，只偶尔才让他解个馋，但秦宇知道，他妈是嫌贵。一串炸馒头两块钱，只有薄薄两片，而两块钱在当时够买一大袋馒头了。

现在物价都涨得离谱，炸串没怎么涨，反倒成了最亲民的食物了。秦宇等了十多分钟，隔壁超市把串炸好，送到了网吧里。

网吧值班的小伙站在外面喊："谁点的串？"秦宇赶紧跑出去拿。等他回来，看到陈新月还是趴在电脑桌上，一动没动。

秦宇慢慢坐下，等了几分钟，确认她是睡着了。她的头深埋在胳膊窝里，肩头随着呼吸起伏，整个人忽然显得那么小。

无论多大年纪了，无论是小孩子，成年了，还是中年老年了，丧失父母以后，都会在某个无助的瞬间里显得那样弱小。秦宇记得他姥姥去世的时候，他舅宋洪峰也趴在床前，号啕大哭得像个小孩子。

秦宇动作极轻地拆开塑料袋，把烤串一口一口吃进嘴里。跟小时候的味道差不多，秦宇不敢多嚼。每一口都在怀念，每一口都在唤醒，每一口都告诉他，这垃圾食品味道是好，顿顿当饭吃都没问题了，因为再没人宠溺地买给你了。

那个催你好好吃饭的人，早就消失不见了。

UU网咖的这条巷子走到头，右拐能看到一片老小区，秦宇小时候的家就在那里。小区是四十年前建的，红砖小楼最高五楼，他家住一楼，窗外带个小院子，院里种着西红柿、小米辣椒，还有葱蒜之类的。秦宇趴在桌前写作业的时候，经常有邻居敲敲窗户，想要讨要两颗新蒜，或者家里炒菜缺葱来讨葱。

秦宇按照母亲嘱咐的，让他们尽管摘，有时跳出窗外，跟邻居说明，这边两棵葱可以拔了，那边的比较嫩，还可以再长几天。

院里紧挨窗户底下砌了一片砖地，布置了一张木桌和两条板凳，适合晒着太阳喝茶。但在秦宇仅存的印象里，他爸秦明朗从不喝茶，只爱喝酒，还喜欢偶尔下下象棋。秦宇小学时候皮，坐不住，只喜欢跑跑闹闹的游戏，反而宋浩宇挺老实，来家里玩时，陪他爸在院子里下过两次棋。

第一次是他爸手把手教宋浩宇象棋规则，第二次两个人对弈，他爸让了一车一马一炮，两人打了个平手。他爸难得露出几丝笑脸，夸宋浩宇有潜力，还醉醺醺拍了拍他的头顶。

象棋这东西下完后，回去要多琢磨，才能进步快。宋浩宇回去乖乖琢磨了几天，却没等到第三次对弈。夜里，秦明朗醉倒在街边，等清早被人发现，身体早都硬了。他手里死死攥着一个酒瓶，直挺挺的像根木头。白酒泼了一身，他浑身都是酒味。

那个时候，秦宇刚上小学二年级，他没哭，他妈也没哭。

后来秦宇慢慢才明白了，他没哭，是因为没那么爱他爸。而母亲没哭，是因为恨他爸。在秦宇印象中，父亲一直是个酒鬼，一张醉醺醺的嘴里能说出什么可信的话呢，就算说爱他，那也是鬼话。再往前推，在秦宇很小很小的时候，或许在秦宇还没出生的时候，父亲应该有好的时候吧，否则怎么能娶到他妈呢？否则，在他鬼哭狼嚎醉倒在床上时，他妈怎么能心甘情愿一口一口喂他喝粥呢？

秦明朗死后，邻居再也不来家里摘菜了，院子里大葱长得半人高，结了一片白花花的葱花，像是大棵大棵的蒲公英一样。宋浩宇也几乎不来家里玩了，改成秦宇去他家里蹭饭。那时候洪峰饺子馆刚开业，舅舅舅妈在楼下忙得脚打后脑勺，秦宇领着宋浩宇进厨房，说："哥教你炒个西红柿鸡蛋怎么样？"

宋浩宇说："哥，我想吃红烧排骨。"

秦宇说："你家不是有本菜谱吗，拿来咱们研究研究。"

后来他们还真把红烧排骨做出来了，排骨做熟了，熟了就是好吃。站在灶台前面啃排骨时，宋浩宇问："哥，姑父去世了，大姑也总是不在家，她去哪里了？"秦宇说："我妈啊，她要账去了。"宋浩宇问："要什么账？"秦宇说："我爸的朋友骗了我爸很多钱，我爸活着的时候没要回来，我妈接着去要。"

宋浩宇问："有多少啊？"秦宇说："好多万。"

那个年代，对于两个三年级的学生来说，万元已经是巨款了。宋浩宇惊叹："钱要回来了，你跟大姑就能过好日子了。"秦宇说："钱要回来了，哥请你去饭店里吃红烧排骨。"宋浩宇说："不，哥，别乱花，钱要攒着。"秦宇说："攒着干吗呀？"宋浩宇啃着排骨想了半天，说："钱攒起来，然后大姑也开一家饺子馆。"

那时候赶上下岗潮，秦宇父母选择相继下岗，父亲靠着一点积蓄跟朋友合伙做生意，母亲在家带孩子。现在父亲去世了，母亲如果能把账要回来，将来作为本金做个生意，也确实是个不错的选择。

秦宇到底还是年纪小，那时居然还期待了一下将来。

如果能把账要回来，就好了。如果那么轻易就能把账要回来，如果日子能勉勉强强过下去，父亲何至于天天酩酊大醉，消愁全借于酒，最后一了百了呢。

原来母亲不是恨他爸，而是恨他爸没眼光，交了个让人死不瞑目的朋友。

夜里的网吧也安静了，安静是相对的，是要靠衬托的。大厅里噼里啪啦敲着键盘，沙发那边两个陌生人鼾声此起彼伏，秦宇点上根烟，打火机"咔嗒"响那么一下，就是极致的安静。

小时候的经历导致秦宇很少喝酒，尤其不碰白酒。秦宇在面前的电脑里编辑邮件，按照通广建筑有限公司的招聘要求，把自己从头到尾夸了一遍，简直是条条符合要求，样样靠谱。之后他读了一遍，觉得自夸得太过了，又把一些夸张的词句修改了一下，例如将"相关工作经验丰富"改成了"有能力胜任这份工作"，将"一定能在工作岗位上发光发热"改成了"乐意为公司效力"。

之后他把邮件停留在编辑页面上，没有点发送，又开一个网页，想看个电影，但不知道看啥。游戏也早就不打了，在虚拟世界里争个胜负，没意义。秦宇松开鼠标，靠在沙发里，目光静静找上陈新月，他看她单薄的后背、柔软的发丝、呼吸的起伏。

这是独一份的单向的打量。从最开始，她坐在医院门外，他站在远处的黑路上；她出现在沙发上，他停留在家门口；到现在，她趴在身旁，疲惫地睡熟了。

他始终没有看清她的脸。秦宇眯起眼，想象不到她任何的表情，只有淡漠的声音，绷直的脊背，和明亮的、偶尔躲闪的大眼睛。

多好的小姑娘啊，聪明，漂亮，亭亭玉立。如果他是她家长，只会打心眼里感到骄傲，必须要努力工作，赚好多钱，给她买车买房，让她不受任何一个臭小子欺负。疼她都来不及，何至于把她扔到这慌乱无措的大环境里，直面危险的敌人，独自造矛造盾，孤身一人抵挡这世间万千洪流。

不该啊，这样的家长不该。

秦宇想，都过去那么久了，他妈都走七年了，他爸走了多久，十多年吧，算都算不清。遇到了陈新月，好多事，一下子又都想起来了。

真像他之前说的，真相没搞清楚，就要受一辈子折磨。他已经这样了，一辈子走不出去也认了，但是陈新月不行啊，他看不下去。他要帮她把真相搞清楚，他扎在遗憾的深渊里，但是能推她走出来。

不是有个词叫救赎吗，他俩能遇见，那就是命运如此安排好的。他能救她出来，他能把她赎出来。他的生命还有丝毫意义，他俩的遇见，就是他生命中意义所在，是发着光的那个节点。

陈新月后半夜醒了，在网吧一般睡不踏实，能睡这么久的，都是累的。秦宇余光看见她脸上压了道红印，没好意思点明。

秦宇看着陈新月问："睡得还行？"

陈新月说："我梦见自己在坐火车，硬座，我趴在那个小桌板上睡觉，车轮轰隆隆的很吵。醒来才发现，那是网吧里打游戏的声音。"

秦宇说："还做梦了，说明睡熟了。"

陈新月拿起矿泉水瓶喝水，然后说："耽误你回家了，你刚才没睡吧？"

秦宇说："不差这一晚上。我刚才把应聘邮件写好了，你看一眼，然后我就发了。"

陈新月凑过去，认认真真读了一遍，然后说："没问题。"

秦宇说："那我就发了。"他按下发送，屏幕上一架纸飞机"咻"地过去了，陈新月在旁边说："你写得很好，你之前在论坛里发的那篇求职帖子也写挺好的，重点突出。"

秦宇说："就是自夸，这还不容易嘛。行，邮件发完了，然后只等通广公司联系我了。"

陈新月说："你刚才问，到了公司需要调查什么。"

秦宇说："对啊，这你得跟我讲清楚。为什么说周大千是害你爸的凶手？"

陈新月往前坐了下："我刚才总结出了三条。"

秦宇乐了："还总结了？我以为你光补觉了。"

陈新月说："我睡着之前就想好了。"

秦宇说："你讲吧，我认真听。"

陈新月稍微顿了一下，开口说："你主要需要调查三件事情。一个是周大千原名叫什么，知道了他的原名，就能进一步摸清楚他的社会关系。"陈新月看了秦宇一眼，秦宇肯定地点了下头，然后陈新月继续说，"第二，你需要注意一名姓廖的工人……"

秦宇问："只知道姓廖？不知道全名？"

陈新月说："不知道，不过这个姓不常见，不容易重名。"

秦宇问："那这个姓廖的人，跟周大千，或者跟你父亲，都有什么联系？"

陈新月说："去年冬天，也就是我爸牺牲前，跟的最后一个案子，是关于建筑工地上的一起事故，一个二十岁出头的年轻工人从高层楼板上掉下来了。那时我放寒假在家，听我爸提起过，工人施工的地方不是新楼，而是在给一栋老楼进行翻修，原先楼板的质量肯定有问题，要么设计不合规，要么是偷工减料了。工人坠楼并不是自己不小心，而是相当于被这栋危楼给害死了。"

秦宇微微点头，陈新月继续说："死去的年轻工人姓廖，我记得，因为这个姓很少见。没过几天，这个案子就被压了下去，算成了工伤赔偿。但是我爸说，如果那栋楼真的有质量问题，会害死更多人的，于是申请继续调查大楼的施工方。之后寒假结束，我就回去上学了，但是临走头天晚上，我听到了我爸在客厅里气愤地打电话，不止一次提到了周大千这个名号和他的建筑公司等一些关键字。"

"之后呢？"秦宇问。

"之后没多久，我爸就出事了。凶手是一个刚从农村来到城里的自行车修理工，接近五十岁。案件调查的结果是，凶手躲在小路上拿扳手袭击路人后脑，抢劫财物，不幸过失杀人，是初犯。但是我不信，我在警局里看到了当时的监控录像，作案现场是监控死角，但是小路附近都有清晰的录像。那个凶手明显是奔着杀人去的，紧握扳手，脚步几乎没有犹豫，下手之后他才慌了，先掉头跑了，跑了很远才又回来，掏走了我爸身上带的所有物品。我认为杀人才是他的目的，拿走财物只是他掩盖的手段。一个抢劫犯，怎么可能会忘记把钱财带走？"

秦宇说："那这个人，跟你爸之前有仇吗？"

陈新月说："这就是蹊跷的地方，这个人跟我爸没仇，反而应该还要感谢我爸。"

秦宇皱眉："怎么说？"

陈新月说："这个凶手叫廖开勇，他的儿子，就是前些日子在工地上摔死的年轻工人。而我爸，当时正在暗中调查这件事情。"

秦宇："那怎么……"

陈新月说："根据廖开勇的口供，警方认为他丧失儿子后，痛苦失常，寻求报复，碰巧袭击了与当时案件相关的警察。那天我爸穿着便装，又是晚上，没人能认出他的身份。但我认为不是的，一个痛失至亲的人，怎么能够去谋害另一个人的至亲呢？他初次犯案，又怎么能够下死手呢？击打一下不行，还又狠狠地补了一下，他哪里攒出来的力气？

一定有蹊跷，警方全都不信我的猜测，但我要继续往下查。我在警局偷偷看到了廖开勇的档案，然后去了一趟他的老家。之后我了解到，廖开勇有两个儿子，都在城里的建筑公司打工，摔死的是他的小儿子，而他的大儿子两年前结婚了，刚生下一个小孙子。小孙子患有先天心脏病，一直住在病房里等着筹钱进行手术。先天心脏病，越早手术，治愈的概率越大……如果有人答应拿钱给他，那是能救命的。"

秦宇不再吭声。陈新月的双手有些发抖，可是秦宇抬眼，看到她的神情格外坚定，带着一种能够说服自己的毅然。她的声音也坚定，好像经过了无数的猜测无数固执的调查与漫长的思虑之后，终于找出了那唯一的可能。

"廖开勇的一个儿子死了，死亡原因他未必清楚，但是他孙子的命运，还在别人手里拿捏着呢。这足以让他不顾前因后果，去杀害一个警察。"

世间没有狂乱无绪的报复，一切是因果的环环相扣。仅剩唯一的儿子，靠钱续命的孙子，钱财的诱哄，权力的威吓，才足以组成一个让愚钝的农村修理工举起扳手、铤而走险的理由。

陈新月清晰记得去廖开勇家的那趟绿皮火车，中午十二点十七出发，下午两点二十七到站，中间两个小时零十分钟，足足要停五站。陈新月没座，站在两条车厢的连接处，脚下的胶皮晃得厉害。车门旁边靠着一个中年男的，包袱摞得跟他腰身一般高，他正在最上头的包里翻东西。

陈新月不由自主盯着他看，这个男的略显老态，皮肤红黑，从侧脸到脖子，像是雀斑接连成了片。他的手掌粗糙，指关节粗得像核桃，好几下才把包的拉链拉开，但那双手足够有力，能看出是靠双手干力气活的。廖开勇的人物肖像，应该就是这个样子，只是他在牢里关着，陈新月一眼也见不到。

这中年男人弓背弯腰，在包里窸窸窣窣翻着，他动作越是愚笨，他找东西越是急切，陈新月越是恨得牙痒痒。好像下一秒他就会掏出凶器伤人，然后任由处置，毫不悔改，像块又臭又硬的石头。

他终于把东西翻出来了，陈新月定睛看，原来是个塑料袋包着的苹果。

中年男蹲下来，陈新月这才发现他脚边还有一个小姑娘，很乖地坐在小马扎上。中年男的把塑料袋解开，将苹果递给小姑娘。苹果是清洗干净的，还带着水珠，小女孩咬了一口，然后递给中年男人吃，中年男人摇摇头，站了起来。小女孩啃了起来，中年男人摸着她的头顶，挡在她身前，隔离着拥挤的人群。

火车摇晃得发晕，陈新月移走了目光。

下火车后，陈新月按照档案里记录的住址，又坐了一小时大巴，来到了廖开勇之前居住的村庄。村子叫陆家村，全村人几乎都姓陆，廖开勇是外来的，没多少人认识他。村头一家超市的大婶相对了解一些情况，跟她闲扯，说廖开勇刚来村里的时候，推了辆自行车，小儿子坐前车筐，大儿子坐车后座，他一左一右扛了两个包，一共就那么多家当。从没见过他老婆，至于是跑了还是死了，没人知道。

超市后头有栋土房子，年久没人，房顶和院墙都塌了。廖开勇稍微收拾收拾，带儿子在里面住下了。过了几天，廖开勇摆出个自行车摊，给人修车换零件。他不爱说话，只知道闷头干活，摊位旁边摆了个打气筒，打一次五毛。一般自行车打气都免费，他这儿还收费，所以也没什么人来，没挣到多少钱，勉强过活而已。

两个儿子长大一些，就都跑出去打工了，几乎没再回家。陈新月问大婶，知不知道廖开勇两个儿子叫什么。大婶只知道小名，一个叫圈儿，一个叫杠儿，估计跟修自行车扯上点关系，但是大名，一般叫不上，也不记得。

大婶还说，两年以前，廖开勇进城待了几天，回来脸上挂上了笑容，说他的大儿子结婚了，还给几户邻居发了喜糖。没过一年，廖开勇又一次进城，这回待了足足半个月，再回来，一丝笑意也没了。据他说，大儿子刚得了小孙子，白白胖胖的，喜人得很，就是心脏有问题，必须尽早做手术修补。就像自行车掉了链子，必须靠人把它装上，否则这自行车是骑不下去的。小孙子的人生刚刚开始，路还长着呢，骑不动可怎么行呢。

只是修心脏不比修车，不是三块五块就能解决的，至少三五十万。廖开勇别说只在村里修车了，就是把整个县的自行车都修了，也挣不到那么多钱。他愁啊，但是他话少，旁人也不清楚他究竟愁成什么样子。

其余大婶了解得不多，只说廖开勇前两个月又进城了，不知道这回有什么事，也不知是好事还是坏事，只是没再回村了。他的自行车摊就在超市对面的空地上，一直扔在那里没管，大婶指了一下给陈新月看。

陈新月慢慢走过去，看到土地上铺着一块防水布，上面零零碎碎扔了些修车的工具和零件。长久没人经管，灰土都飞了上来，那些零件像是埋在土里的文物一样。

陈新月蹲下身子，从大小不一的扳手里，拾起一个。拂去灰尘，银色的金属扳手有些生锈了，又沉又硬，一端是手柄，另一端极其尖锐。陈新月试着挥舞了一下，很有分量，她无法想象，被这个东西抡圆了砸到人脑袋上，会有多疼。

陈新月抱着那个扳手原路回来了，把它放到了警局桌子上。接待她的警察叫于洋，是她爸亲手带出来的徒弟，陈新月从小就认识。她爸拿他当儿子，陈新月也一直叫他于洋哥哥。

当时陈新月憋了一路，一下子就哭了："你听懂我说的了吗，廖开勇他还有另外一个儿子，而且他还有个急需救命钱的孙子。他那儿子也在周大千的建筑公司上班，他的命脉都握在周大千手里了。你查一查他孙子在哪家医院，周大千肯定给钱让他孙子治病了，肯定把他买通了，所以他才带着扳手进城来行凶的，你查一查，一定能查到的。"

于洋低声说："新月啊，师傅这个案子，一个月前就结案了。廖开勇就是凶手，他认罪服法，抢劫杀人，人证物证全都严丝合缝，案卷都收起来了。你现在是跟妈妈住吗？我给她打电话，让她多带你出去散散心。"

陈新月红着眼睛瞪他："廖开勇肯定不是单纯抢劫杀人，他背后还有凶手！我爸对你不好吗？你去我家吃饭，我爸每次都塞给你一盒中华，我家就一条中华烟，我爸他自己都舍不得抽……我爸炖了半只鸡，就那么一只鸡腿都夹给你，跟你说在警局混腿脚要勤快，少说多做……我爸对你那么好，你都学到了什么啊……"她没说完，哭得上气不接下气。

路过的警察不了解情况，纷纷侧目。

于洋把她往墙边拉了一下，压低声音说："你一直来警局闹，你要闹到什么时候去？警局不干活吗？"

陈新月说："于洋……"

于洋按住她肩膀，拿出手机："我叫你妈来接你。"

陈新月一把甩开他："我不用她来接我。"她退后一步，"于洋，你对不起我爸！你都对不起我爸炖的那个鸡腿！"

陈新月头也不回，夺门而出。于洋杵在原地足足好几分钟。小警察拽了他一把，他才回神，伸手揉了把眼睛，

后来过了一天，陈新月平静下来，再次把全部线索捋了一遍，坠楼的年轻工人、建筑公司、周大千以及父亲打电话时警惕而气愤的语气。陈新月调查过，周大千是个假名号，只是警局的人都避着她了，她没办法再进一步得到有用的信息。

一点一点捋下去，陈新月想到父亲去世前，曾经给她打过一个微信电话。她没接到，父亲紧接着给她发来了一张照片，一杯漂着茶叶的绿茶，还配了两个字"养生"。

那时是傍晚，距离父亲夜里遇害还有七八个小时。之前陈新月没有多想，以为父亲是在办公室里，某个徒弟给他泡了杯茶，他通常不爱喝水，难得喝杯茶，便拍照向陈新月炫耀一下。

可是不对，陈新月忽然就想到了不对。

父亲在警局里一直忙得恨不得生出三头六臂，怎么会有闲心给她拍照聊天呢？除非那个时间，他根本没在警局，而是在外面。

陈新月立即翻出那张照片，放大几倍仔细看。

桌子不对，父亲办公桌是深色的，而照片中是浅木色的茶桌。继续细看，照片边缘还露出了一角菜单，写着"古茗"二字。

陈新月心头仿佛被针扎了一下。

果然那个时候父亲在外面，他在古茗茶馆里。或许他约了人，人还没有到，所以他难得偷闲，抽空给陈新月拨了个电话。

他约了谁呢？约在茶馆里见面……

陈新月立即打车找过去了，古茗茶馆在城南的一座写字楼里，占了整整三层楼，私人开的，位置还比较隐蔽。透过落地的大玻璃，能够看到对面的旧百货商场，以及商场楼下醒目的三曲舞厅。现在是下午，三曲舞厅还没开始营业，门口的灯带都暗着。

陈新月在窗边坐下，轻轻抚摸面前浅木色茶桌，想象着两个月以前，父亲还活生生坐在这里，面前一杯热茶。他心里挂念着女儿，尽管知道她有可能在上课，还是忍不住给她打过去一通电话。

她没发呆太久，服务员很快过来了。

陈新月点了一杯绿茶，然后试探性问："你认识周大千吗？"

"大千哥？今天怎么都找他？"服务员说，"刚才有个人也来找他，没聊几句两人就一起走了。就坐前面那桌，你早来几分钟，就能遇上他了。"

陈新月唰地站起身，前面一桌尚未收拾，桌上的茶杯和茶点几乎一动没动。她愣了一下，然后迅速反应过来，向楼下望去。

透过玻璃，她竟然看到了一个熟悉的身影，于洋。他正和一个陌生男人边走边聊，快步走到一辆黑色越野车旁边停下了。于洋和那男的快速握了下手，然后那男的拉开车门，坐了进去，他们背后就是有着圆弧大门的三曲舞厅。

越野车开远了，陈新月没能记清车牌号，只在那个陌生男人迈进车里时，望见了他的面容，浓眉，阔脸，身材健硕，男性特征比较明显。

这个人一定就是周大千。下次再碰见，陈新月相信自己能够认出他。

之后陈新月每天都来，在三曲舞厅附近停留整个下午，再没遇见周大千一次。隔了一周，陈新月又来到茶馆旁敲侧击地询问，得知周大千也没有再来过茶馆。

还是那个话多的服务员，她给陈新月端上一杯绿茶，然后说："大千哥啊，带着家人出国度假去了。"

出国度假？分明是于洋通风报信，然后他畏罪潜逃了。

陈新月寂然无声，进一步确信周大千就是杀害父亲的幕后主使，同时她也深深告诉自己，没有一个人值得信任。

这条路，从头到尾，冰冷残酷，只能靠她一人踏平。

秦宇坐在网吧沙发里，单手撑膝，腰杆绷直，上身不自觉地向陈新月倾斜，这表明他听得相当认真。

陈新月讲话很有条理，尽管只点了几个关键线索，可是整件事情一下就串起来了。周大千跑去国外躲了几个月，直到以为风头已过，这才回来了。可陈新月从来没有放弃过，始终留意着三曲舞厅附近，终于让她给碰上了——一辆熟悉的越野车停到了路边，周大千从车里下来了，搂住前来迎接的女伴，摇摇晃晃走进舞厅里。

几个月来，陈新月已经把周大千的模样千锤万凿，深深刻进了脑海里。就他上车离开的那一个片段，在她脑中一遍一遍地循环播放，连做梦都是消失在远处的车尾灯。如今猛然见到了真人，她一时紧张又激动，跟踪时全身都在发抖。

眼看周大千进了舞厅，陈新月不清楚里面的状况，实在不敢贸然进去，只得打了一个求助电话。之后她紧紧监视着舞厅门口，直到等到秦宇向她跑了过来。

秦宇始终安静聆听，锁眉思考，以至于陈新月觉得，他比自己更加往心里去了，也让她觉得，当时在三曲舞厅门口，她选择向秦宇求助的决定是无比正确的。不知道为什么，那时她也并不清楚秦宇有同样的经历，只冥冥之中那一瞬间，一个念头指引着她去信任了他。

初中班主任曾经这样评价秦宇，平时嬉皮赖脸，该严肃的时候倒是能严肃起来，这孩子挺有正事的。这句评价与黑板报有关，那时他们班获得了一等奖的黑板报，被隔壁班几个臭小子抹花了。秦宇刚陪宋浩宇把奖状领回来，一进教室宋浩宇就蒙了，眼里泛着泪花，秦宇立即转身跑出去，咣当一脚把隔壁教室门踹开了，当时那班里正在上自习，监课老师是个老太太，站在讲台上也吓得一哆嗦。

秦宇直接喊："刚才都有谁去我们班了？"

监课老师瞪着他："你干吗来的？"

教室里沉默，有几个男生心虚地垂下头，秦宇冲他们冷笑："没人承认是吧，我知道都有谁，我班里有同学都看到了，不承认你们给我等着！"

监课老师怒了，一拍讲台："哪个班的？现在上课时间，你看看你像什么话，你当自己是古惑仔啊。"

秦宇指着教室里的人："上课时间，我不跟你们一般见识，下个课间你们最好去我班里赔礼道歉，要不放学你们等着，听到没有？"

监课老师直指着他："太不像话了，你你你，你跟我去办公室。"她拎着秦宇校服领子，像拖着一只不听话的小鸡崽，一路拽到了他班主任的面前。

班主任听完来龙去脉，当着监课老师的面，把秦宇狠狠批评了一顿，秦宇吊儿郎当站着，满脸不服气。

监课老师离开后，班主任让秦宇搬来椅子坐在旁边，口气和缓下来："咱们班刚刚得了板报活动一等奖，紧接着要评选精神文明班集体的，你这样上课时间大吵大闹，还威胁其他同学，是不是太影响咱们班级形象了？"

秦宇说："他们班把咱们板报抹花了，他们根本不该进咱们班教室。"

班主任问："那你闯进他们班里就对了？他们犯了错，你也要犯同样的错吗？"

秦宇梗着脖子，没说话。

班主任说："遇到这样的事，是不是首先要跟老师汇报？老师可以问同学，可以查监控，如果真是其他班级干了坏事，老师会去找他们班主任讨个说法。你这样冲动行事是不对的，往大了说，叫以暴制暴，不但得不到公平，还会把自己也给害了。"

秦宇手撑在膝盖上，腰杆绷直，姿态认真了一些，点了点头。

班主任说："你回去写个检讨吧。"

秦宇稍有微词："破坏黑板报的那几个人不写吗？"

班主任说："秦宇啊，实话跟你说，老师最近正在评选先进教师，做事要周全一点，刚才那个监课老师是这次评选的评委之一。我知道你的出发点是好的，为了咱们班打抱不平嘛，只是检讨你还是要写的，给刚才那个监课老师一个交代。形式还是要有的，你理解吗？"

秦宇想了下，才说："我知道了。老师，我会写检讨的，为了咱们班的精神文明班集体，为了你的先进教师。"

班主任欣慰地笑了："秦宇啊，别看你平时闹腾，面对严肃问题，还是能严肃起来的，下学期你可以竞选纪律委员试试。"

秦宇后来没有竞选纪律委员，觉得有点虚，老师对他的评价多少有拉拢人心的意思。但是一个阅人无数的中年班主任，看人还是准的，秦宇是个有正事的人。

如果环境允许的话，如果机会能够的话，他是愿意做正事的。

陈新月说完话，把矿泉水瓶里最后一口水喝完了。从网吧一扇换气的小窗户望出去，天已经蒙蒙亮。秦宇问："我再给你买瓶水？"

陈新月摇头说："不用了。"

秦宇站起身："熬夜要多喝水，我再去拿两瓶。"他这回买了两瓶茶饮料，一瓶红茶，一瓶绿茶，估摸着陈新月爱喝绿茶。果然没猜错，他自己拧开红茶喝，提神。

秦宇灌了两口茶，又重新在沙发上坐好了："你说如果到了公司，让我注意三件事情。一是搞清楚周大千的真实身份，二是注意廖开勇的大儿子，如果他真的受到了照顾，那廖开勇就很有可能是被买通了。第三呢？"

陈新月说："你记性还挺好。"

秦宇说："我都记在心里了。第三，应该是调查周大千手下的公司，找到有问题的关键证据吧。打蛇打七寸，他的公司有问题，他害怕被调查，才会买凶灭口，这样才能真的给他定罪。"

陈新月缓缓点了下头："但这也是最难调查的。我爸可能知道了关键线索，但是对面力量太过强大了，否则他就直接抓人了，也不至于……"

秦宇打断说："我尽量。"陈新月抬眼，秦宇手里捏着瓶子，饮料被挤得升高了一截，然后他把瓶子向前搁下了："咱们只能尽量去做，至于有没有结果……反正不能闲着，凶手还活在这世上，我们如果再放任他，那就相当于站到敌人那边去了。"

陈新月这时问："你母亲，去世之后，凶手抓到了吗？"

秦宇说："没有。"

陈新月沉默了。

过了会儿，秦宇淡淡笑了下："我那时候年纪太小了，完全接受不了，觉得我妈把我抛下了，这个世界把我给抛弃了。警察来家里找我录口供，我从窗户翻出去逃跑了。后来警察来学校找我，我又跑了……我第一时间选择躲起来，然后就出不来了，之后很长一段时间，我都庸庸碌碌，觉得自己活着和死了没什么区别，这种感觉持续了很久很久。"

他语气平缓，好像在说一件毫不沉重的事情，也好像那感觉，一直持续到了现在。

陈新月的出现，其实某种程度上令他惊觉，他们两个处境那么相似，然而两人的情况却形成了巨大的反差。她没有逃避，直面痛苦，同时坚持着查找真相。有人不理解，也有人阻拦她，但她对他们并没有恨意，只是蓄积力量紧锁着凶手，等待着真相大白的那一刻。

尽管一个人的力量太小了，可是她没想过放弃，这其实也说明她对生命抱有更大的尊重，对这个世界的美好怀有向往。

遇到陈新月以后，秦宇感到自己内心里某个位置被打开了。他愿意竭尽所能帮助她，同时也在慢慢唤醒着自己。

陈新月缓慢地喝自己的绿茶，然后看着他，把瓶盖一圈一圈慢慢拧紧。秦宇点着头说："行，心情好点就行。差不多了，咱们出去吃个早饭，各回各家休息一下吧。"

他俩走出UU网咖的时候，天刚破晓，朝阳在遥远的云里发出最新鲜的光亮。秦宇抬头望着说："破晓，我觉得这个词特别好听。我小时候写作文，开头总用，天刚破晓，春游的队伍已经集合完毕了。"

陈新月瞥了他一眼："文化人啊。"

秦宇笑："装文化人。"

网吧斜对面就有一家早餐摊，摊位刚刚支起来，秦宇找来两把椅子放好了，让陈新月坐下，然后他走过去点餐。

笼屉里的包子刚蒸好，热气扑腾扑腾往上冒着，另一边的油锅冒着大泡，老板娘在里面下油条。此外，案板旁边还有一小锅鸡汤，可以下馄饨拉面米线，清淡舒服，看起来很能安慰人的胃。秦宇几乎每样要了一份，老板问他："葱花香菜，有忌口吗？"

秦宇回头问陈新月："有忌口吗？"

陈新月抬起头，朝早餐摊上望了一眼，然后说："有。"

秦宇问："不吃啥？"

陈新月说："我不吃馄饨。"

第三章 开一线窗

　　秦宇顺着清晨的街道回家，不到十分钟路程里，他走了两次神，都是因为想到了陈新月。

　　第一次是刚从早餐摊站起来后，秦宇问："你回哪里？我帮你叫辆车。"

　　陈新月："不用，我走走。"

　　秦宇说："我知道你住得很远，走不回去。"

　　陈新月说："我说自己走走，意思就是不想让你帮我叫车，这点理解能力都没有，你以后怎么跟女生谈恋爱？"

　　秦宇听到"谈恋爱"三个字不由得心思浮动，语气稍微软了一些，看着陈新月："你到底住哪里？怎么就是不想让人知道呢？我们现在也算合作关系了，要是我有事找你呢？"

　　陈新月说："有事情我来找你。"

　　秦宇说："你没跟你妈住一起对吧？是不是你自己租的房子，不太体面？"

陈新月淡淡笑了一下，对他说："秦宇，你不要问这么多了。我自己住，住哪儿谁也不告诉，我觉得这样更有安全感，无论谁敲门我都不开，没有顾忌。"

秦宇看她两秒，然后说："那行，你回去慢点。"

陈新月说："谢谢理解，那我走啦。"

"你回去之后——"没走两步，秦宇又开口叫住了她。

陈新月转过身，秦宇本来想嘱咐"你回去之后跟我说一声"，但觉得没必要，眼前这个姑娘防范意识挺强的。于是秦宇对她说："你回去之后好好睡一觉，什么都别想。要是白天外面吵，你就拿卫生纸把耳朵塞上，这招特别管用，我试过，环境一安静，人一下就睡过去了，可以一觉睡到天黑。"

"嗯。"陈新月点了下头，像是琢磨似的说，"好好睡一觉。"

然后她沿着巷子，向前走远了。秦宇看着她的背影想，如果她走到头右拐，能够路过他以前的家。

秦宇之所以出神，是担心陈新月有可能住得不好。小时候他母亲刚走那段日子，他不想回家，也不愿去任何亲戚家，有好几次，都藏在小区的花坛里，抱头哭着，然后直接靠着大树睡着了。

而陈新月一女孩子比他娇贵多了，心情调整不好，住得再不舒服，人怎么熬得住啊。她妈怎么不管她呢，即便再婚了，女儿也还是亲女儿啊。多少认识一段时间了，从来没听她提过她妈。

快走到饺子馆的时候，擦肩而过一个高中女学生，上身校服外套，下边配条格子裙，青春有朝气的美丽。秦宇又愣了下神，忽然想到陈新月穿的那条短裙，蓝白格纹的。昨天逛商场的时候，还有今早在早餐摊上，都有路人悄悄看她。她在凳子上坐下的时候，会先用手压一下裙摆，显得小心翼翼，好像她自己也不太习惯。

回忆及此，秦宇幡然醒悟，这次见面陈新月应该是刻意打扮过的。为了给谁看呢，许一朵，宋浩宇，还是他自己？如果只有这三人的话，秦宇有理由相信，是为了自己。

这个醒悟，使得秦宇直到进了饺子馆还在走神。宋洪峰正在店里收拾，宋浩宇和舅妈应该还在楼上睡觉。宋洪峰见到秦宇，问："昨晚是去加班了？"

秦宇点头，然后及时打出一个哈欠。

宋洪峰说："快上楼休息会儿吧。家里厨房有饺子，你们自己煮着吃。"

秦宇应了声，看到宋洪峰正在摆桌子，他理应帮帮忙，但实在熬不住了，一进门困意就都袭上来了，压在他脑门上，睁不开眼。

秦宇拖着两条腿爬上楼，原来宋浩宇已经起了，刚洗完脸，伸手给他打招呼："哥，你昨晚一宿没回来？"

秦宇路过他身边，顺手跟他击了下掌，然后径直走进小卧室，一头扎在行军床上。

客厅里，他听着舅妈也起床了，问道："他昨晚熬夜了吧，怎么困成这样？"

宋浩宇说："暑假旅行社忙，我哥他工作多。"

然后，轻悄悄地，房门被宋浩宇关上了。

卧室里窗帘打开着，早晨的阳光洋洋洒洒照进来，秦宇感到头脑热乎乎的，好像被包裹在一团温暖的梦境里。

半梦半醒间，又回到了今早的早餐摊上，他端上一碗米线、一碗面线、一碗馄饨。陈新月赶紧起身伸手接，然后压了一下裙摆，又坐下了。

晨光之中，她低头轻轻吹着米线，脸被热气熏红了，吃几口，就要歇一会儿，跟他聊上几句。他吸吸溜溜吃光了一碗面，把馄饨换到面前之后，她就不再说话了，始终垂着眼睛。她有一双漂亮的圆杏仁眼睛，尽管垂着，长睫毛也如蝴蝶翩翩起舞。

秦宇感到她不仅仅不吃馄饨，而且反感馄饨，于是把馄饨碗推到了一旁，干吃油条。两根油条下肚，早餐就结束了，他们各回各家。秦宇想把这顿早餐时间延长一些，奈何胃口不给力，实在塞不下其他了。

秦宇躺床上没闲着，一直在做梦。刚开始的梦记得，后来的都不记得了，说明达到了深度睡眠。睡得最沉的时候，隐约听得"丁零当啷"的声响，硬是把他一点点拽到浅眠，然后一下子醒了。

卧室里一片安静，秦宇头脑空了一阵，呆望着天花板，感受到客厅里应该也没人。整个家里就他孤零零一个人，空气里没有人气。

忽然间床头的手机又响起来了，秦宇拿起一看，之前两个未接，这已经是打来的第三个电话了。

他赶紧坐起来，接通了。

电话里是一个很有礼貌的女声，态度并没有因前两通电话没人接而产生任何影响，训练有素地问："您好，请问是秦宇秦先生吗？"

"是。"秦宇直接问，"你是招聘的，是吧？"

女声说："是的，我们这里是通广建筑工程有限公司，收到了您的简历，经过筛选，您符合我们公司的要求。请问您明天有空来面试吗？"

秦宇问："明天什么时候？"

女声说："明天上午九点，或者下午两点，这两个时间都可以，看您时间安排。"

秦宇说："那下午吧，在哪里面试？"

女声报了一个地址，精确到了街道和门牌编号。秦宇查了一下那条街，正好与甜水路相交，应该是一条小岔路。

第二天，秦宇好好收拾了一番，穿上了之前逛街买到的那身灰西装，又朝宋浩宇借了双黑皮鞋。

宋浩宇体格壮，脚也大，鞋穿45码的，大秦宇两码。秦宇出了家门直到坐上公车，一直绷紧脚背，生怕把鞋甩出去，导致每一步都走得像正步。在公车上，他也不敢坐，怕把裤子压出褶，一直在门口扶杆站着。

车窗外的街景忽闪而过，秦宇手心里慢慢出了些汗，心中也生出了紧张，忽然怕自己应聘不上。这跟以前找工作不一样，以前碰一鼻子灰，揉揉鼻子继续找便是了。找到了不合适的辞职也没压力，反正都是随便换，没什么差别。

但这回不一样，他不想让陈新月的希望落空，特别不想。

秦宇握紧扶杆，低头琢磨起了自己的自我介绍，除了邮件里写的，自己还有哪些优点没展示出来呢？在旅行社的工作之前，自己上一份工作是给一家装修公司跑腿的，跟建筑多少有些联系，可以着重提一下。到时候见人下菜，多多展现自己，但又不能过火，要显得老实肯干，一般公司都喜欢老实的员工，断不能显得油嘴滑舌。

一路想到了站，下车后秦宇按着街道门牌号找到了地方，是在一个小区侧门口的很小的门脸房。水泥灰的墙面，上边连招牌都没有，还没有他之前待过的旅行社大。

秦宇确认了两遍，这才拽开推拉门，走进去了。屋里就一张磨砂玻璃桌，两把圈椅，一个穿着米白套装的女接待员，正撅着屁股往墙上挂壁画，整个屋里弥漫着一股刚粉刷完的油漆味。

听到有人进来，接待员立即转身露出职业微笑，把尚未挂好的壁画暂时放墙角了。然后她走到桌边，从抽屉里拿出一份合同，抬头问："秦宇，是吧？"

秦宇环顾这间屋子："是，我来面试的，没来错地方吧？"

"没有错。"女接待员把合同压在桌上，推过去，"你看一下合同，没问题我们就定下来了。"

秦宇说："不是说面试吗？就你一个人面我？"

女接待员笑了一下："对。"

秦宇低头看合同，就两页，跟招聘论坛中提到的差不多，做一些资料文件的整理工作，除了基本工资，几乎没什么福利。秦宇简单翻了下页，点头说："没问题，我直接签字？"

女接待员说："好，你签字，我盖章。"

秦宇签上自己名字，合上笔帽，抬头问："工作地点就在这里？就我一个人吗？"

"这边是新成立的分公司，明天会从总公司调一个人过来，暂时只有你们两位员工。下周会给你们配备电脑、打印机什么的，东西慢慢就配齐了。"

女接待员把一式两份的合同盖好章，将其中一份竖起来，整了整。那合同一共就两张纸，哪用得着这样整理，秦宇看着都觉得浪费事。接着女接待员双手将合同递给他，秦宇也双手接了，面上的礼仪还是要过得去的。

秦宇把合同一折，装西裤兜里，问："那我明天开始工作，还是下周？"

女接待员说："您明天开始工作，早九点到晚五点，可以先熟悉一下同事。"

秦宇没憋住，笑容露了马脚。一共就一位同事，还煞有介事地让先熟悉一下。这公司真能唬人，面试时间定了个上午九点、下午两点，让他二选一，他还以为要分批分次安排面试呢，结果面试的就他一个人。

秦宇收起笑容，问："你是昨天给我打电话面试的那位吗？"

女接待员说："是的，怎么了？"

秦宇说："噢，我以为今天面试能见到公司领导呢，我之前了解到这公司负责人叫陈玲玲，她老公叫周大千，是吧？刚一进门，我还猜你是陈总呢，你气质好。"

女接待员立即笑了："哪有，我只是人事部的。你放心，公司领导不会经常过来监督的，只要你工作不出问题。"

秦宇说："那就好。"

女接待员说："您明天开始工作，今天可以回去休息了。"

秦宇稍微点了下头，也不便再问什么，往外走了两步，又指着墙角的壁画："你刚才是要把那个挂起来吗？"

女接待员回头看了一眼，说："哦，是。"

"我帮你吧。"秦宇把西装袖子挽了起来，走过去，检查了一下墙上的钉子，"你这钉子不行，砸太狠了，画框挂不住的，还有其他钉子吗？"

"哦有，工具都在墙角那里呢。"

秦宇弯腰挑出一枚新钉子，拿榔头重新钉在了墙上，然后抱起画框挂好了，之前旧钉子的痕迹正好被挡住。

画是凡·高的《星空》，尽管是劣质仿品，但大师就是大师，随便一挂也能烘托屋子的意境。

"这就行了。"秦宇问，"还有其他需要帮忙的吗？"

女接待员说："没了没了，我在这里等一会儿，一会儿还有师傅来送饮水机，谢谢你啊。"

秦宇说："不客气，应该的，以后这里也是我的办公室。昨天电话是你自己的手机号码吗？你叫什么？我把号码存一下。"

女接待员说："哦，我叫李悬，就负责咱们总公司人事，有什么事你可以联系我。"

秦宇拿手机备注号码，同时问："这里是分公司吧，那咱们总公司叫什么？"

李悬说："我们是给很多建筑工程发放资金的，旗下不止一家公司……"秦宇立即抬眼，李悬却不再多说了，跟他笑了一下："具体你工作一阵，就了解了。"

秦宇慢慢地收起手机，点了下头："好的。"

秦宇出了他的准新单位，也就是那水泥灰的门面房之后，独自走了一阵，没有给陈新月打电话。昨天他们刚一起吃了早饭，今天再约见面，有点过于频繁。他想着明天正式工作一天，有更多的消息了，再跟陈新月联系。

第二天，秦宇早起坐公交到了单位，这回把西装皮鞋换下来了，只穿着休闲T恤运动裤，走路都舒坦多了。

单位屋门没锁，但是里面没人，左边靠墙多了一台饮水机，还有两桶替换的矿泉水。正对面墙上是秦宇亲手挂上的那幅《星空》，除此之外，各处还是显得空落落的。

秦宇把椅子拉到桌子旁边，坐下了，实在不知干什么，拿出手机玩了一会儿，也算是终于"带薪摸鱼"了。九点多的时候，推拉门响了两声，秦宇纳闷，推拉门怎么还有人敲门呢，冲着外面喊："门没锁。"

等了两秒钟没人进，秦宇起身拉开门，一个穿着黑格子衫的小伙子怀抱两盆绿植大步走进来了。原来是没腾出手开门。

秦宇估摸着这人就是他的新同事。等他把两盆花放在墙边，秦宇蹲下帮他挪了一下，问："你是总公司派来的吧？"

这人拍了拍手上的土，抬头冲他伸手："对，你叫秦宇是吧？"

秦宇握手说："是，我新来的。"

这新同事头发剃得短，两边都是青茬，一张脸稍微有些发福，单眼皮小眼睛，却显得挺有神的。第一眼印象，秦宇觉得这人是个好相处的，但是看不出多大年纪。

新同事也想到同样的问题去了："我是叫你秦哥，还是小秦？你多少岁了？"

秦宇说："我二十六了，多大你也叫我小秦，毕竟你是公司老员工。"

新同事笑了声："那我比你大，我都三十多岁了。"

秦宇说："是吗？看不出来。"

新同事继续说："我儿子都一岁了，你一看就还没结婚呢。"

秦宇笑着点头，然后问："对了，还不知道你名字。"

新同事忙道："忘了忘了，我啊，叫廖成龙。"

姓廖！秦宇刹那有被雷霆袭击之感，愣愣看着他的脸，后脊梁顿时麻了。

"我名字比较绕口，你以后就叫我龙哥，或者圈哥。"新同事站了起来，抻着腰说，"我小名叫圈儿，大家都这么叫。"

廖开勇的大儿子，就是他没错了。短短几秒钟里，秦宇思绪滚涌，抬头望着他，蹲在那儿愣住了。

这跟他计划的完全不一样。秦宇原想先在单位混一段时间，摸清楚周大千建筑公司的情况，再进一步想办法接近廖开勇的儿子。

毕竟廖开勇是杀人凶手，若真是被买通了，那他儿子说不定在哪里窝藏着呢，一举一动没准都会受到监视。而且建筑公司下面的工地那么多，工人也成百上千，找一个人谈何容易。

可是令秦宇很意外，原来廖开勇的大儿子廖成龙不是建筑工人，而只是一名办公室职员。而且看模样，廖成龙不像是刚被调到清闲的岗位上的，他显得很斯文，像是半个文化人，就跟这城市中其他普普通通的白领一样。

他的身材有些胖，脸孔也稍微发福，这不是半年一年就能形成的，显然是鲜少从事体力劳动的模样。

秦宇瞬间迸出了一个想法。廖开勇的小儿子是又苦又累的建筑工人，而大儿子是舒舒服服坐办公室的，廖开勇作为一个农村劳动者，自然认为大儿子的工作更加体面，所以对大儿子更加偏爱。这想法很恶劣，但也更有力地说明了，为什么廖开勇会为了大儿子的家庭不惜杀人，而不去追究小儿子的死因了。或许他只是为了让自己的血脉，能够更加体面地延续下去，或许小儿子的死，反而成了他大儿子飞黄腾达的垫脚石……

"小秦？"

廖成龙见秦宇蹲在花盆面前久不起来，伸手拉他，"咋了？你也腰不好？"

秦宇立即蹲了起来："没有，我看你这两盆花挺好看。"

廖成龙笑了笑："办公室刚装修完，这么大味，肯定甲醛超标。不能光咱俩吸呀，让它俩也帮着吸收吸收，一盆吊兰，一盆虎尾兰，回头咱俩每人脚边放一盆。"

秦宇说："行，还是龙哥过得仔细。你看我第一天上班，啥也没带，空手来的。"

廖成龙说："啥也不用带，现在又没电脑，这几天就是闲着。之后有电脑了，也不忙，就干点杂事，你主要负责把资料整理好，我负责把材料交到指定的单位。"

秦宇不知道搭什么话了，来了句："一文一武。"

廖成龙说："也能这么说吧，你看家，我跑腿。"

秦宇陪站着，笑了下。

廖成龙走到桌子旁边，捶了两下腰，回头问："小秦，你看你坐哪边？"

秦宇说："都行，你挑。"

廖成龙"哎"了一声："你挑，这有什么客气的。"

秦宇走过去说："那我坐右边吧，这离门口近，有人来我方便接待。"

廖成龙笑着，道了句"行"，然后搬来椅子，在桌子左边坐下了。秦宇也坐下以后，悄悄观察他，看他一手拿着手机刷消息，另一只手始终撑在腰上。

秦宇开口问："龙哥，你是腰不舒服？"

廖成龙抬起头说："啊，我腰里有块骨头突出，阴天下雨疼，现在不怎么疼，不过习惯了，没事就捶两下。"

秦宇问："是不是一直坐办公室，久坐导致的？"

廖成龙说："也不是，多半是小时候天冷没衣服穿落下的病根，我现在一直看中医呢。"

秦宇说："对，做做推拿，大部分腰疼都能缓解。"

"其实我自己也无所谓，腰疼算什么的，主要是媳妇关心我。"廖成龙做了个怪表情，"你懂我意思吧？"

秦宇懂也装不懂，故意糊里糊涂地看着他。

"哎，小秦你还是嫩点，没结婚。"廖成龙说。

秦宇尴尬地笑了笑。

廖成龙指着他，点了两下，意思是学到了吧。

秦宇还是要把话题扯回关键问题上，稍微过了一会儿，随口问：

"龙哥，你老家是哪儿的啊？你说小时候冻得没衣服穿，你也是东北的吧？"

廖成龙并不细说，只是刷着手机，随口答："东北的。"

秦宇说："听你口音听不出来，你是东北哪儿的？离得近吗？"

廖成龙看到了个好笑的视频，嘎嘎笑了起来，然后才抬头问："啊，你说啥？"

秦宇说："没啥，我也是东北的。"

"噢，噢。"廖成龙又看回手机。

快到中午时，秦宇又想出了一个话题："龙哥，你说你小名叫圈儿？"

廖成龙说："是啊。"

秦宇说："这小名很独特，有什么寓意吗？"

廖成龙说："哪来的寓意，就是随口叫的，有的叫铁蛋儿，有的叫狗剩儿，就是个俗名，不是老话说的吗，名越俗越好养活。"

秦宇笑了下："圈儿，其实不俗，挺亲切的。谁给你起的，你爸给你起的吗？"

廖成龙收了手机，一下子站了起来。秦宇心头一惊，以为让他察觉到不对了。可是还好，廖成龙拍了下椅背，探身说："朋友叫我去吃午饭了，这几天没电脑，小秦你下午也不用过来了，没人管。"

秦宇说了句行，廖成龙又说："头一回见，本来咱俩应该吃顿饭的，可是今天有约了。"

秦宇连忙说："没事，明天，或者下次有机会的。"

廖成龙推了下椅子，冲秦宇一挥手，捶着腰就出门了。

秦宇思索了两秒，起身溜到窗户跟前，俯身往外看。廖成龙沿着人行道从北往南走，一直拿着手机看，不知道是在回信息，还是继续看搞笑视频。中午人少车少，他过马路也不看路，脚步慢悠悠的，影子在身后拖得老长。

秦宇默默盯梢，由近及远，直到廖成龙走到了路口的公交站牌底下，伸手拦了辆出租车，然后车开走了。秦宇站直身子，没得到什么有用信息，廖成龙生活很自由，找不到什么蹊跷，唯一怪异的，就是廖成龙表现得太轻松了，他的父亲关在监牢当中，他的儿子心脏有问题，然而在他脸上看不出一丝忧虑的痕迹，聊天时他玩笑开得勤，一笑小眼睛就眯缝起来了，显得比谁都开朗。

要么是他心态调整得快，要么就是他刻意装出来的。

秦宇坐回椅子，摸出手机打电话。他感觉自己琢磨半天，到底是外行瞎猜测，不顶什么用，还是赶紧联系陈新月，把今天见到了廖成龙的整件事情告诉她为好。她那里线索多，整合一下，没准会有什么新思路。

只响一声，电话就通了。秦宇忽然不知从何开口，好像一团毛线把他的嘴给堵住了，找不到线头。听到陈新月那边喂了一声，他才问："你，吃午饭了吗？"

陈新月说："还没有。"

秦宇说："中午一起吃饭吧，我有事跟你说。"

陈新月立即说了句"好"，秦宇说："那就，一会儿见。"

说完等了一下，他没挂，那边也没挂，隔了两秒钟，陈新月的声音传过来："秦宇，这应该是你第一次给我打电话。"

秦宇点头："是，前几次都是你打给我的。"

陈新月说："你有个事忘说了。"

秦宇也隐隐有这感觉，不由得反问："什么事？"

"还没想起来？"陈新月笑了一声，"你是不是昨晚没睡好，还是给我打电话紧张了？"

秦宇听着她那声笑，直接说："我昨晚睡好了。"

话筒里瞬间安静了，片刻后陈新月轻轻"嗯"了一声，然后说："你说一会儿见，去哪里见？中午去哪里吃饭，你忘记说了。"

噢……秦宇恍然大悟，一时有点窘："是忘记说了。我在甜水路附近，你现在在哪儿？挑个离你近的地方。"

陈新月说："万达商场不是就在甜水路那边吗，去万达吃吧，我现在过去。"

秦宇说："好，我先去找个饭店，占个位置。"

陈新月说："那就，一会儿见。"没等秦宇回复，电话直接挂断了。秦宇想着她最后的语气，稍有顿挫，尾音隐隐拖长，像是在模仿他刚才说的话。

应该是在模仿他刚才说话。

约人吃饭，地点都没报，落了笑柄了吧。秦宇纳闷，自己跟女生说话也不少啊，怎么到了陈新月这儿，就不顶事了。以前他搞装修跑业务，多妖娆的女孩没见过啊，有一家的女主人，穿着胸衣就来开门，滑溜溜的长腿靠在墙上，脚趾头染得像玫瑰花瓣，他照样进屋丈量一圈，推荐了最贵的壁纸衣柜大沙发，该收的一分钱没少要。陈新月是神仙吧，跟她一说话大脑就短路了，舌头涩得像是刚装上似的。

秦宇靠在桌子边上，把手机在手心里颠了颠，然后抛起来接住，高抛起来再接住了，定了定神，这才把手机老老实实塞回兜里，出门去万达了。

他上到商场六楼，挑了一家潮汕砂锅粥走进去了。砂锅粥就在上次看电影的电影院正对面，他的座位临窗，能够看到商场正门外的马路。秦宇跟陈新月发信息说了一声，然后翻开菜单，点了一大锅虾蟹粥，两份茶点，一盘烧鹅加两个凉菜。收走菜单，服务员说："砂锅粥会慢一些。"

秦宇说："不着急，我等个人，等人到了再上菜。"

服务员说："粥让后厨先煮着吧，十分钟才能好呢。"

秦宇说："等人到了再煮，估计至少半小时。"

秦宇判断得差不多，大约半小时后，他透过玻璃窗，望见陈新月从一辆锃亮的黑色奔驰里下来了，甩上车门，头也不回地走进商场里。

几分钟后，陈新月找到了饭店，径直坐到了秦宇面前。

秦宇跟她抬手打了个招呼，然后转头让服务员上菜。

转回头来，秦宇说："我点好了，大中午的喝点粥，养养胃。"

陈新月点了下头："我喜欢喝粥。"

秦宇说："怕吃不饱，我还点了两笼点心，一笼咸的，一笼甜的。"

陈新月说："一般粥店的点心都挺好吃的。"

秦宇笑了下："你怎么这么配合，我说到哪儿，你夸到哪儿。"

陈新月说："我又没说违心的话，配合还不好。"

秦宇提起水壶倒了两杯茶水，推给她一杯："没有不好，就是你忽然这么配合，我觉得你不正常。"

陈新月稍微环顾一下店面，然后凑近窗户，朝下面望了一眼，立即了然："你刚刚看到我下车了？"

秦宇点了下头，那辆熟悉的黑色奔驰，他喝了口水，然后说："你从你妈那里过来的？"

陈新月"嗯"了一声。

秦宇说："我以为你不回那边的家。"

陈新月说："一般不回，但今天，我妈过生日。"

秦宇说："那你不陪她吃饭，怎么还跑出来了呢？"

陈新月伸手握住杯子，说："我上午见了她一面，就可以了，吃饭我也吃不进去。"

"郑诚舟……就是跟你妈在一起的那个人，你很不喜欢他？"秦宇说不出"后爸"这俩字，问得拐弯抹角。

陈新月说："不喜欢。"

秦宇问："奔驰车是他的？"

陈新月慢慢喝了口水，看着秦宇说："我知道你想问什么了，第一次见面那次，我让你把车开去了解放二院，你现在都很纳闷是吧？"

秦宇说："我猜测，你是故意把他的车开远几百公里，扔到了哈尔滨，故意捉弄他？"

陈新月第一时间没说话。秦宇笑了一声："怎么跟小孩子似的，还搞恶作剧。"

"其实我对郑诚舟这个人没多大意见。"陈新月往前坐了一下，两手握住杯子，"但是那天，他跟我妈领证了。"秦宇不由得看她的手指——水葱一样，雪白，指甲盖都是细长的椭圆形的，比一般人的指甲形状好看。这时她淡淡的声音响起："那天，我爸去世六个月整。近亲去世，结婚都会避讳，至少等到周年以后，何况去世的那个人是她前夫，难道不应该再等等吗？"

秦宇抬起头说："是有点不合适。"

陈新月说："那天他们领完证，欢天喜地带我去吃饭。我实在吃不下，就拿了车钥匙跑出来了，车就停在路边，又正好碰到了你，我就想出了这么个主意。"

秦宇看着她，思绪延伸，陈新月的父亲是在解放二院去世的，而她把郑诚舟的车偷走，开到了解放二院门前，多少有种祭奠的意思。

秦宇微微点了下头："原来是这么回事。"

陈新月说："我就是想破坏他们领证的这一天，以后每到结婚纪念日，他们都能想起这个插曲。"

秦宇说："你妈和郑诚舟还要把车找回来，是挺麻烦的。"

"不光是这样。"陈新月眼睛垂了一下，说，"那辆奔驰不是郑诚舟的，他只是个司机。"

秦宇感到意外，这他倒是没联想到。难怪那辆车永远保持着漆黑锃亮，原来是有司机专门保养。

陈新月说："那天晚上他领导正好着急用车，车子没了，估计被骂了个狗血淋头吧。之后过了好几天，我见到他，脸都还是青的。"

秦宇说："那郑诚舟他工作没丢啊？"

陈新月说："还好，没有丢，就是被领导骂了。不过他也没说我什么，只有我妈说了我两句。"

秦宇说："他其实，还算可以。"

陈新月稍微停顿一下，然后喝完杯底的水："我说了，我对他这个人，其实没什么意见。"

说是砂锅粥上菜慢，可没等一会儿，粥倒是先上桌了。米粥冒着热气，服务员拿汤勺搅了搅，给一人盛了一碗。

服务员走后，秦宇拿小勺撇了一层粥，吹了吹送进嘴里："喝粥应该配点小咸菜，合适。"

刚说完，服务员又回来了，端上了一盘咸菜丝拼花生米。秦宇搁下小勺换筷子，抬头跟陈新月说："店家搭配得挺好。"

陈新月也拿起筷子，夹了颗花生米吃，然后问："电话里，你不是说有事？"

"对。"秦宇咽下嘴里的，说，"我见到廖开勇的大儿子了，叫廖成龙，小名叫圈儿，肯定是他没错。"

陈新月筷子一抖，直直看着他："你在哪里见到的？"

秦宇说："他是我同事。"

陈新月说："通广建筑公司，你应聘上了？"

秦宇说："我今天都入职了。"

陈新月把筷子搁下了："你怎么没跟我说呢？"

秦宇说："就这两天的事，太快了。我到了单位，面试都没有，直接签了合同。那办公室是新成立的，就两个员工，除了我，另一个恰好就是廖成龙。"

"那他……"陈新月问，"他长什么样子？"

秦宇想着描述了一下："方圆脸，小眼睛，乍一看很老实，仔细看又很精明。个子不高，撑死一米七五。"

陈新月稍微皱眉，估计人物肖像没有刻画出来，又问："有照片吗？"

秦宇说："忘拍了。明天我找机会偷拍两张。"

陈新月点了点头，秦宇又说："你之前调查的情况不对，廖成龙不是建筑工人，他是公司内部职员，而且挺老练的，应该在公司里混了很长一段时间了。"

陈新月说："是，有可能的，我之前也只是推测，他们兄弟俩很小就外出打工了，这样看，应该是走了不同的道路……不过，廖成龙如果是公司的老员工，那他弟给建筑工地干活，会不会是经他介绍的？"

秦宇皱眉："你说恶意陷害？"

陈新月看着他："你为什么会这么想？我是说，他弟在建筑工地坠楼身亡，如果是经他介绍的，那他应该很内疚，这才是正常的思维。你是不是，还了解到了什么？"

秦宇说："我不觉得他愧疚。"

陈新月问："你跟廖成龙相处了多久？"

秦宇说："就今天一上午。但是廖成龙有点开朗过头了，一个稍微有些压力的上班族，都不像他那样，何况他家里还有事。"

陈新月问："怎么个开朗法，他很爱说话吗？"

"爱开玩笑，总是打哈哈。"秦宇身体往前一凑，把胳膊压在桌上，打了个比喻，"就像以前上学的时候，临考试前，总有同学上课看漫画，晚上回家熬夜复习。有同学问起来，他就说我从来不复习的，结果考试拿了个第一。"

陈新月点头："你说廖成龙是故意装的？"

秦宇说："有这种感觉。"

陈新月喃喃："他的父亲杀人，可能不是单纯为了钱，廖成龙有可能知道更多内幕。"

秦宇说："或许这是个突破口。"

服务员过来上菜，两人瞬间安静了，秦宇的眼神追着那盘被端上桌的泛着油光的烧鹅，拿起筷子想夹一块。这时陈新月在对面忽然说："带我去见他吧。"

秦宇抬起头："见廖成龙？"

陈新月说："想办法，找个机会。"

秦宇筷子戳在盘子上："有点难度，我刚跟他认识半天。"

陈新月说："如果我去办公室探班呢，就说我是你女朋友。"

秦宇没被"女朋友"这三个字冲昏头脑，认真考虑了一下，才说："不行，办公室新装修的，就一张空桌子，连电脑都没有。你过去了，就只能干坐着，跟廖成龙大眼瞪小眼，他如果心里有鬼，看到你的眼神，肯定能察觉到什么的，这种人都挺敏感的。"

陈新月看着秦宇，然后稍微点了下头，觉得他说的有理。

秦宇又说："不能太直接，可以借个机会。过两天我跟廖成龙能一起吃顿饭，看他带不带家属，如果他带老婆，那我就能带上女朋友。"说到这儿，秦宇跟陈新月对视，陈新月眼神没有躲，直视着他点了下头，意思是默认了。

秦宇感觉瞬间来电，于是垂目看着烧鹅。刚拿筷子夹起一块，一碟酱料推到了他手边，陈新月说："酸梅酱，蘸着好吃。"

秦宇抬头看了她一眼，又发现自己夹起来的是唯一一只烧鹅腿，顺势蘸了蘸酱，递到她盘子里。

陈新月没有道谢，烧鹅落到碟子里，秦宇听到她轻轻笑了一下，然后她拿筷子戳起那块烧鹅，直接吃了起来。

这声轻笑，道谢有了，别的情绪也有了。

秦宇喝粥吃菜，只觉得心里痒。

饭吃好后，秦宇走到前台结账，然后装起手机，跟陈新月一起朝商场扶梯走，秦宇问："一会儿你去哪里？"

陈新月说："还没想好，反正不回我妈那边。你呢，下午要回办公室吧？"

秦宇说："我不用去。"

已经站上了扶梯，陈新月在前面，秦宇在后面，高出他两个台阶。陈新月回头望着他："第一天上班就偷懒？"

秦宇说："办公室还没弄好，什么设备都没有，其实下周才正式开工。电梯到了，你注意脚下。"

陈新月及时转头，稳稳踩在地面上。

电梯下到一楼后，陈新月等了等，然后跟秦宇并肩而行，她朝商场门口的星巴克指了一下，说："既然下午没事，我请你喝杯咖啡吧。"

秦宇看着她的侧脸，说"好"。

走到柜台旁边，陈新月问："你喝什么？"

秦宇说："都行。"

陈新月说："别都行啊，你喝甜的还是不甜的？"

秦宇说："我跟你喝一样的。"

陈新月笑了一下："主要我也不知道喝什么。"

秦宇说："那我喝甜的。"

陈新月问："冰的热的？"

秦宇说："冰的。"

陈新月点点头，过去点单，没一会儿端着两杯香草冰拿铁过来了。秦宇赶紧接过一杯，陈新月又递给他一根吸管，说："没点带奶油的，太腻了。"

秦宇说："咖啡就挺好，别整得花里胡哨。我们找个位置？"

星巴克玻璃门外搭了一片遮阳棚，外面阳光灿烂，空气清新。陈新月望着说："天气这么好，不然我们走走？"

"行，那就散散步。"秦宇伸手推开门，让陈新月先出去。

两人人手一杯咖啡，踩着人行道上凹凸起伏的石子路向前走，咖啡喝下去一半，秦宇说："沿着这个方向，能走回饺子馆。"

陈新月说："那我们就一路走回去。"又转头看着秦宇问，"行吗？"

秦宇说："行是行，稍微有点远。"

陈新月说："没关系，现在才下午三点。天黑前能走回去吧？"

秦宇说："那没问题，不到两小时就回去了。"

行至一小时，他们首先路过了一片操场，高高的铁丝网里面，草坪青绿，红色塑胶跑道在阳光底下闪闪发光。

这里面是所初中，叫三好中学，市重点，师资力量强，校园环境美，初中硬是赶超了高中的配置，操场在他们全市都是最好的。操场草坪用的是真草，一到冬天就用保温膜罩起来，天气暖和了，才偶尔放学生进去踢比赛。一般市里的大型足球赛都在三好中学里面办，每到那几天，学校都只上半天课，下午让学生免费围着看球。或许从小熏陶得好，三好中学陆续培养出了好几名足球运动员，有一名现在正在国家队效力，照片就贴在学校的光荣榜上。

秦宇路过母校，开始神游，这时陈新月在铁丝网面前站住了。秦宇停在她旁边，指着说："我以前初中在这儿上的。"

陈新月略微点了下头。现在是暑假期间，整个学校都放假，大门也封了，此时有两个学生正在操场上撒欢，手里拿着书，不知他们怎么混进去的。秦宇不知多少年没看过校园了，一般都刻意绕路走。现下他望着久违的校园，双手收进裤兜，后仰深深吸了口气，感觉夏日的微风和旧时的记忆，都一起灌进了肺里，这时忽然听到陈新月说："我也在这里上过学。"

秦宇转过头："你，什么时候？"

陈新月说："快上初三的时候，我转学过来的。那一年，我爸妈离婚，我跟着我爸搬了家。这学校很难进，我记得当时还交了八千块的借读费。"

秦宇低头笑了下，后又抬起来："好学校都难进。"然后他想起来，又问，"你应该跟我一届，你是哪个班的？"

陈新月说："六班。"

"噢。"秦宇点头，"初三我们不是搬教室了吗，一班到五班在一栋楼，六班之后在另外一栋楼，咱俩可能没碰上过。我是五班的。"

陈新月说："我知道。"

秦宇看她："你知道？"

陈新月说："我听宋浩宇说的。"

秦宇点了下头："噢，初中我跟我弟一个班。"

陈新月说："是啊，高中他跟我一个班了，还挺巧的。"

秦宇说："咱们市小，关系七拐八拐，就都认识了。"他伸手勾了一下铁丝网，然后抬手弹开，说，"走吧，继续往回走。"

陈新月多站了两秒，点头说："好。"

后半段路是沉默着走完的，眼看着洪峰饺子馆的招牌已经出现在视野里了，陈新月忽然想到了什么，脚步顿住了。

秦宇也停下了："怎么了？"

陈新月说："我知道怎么试探廖成龙了。"

秦宇抬着眉头，陈新月看着他，说："你明天骑自行车上班吧。"秦宇略微思索着其中的转折关联，陈新月继续说，"然后你说自己车子坏了，问他会不会修，看看他反应。"

秦宇这才想起来："噢，他爸廖开勇是修自行车的。"

陈新月点头："他小名叫圈儿，他弟小名叫杠儿，都跟自行车有关系。"

秦宇说："这样就能找理由询问他爸的事了。"

陈新月说："他未必会讲，但是你观察他的反应，可能会心虚，也可能会遗憾，我们就能大概判断，廖开勇杀人的事他究竟知不知情了。"

秦宇低头瞅着她的表情，忽然就说："也可以打扰他的安宁，就像你把那辆奔驰车开到了哈尔滨一样，起码算是个捉弄。"

陈新月抬起目光，说："你又在分析我了？"

秦宇说："这算分析吗？我自然而然想到的，觉得那样符合你性格。"

陈新月跟他对视，然后移开目光，笑了一下。

秦宇下意识将手揣进裤兜，但是忍住了，没有掏烟抽。他看着前边说："那我现在去买辆自行车，我舅家没有。再晚卖自行车的该下班了。"

陈新月说："我有。"

秦宇说："自行车，你的吗？"

陈新月说："我爸以前的自行车，小时候他骑车送我上学，后来他开始开车，自行车就一直放着了。"

秦宇说："你爸的车，还是留个念想，我买辆新的，应该没几百块钱。"

陈新月说："没关系，自行车太新容易露馅。还是旧车坏了，比较合理。"

秦宇想了下："也是，那车在哪儿放着？"

陈新月说："我家。"秦宇开口想问，陈新月接着说了："我知道你想问哪个家，以前我爸单位分了个宿舍，自行车就放在宿舍楼底下。你不是一直想知道我住哪里吗？"

秦宇不说话了，静静看着她。

陈新月说："我就悄悄住在那个宿舍里。那是我唯一的家。"

秦宇坐在警员宿舍唯一一只小板凳上，手脚没地放，他脑袋旁边泛黄的窗框外面，飘着楼上晾晒的床单一角。当陈新月说到宿舍的时候，秦宇真没想到，是这样一栋老破小的旧楼。应该已经没什么人住了，刚才在楼下，秦宇看到院子里都是堆积的啤酒瓶子和废纸板，估计是哪位老人专门收集过来的。

宿舍里情况也差不多，秦宇背靠一张上下铺，周围摆满了纸箱，装着有旧衣物，有办公杂物，他的脚就踩在一只纸箱上，箱子里竖着一根绑起来的锦旗。

秦宇问陈新月："你就住这儿？"

陈新月坐在门口纸箱上，屁股底下铺着旧报纸。她把脚也缩到纸箱上，调整了一下坐姿，说："能住人，床单是新铺的。"

秦宇说："是能住人，但是你不该住在这儿。"

陈新月笑了下："我为什么不该？"

秦宇："不安全。"

陈新月说："楼上住着两个警局门卫，对面就是警察局大楼，这里比哪里不安全？"

秦宇说："这楼都多少年了？感觉都要拆了。"

陈新月说："这倒是，据说明年拆迁。"

秦宇说："你爸就住在这个宿舍？哪一年的事了？"

陈新月说："他跟我妈结婚之前，一直住在这个宿舍里。"

秦宇说："那这叫单身宿舍，你爸哪年结的婚？你都多大了？这都二十多年没人住了吧？"

"不是的。"陈新月说，"我出去上大学以后，我爸懒得回家，就把这宿舍的床铺收拾出来了，加班晚了，就过来睡一觉，离单位近。"

秦宇没接话，陈新月低头看自己的鞋子，然后轻轻呼了口气，又挺直了脊背："我大学四年，他在这里住的时间，比在家里长。"

秦宇看着她："你怎么不回真正的家里住？你爸的家。"

陈新月说："我妈知道那个住址，她会过去找我，太烦了。"

秦宇说："那你不回去，你妈不奇怪吗？不担心你没地方住？"

陈新月说："她以为我一直住校。"

哦，秦宇低低应了一声，忘记大学是提供住宿的了。随即他又想到一个问题："你不是今年毕业了吗？"

陈新月说："没有，我请了一年假。我爸出事以后，我毕业论文压根没写，干脆休了一年学。"

秦宇点了下头，说："这情况，学校肯定都能谅解。其实毕业早一年晚一年的，差别不大，以前上学的时候，觉得留级是件可丢人的事了，以后在班里就是最老的了。但到了社会上，其实大个五岁十岁，都没差别，都是平等的同事关系。"

陈新月说："你在劝我吗？"

秦宇直看着她，回答："我在说我自己。我初三下半年，我妈出的事，那时候距离中考没几天了。我中考考太烂，那年中考作文非让写亲情，我从写作文就开始哭，忍不住，最后也没得几分。好的高中上不了，除非交钱，初中老师建议我复读一年，我觉得丢人，拒了。之后我去了一所普通高中，没过几天，警察来学校里向我调查我妈的事情，被同学听到了，乱传话，我跟他们打了一架，然后再没去过学校了。我这一逃，就逃到了现在，再也回不去了。"

陈新月的眼神很平静，但其中好像有某种情绪化开了，显得很动人。秦宇望着她："其实我这条路，是选错了，对吧？当时老师劝我，我舅也劝我，但都没劝住。当时有人能把我劝住，就好了。我身体素质好，没准可以报个警校，到现在，没准更有用一点，是吧？就算还是碰上你了，我也有更多办法帮你，是吧？"

他在问谁啊。

陈新月低下头，过了会儿，才说："秦宇，你之前说你走不出来，我以为你只是为了跟我对话……我们在三曲舞厅对面吃饭那次，你说你一辈子都放不下，每次看到有爸妈领着的孩子，都觉得他们是在可怜自己。我很怕自己也这样，一辈子再也找不回高兴的感觉了。不是我自私，但是我真的很想走出来，如果我爸活着，他也不希望我陷在现在这样的情绪里，他看到我哭会难过，所以我这几个月，没再哭过一次，我不想让他心疼。"

秦宇看她两秒，立即笑了一下，扶膝站了起来："我不好，不聊这些了。那个盆里水果是新鲜的？"

一个不锈钢盆搁在窗边的纸箱上，里面装满水果，好像个小果篮一样。

陈新月说："前几天郑诚舟给的，苹果和橙子，还有水果刀。你想吃的话，出去洗洗，水房就在走廊尽头。"

秦宇说："行，我出去洗一下。"他把水果拿出来，一枚一枚立在纸箱上，盆里只剩一个橙子一个苹果，然后端着出去了。

旧楼的水管也生锈了，水龙头的位置像是个铁疙瘩，要稍微使些力气才能扳开开关，不过水流倒是痛快，砸在池子里哗哗哗的。秦宇洗干净水果，把盆放在一旁，然后撩水冲了把脸。凉水激在脸上，秦宇闭了闭眼睛，拧上水管，抬头长出了一口气。

水流从他头发上、额头上往下淌，最后在下颌汇聚成滴，沾湿了衣领。秦宇没管，端起水果回去了。

陈新月从门口的位置让开了，坐到了床边上。她头顶就是上铺，整个人好像被框在了一个陈旧的相框里一样。

秦宇把小板凳拉了一下，坐在她正对面，然后把果盆放在腿上："先吃个苹果？"

陈新月说："随便。"

秦宇说："那要不先吃橙子，橙子直接切，不用削。"

他低头把橙子一分为二，再切成四瓣，说："要是我住这里，肯定只买橘子吃，直接剥皮，都省得洗。"切好橙子，秦宇递给陈新月一瓣，手腕被她一把拉住了。秦宇抬眼，陈新月在对面安安静静看着他，前一秒看他的头发，后一秒看他的脸。

秦宇笑了下，说："我刚洗了把脸，没擦。"

136

陈新月看的却好像不是这个，目光像在探究，距离近，她的声音变得格外轻："很奇怪，秦宇。有时候，我觉得你很年轻，有时候我觉得你特别老。"

　　秦宇笑容稍微有些不自然，赶紧说："二十四岁了，说年轻也不算年轻，很多人这个年纪都结婚了，没准孩子都有了。"他看了一眼自己被拉住的手腕，口吻轻松地问她，"你同学有没有结婚的？我听说有的大学在毕业季，还专门举办集体婚礼。"

　　陈新月说："有的，有两对。"

　　秦宇笑了下："那多好，在校园里认识，直接走进婚姻殿堂，轻松美满。社会上远没有校园里单纯了。我是走出校园太早了。"

　　陈新月静静等他说，直到他没话可说了。然后她轻微叹了口气，对他开口："秦宇，你是男的，其实我一直想听你主动提。"

　　秦宇想反问提什么，但实在没脸问出口。他近距离望着陈新月，干净的面容，明亮聪慧的眼睛。她的脸怎么长得这么好，微圆，这应该叫作娃娃脸吧，但她面中饱满，脸庞又小巧，是精致又显小的长相。造物主造人，在捏她这张脸的时候，也断是费了些心神的。她像是个玻璃娃娃，摆在那里，多看一眼都怕碎了，怎么保护都不嫌多。

　　秦宇愣怔片刻，低声说："你知道我的情况。我帮你，不为别的。"

　　陈新月看着他："我知道你喜欢我，第一眼我就感觉到了。开车去哈尔滨的路上，你一直在偷偷看我。"

　　秦宇说："你不是睡着了？"

　　陈新月说："你看我，我第一时间就醒了，但是感受到你的眼神，我又觉得很安全，于是继续睡了。"

　　秦宇一时想笑，又浑身绷得紧，隔了几秒，低低对她说："我们不需要这样，我帮助你，真的想法很单纯。"

陈新月拉着他的手腕，其实没怎么用力，但他舍不得抽走，几乎是主动悬空着。她的手指轻轻滑动了一下，要是她再进一步，他就装不下去。

但是陈新月没有下一步举动，开口说："秦宇，你晚上住在这里，可以吗？"

秦宇眼神抬起来："我？"

陈新月说："上下铺，我们可以一个睡上铺，一个睡下铺，我还有一套换洗床单。"

秦宇问："你晚上害怕吗？"

陈新月说："我不怕，但我想睡个好觉。你之前教我，用卫生纸把耳朵塞住，我试了，但还是不管用。我不知道怎么才能睡一个安稳觉了，小时候做噩梦，我爸会来房间陪我，上大学以后，在宿舍休息不好，我还能趁着假期回家。但现在，我哪里也去不了了。"

秦宇低头看着自己的手腕，过了几秒钟，说："我回去拿个牙刷。"他又抬起头，说，"你这还缺个脸盆，你平时怎么洗脸？"

陈新月说："直接接着水管。"

秦宇说："那我还是拿个脸盆过来。"陈新月看着他的眼睛，点了点头。

秦宇又一次看着手腕，然后胳膊稍微动了一下，说："你先松开。"

陈新月松开了手，把那瓣橙子剥了，送进嘴里。秦宇快速出门，骑上了陈新月父亲停在楼下的旧自行车，一路往饺子馆骑的时候，路窄迎风，他单用左手扶着车把，右边胳膊始终是痒痒的。

他舍不得右胳膊使力，怕那股劲一下子散了。

回去以后，店里只有宋洪峰在，正在擦地，秦宇刚要开口叫他，忽然怔住了。

最近天气转凉，尤其到了晚上，要加衣服。宋洪峰身上搭了一件校服外套，是初中校服，蓝白条纹已经洗得很旧了。之前在店里干活时，宋洪峰偶尔也穿，秦宇一直没留意，以为是宋浩宇的旧衣服。

但现在，宋洪峰背对门口，秦宇看清了那校服衣角写着一个名字，秦宇，拿粗的蓝笔写的。好像因为当时体育课打球，全班外套都扔一起，容易拿错，也容易丢，秦宇借了同桌女生一支彩笔，随笔一画，签名歪歪扭扭，"宇"字那个钩都快飞到天上去了。

丑了点啊，当初应该叫宋浩宇帮忙题字的。

宋洪峰察觉到了，转过身来："回来了啊？"

秦宇不由自主盯着他身上的校服看，直到宋洪峰自己也低头看："咋了？脏了？"

秦宇摇头："没有。"然后他抬头笑笑，"舅，我以后去外边住了。"

宋洪峰立即张了下嘴，赶紧把拖把立到一旁，看着他："家里住得不舒服？还是你工作换了？"

秦宇说："没有，我们单位给安排了宿舍。"

宋洪峰说："旅行社还给提供宿舍呢？"

秦宇说："这是好事，说明单位重视我，不住白不住。"

宋洪峰问："条件好吗？肯定赶不上家里吧？"

秦宇说："条件好。"

宋洪峰稍微停顿了一下，问："你在外边没遇上事吧？最近你总是晚上出门，别是在外面有什么事吧？"

"哪能啊。"秦宇笑了一下，"工作好着呢，就是比较忙。舅，我今晚就去宿舍住了，已经说好了的。不过离得近，店里忙你就给我打电话，我回来帮忙。"

那根拖把靠在桌边上，眼看着要往一边倒，秦宇伸手给扶住了，然后抬起眼睛："舅，我先上楼收拾东西了。"

宋洪峰欲言又止，最后只是点了点自己胸口："把舅家当自己家，有事就跟家里说啊。"

秦宇又笑了下："我知道。"

初中时候，秦宇和宋浩宇个头都蹿得快，排队列基本都站最后几位。宋浩宇到了高中压力大，开始发胖，但初中时候，他俩体格是差不多的。

所以无论谁的校服，宋洪峰都能穿，不存在大小不合适的问题。他穿秦宇的校服，像是故意挑的，或许他从心底想跟秦宇亲近。

秦宇上楼的时候，校服背面那个褪色的签名一直在他的脑海中晃。"把舅家当自己家"，秦宇相信这句话是真心的。宋洪峰真心想给他一个温暖的家，只是没办法啊，有的东西缺憾了，什么都补不上了，永远就完整不了。

那一年中考完，秦宇考得极差，宋浩宇平时成绩一般，考得也一般，他俩成绩都够不上重点高中。

但当时进重点高中还有一个选项，那就是交建校费，差20分以内交两万块，差30分交三万块，差得越多交得就越多。宋浩宇交三万块就可以上，秦宇差不多要交十万块。

那时宋洪峰东拼西凑，凑了不到五万块钱，只给宋浩宇交上了。交完建校费那天晚上，宋洪峰从校长家里出来，跑到秦宇家旧小区里找了一整晚，声音都喊劈了，秦宇终于从花坛里出来了。当时宋洪峰搭着秦宇的肩，头埋到了他的胸口，一直说着"舅对不起你，舅没本事"。

秦宇拍拍他的背，说："舅，真没事，我早说了不上了。我不复读，我也不上重点高中。真没事。"

把宋洪峰送走以后，秦宇回到了自己家里。这是他妈去世之后，他头一次回到熟悉的家。秦宇打开卧室床头柜的抽屉，点了点他妈给他攒的建校费，两万多。

其实以秦宇初中时的成绩，不用交建校费，也能考上重点高中，但他妈怕他发挥失常，怕他中考掉链子，早就开始偷偷攒钱了。她以为秦宇不知道，怕打击他学习的信心，但秦宇一直都知道。

只是，妈，我中考掉链子了。不为别的，因为你没了，我接受不了。我的链子掉得太大了，你攒的钱，没能够。

你总让我好好学习，说我无论考上什么大学，学费多贵你都给我出。哪怕我想出国读书，你也要把我供出去，我想飞得高，你就必须把我托得高高的。你说尽管爸没了，但天也没塌，你就是撑起来的那整片天。

可是，妈，整片天也塌下来了。

是我让你失望了。

上楼之后，宋浩宇没在家，秦宇坐在卧室地板上，看着抽屉里整整齐齐一沓旧百元钞。当初他也是这样守着一抽屉百元钞，独自在家里跪了一整晚。当年就清点了一次，之后从来不敢碰，生怕这些钱上残存着的母亲的气息，被摸多了，就散了。

钱不是摸旧的，本来就是旧钱，每隔几张上就用铅笔写着数字，七百元，十一月六日，九百元，十二月十一日，不知母亲从哪儿抠抠捡捡，慢慢攒起来的。

秦宇怔怔坐在地板上，觉得记忆开始旋转，当年跪在抽屉面前痛哭的小男孩，一直都停在那里，背对整个世界，肩膀颤抖着，从来没有站起，泪水从来没有干。

妈，我最近遇到了另一个女孩，她的天也塌了，跟我一样。那片天，我想给她补上。你说，我行吗？

秦宇在卧室没待多久，忽然听到外面有响动，来到窗边，看见宋浩宇站在楼下打电话。

不知在跟谁打，声音压得很低但很温柔，又带着点焦急，是那种恨铁不成钢、想发火又不舍得的样子。要不是窗户开着，声音也飘不进来。

从楼上往下看，宋浩宇那颗脑袋，像是那棵熟悉的老杨树树影间一颗松果。秦宇望着他，觉得他真是长成个大小伙子了。那棵杨树半腰处画着道红线，小时候，宋浩宇也是这样站在楼下，脑袋不及那道红线高，而现在，那道红线只到他的腰。人长，树也长，人比树长得快，但可能也老得快。

秦宇如果这时候喊一声，宋浩宇准会惊喜地抬头，冲他招招手。就像小时候，他跳着脚使劲招手："哥，你已经到家等我啦，等等我马上就上去。"

但秦宇没喊，简单快速收拾好东西，背起背包，端了个盆下楼了。宋浩宇电话没打完，秦宇从老杨树后面绕过去的，宋浩宇背对着他，没有看见他。

回到警员宿舍的破楼里，陈新月已经把床单铺好了，下铺还是原先的绿色小格子床单，上铺新铺了粉蓝相间的条纹床单。外面夜深了，屋内一盏台灯像是安宁的烛光，窗帘已经拉严。陈新月站在栏杆旁边说："你选吧，上铺下铺？"

秦宇把脸盆放下："不瞒你说，我这辈子，从来没住过上下铺，更别提跟一女生住上下铺。"

陈新月笑了一下："要不你睡上铺吧，下铺的床单我用过了。"

秦宇走过去："睡上面，我怕翻身吵到你。"

陈新月说："没关系，你睡上面，我更有安全感。"

秦宇试了试上边的床板，感觉挺薄的，看着她笑："还有安全感？不怕我掉下来砸到你啊。"

陈新月："不怕。你睡上面，如果要走的话，我能感觉到。"

秦宇目光看着她，继续笑了笑："我不走，放心，我上厕所都跟你提前汇报。"

陈新月说："你先躺上去试试，如果觉得硌得慌，我还能找到被子。"

秦宇把背包扔到了上铺，然后自己蹬梯爬上去，屁股先挨床，接着脑袋和脚同时落下，像是一条上岸的鲤鱼，扑腾几下，很快躺平了。

"不硬，正合适。"秦宇探出头，跟陈新月说，"原来上铺是这种感觉，视野一览无余，那边纸箱里的东西我都能看见。"

陈新月抬头看着，秦宇借着光亮，能看清她稍微笑了一下。随后，她瞥了眼手机，好像看到有新消息，立即拨通电话，听了一会儿，然后又挂掉了。秦宇趴在上铺问："有人找你？"

陈新月放下手机："许一朵，刚刚她给我打电话了，我在整理床，没听到。"

秦宇问："打回去没人接？"

陈新月说："正在通话中。估计也没什么事，就是约我明天出去玩，我之后再给她打。"

秦宇又从上铺下来了，这回掌握了方法，左脚蹬下栏杆借力，右脚直接落地。他端起脸盆，说："我出去刷个牙，然后上床玩会手机，就直接睡了。"

陈新月看向他："像坐火车卧铺一样，对吧？"

秦宇说："还真是，下边没地儿，只能在自己床上躺着。"

陈新月端起窗台前的一个小口杯："我跟你一起去。"

两人将门虚掩，走到了走廊尽头的水房里。几乎是摸黑走的，整条廊道都没灯，到了水房才有光亮，自然的光亮。高高的墙上开了一扇大窗户，凉风和月光直接灌进来，月光照亮了面前一排生锈的水管，方形的水池，以及水池角落里蔓延的青苔。秦宇刷牙的时候，故意接了半杯水浇上去，那些青苔看似软绵绵的，却冲不散，冲不坏，浇灌过后，显得更绿了。

秦宇漱好口，接着开始冲洗牙刷，他右边陈新月也开始在杯子里洗牙刷，搅得咯噔咯噔的。哗啦，水倒掉了，秦宇打开水管，把杯子最后洗了一遍，陈新月也洗起了杯子，然后他们同时拧上了水管。

秦宇瞅向陈新月，这份刻意的默契，让他不由得想笑。陈新月端着口杯，一本正经地说："我洗漱好了。"

秦宇说："我也好了。"

陈新月说："那回去吧。"

"其实，我真没想到，能跟你见到第二次。"秦宇忽然低声开口。陈新月转身看他，月光清凉，他们的脸上、身上都笼罩了淡淡清冷的光。

陈新月轻轻地说："是不是觉得，这个世界很巧？"

秦宇说："是，早知道你是宋浩宇的同学，早知道你会出现在我舅家里，当初开车的时候，我就态度好点了，我就不应该那么凶。"

陈新月问："你凶了吗？"

秦宇说："凶了，我以为你是个偷车贼，抓着你的衣服一顿骂。"

陈新月说："那不叫凶。我都没在怕的，我知道，就算真把你惹急了，你也不会打人的。"

秦宇看着她明亮的眼睛，跟她开玩笑："怎么，笃定我舍不得打你啊。"

陈新月淡淡说："你不是不打女生吗。初中那时候，一天放学以后，你一人把隔壁六班的几个同学都堵到了巷子里，三个男生，两个女生，都是小混混。你握着一根长竹棍，让那两个女生先走。人家都是一伙的，面对你单枪匹马一个人，怎么可能先走。你又让那三个男生一个一个上，如果跟你比试输了，就要到你班里大声道歉。好像是因为这几个人，课间的时候跑到你们班，把黑板报抹花了，然后把宋浩宇气哭了。但还是那句话，人家是一伙的，能围殴，凭什么要单挑，你约架都不动脑子的吗？结果那三个男生一起围上来了，你把棍子挥得像孙悟空的金箍棒，一个吓瘫了，一个吓退了，剩下一个最壮的男生，用手捉住了你的棍子，你们两个僵持不下的时候，那两个女生悄悄从背后靠近，把你绊倒在地。然后那三个男生趁机把你压在地上，拳打脚踢，直到有人叫了保安，又报了警，最后警察带着保安一起找过来了。"

秦宇愣了："你怎么……"

陈新月说："宋浩宇跟我讲的，说你拿他当亲弟弟，特别仗义，见不得他受一点委屈。只是瞎逞强，打架还装绅士。"

前半句倒有可能是宋浩宇说的，但是后半句绝对是她编出来的。秦宇依旧愣神，当年他从地上爬起来之后，鼻青脸肿的，俨然是个受害者，所以警察和保安都把重点放在了隔壁班那几个坏学生身上，趁着他们接受教育时，秦宇悄悄溜走了。但他不敢回家，跑到舅家楼下小声叫宋浩宇的名字。宋浩宇探头看了一眼，赶紧跑下楼，看清秦宇的状况，眼圈瞬间红了，说："哥你这是咋了？被谁揍了？"听完事情的来龙去脉，他眼睛更红了，说："哥你为我打架，咋还不叫上我呢？"秦宇说："嘻，我以为我打得过，没事，挨揍我一个人挨就行了，就是你得陪我回趟家，跟我妈说我这是爬墙摔的，不能让她知道我打架了。"宋浩宇忙说："好好，我陪你回家，然后咱俩编个故事，就说你爬墙为了摘苹果？"秦宇说："行吧。爬墙偷苹果也会挨骂，但肯定比打架骂得轻。"

后来第二天，保安押着隔壁班那几个坏学生，来到秦宇班里，专门跟秦宇道了歉。那几个学生满脸不情愿，但跟保安解释说是秦宇主动招惹他们的，保安压根不信，说再狡辩就要请家长。那几个学生也不愿牵扯太多，每个人都黑着脸，规规矩矩说了声"对不起"。

秦宇低着头装严肃，事实上心里直乐。趁着大家注意力分散的时候，他悄悄扭头，冲宋浩宇使了个得意的眼色，脸上还青一块紫一块的。

宋浩宇心里泛酸，但也咧嘴笑了。知道这些"对不起"，是他哥挨了顿揍，专门给他换来的。站在门口跟保安对话的班主任，他们哥俩之间隔着的几张课桌，窗外挂着的金灿灿的太阳，都是时间流淌留下的印记，再也回不去的那些旧时光。

水滴自水管漏下，轻声滴答在潮暗的水池里，秦宇思绪纷乱，看着陈新月问："你之前，是不是认识我？"

陈新月说："不认识。"

秦宇问："你什么时候转到我们初中的？"

陈新月说："不记得了。我以前经常转学，就许一朵这一个朋友，还是高中认识的，其他同学都没印象。"

秦宇静静看着她，忽然就说："其实我现在都不知道，当时我在巷子里挨揍的时候，是谁报的警。校门就在不远处，叫保安就够了，怎么还报警呢？"

陈新月淡淡地说："可能是路人吧，或者住在楼上的居民，怕你们打架出事。"

秦宇说："可能是这样吧。"

陈新月轻轻"嗯"了一声。

秦宇说："回去吧，水房也没灯。刚才还有月光，现在怎么这么黑了。"他望向窗外，月亮被游移的厚云挡住了。

第二天清早下起了大雨。秦宇被雷声惊醒，快速跳下床，跟陈新月一起堵窗户。劲风卷着雨水斜斜砸过来，玻璃噼里啪啦直响，窗户没有插销，必须用手推着，才不至于被风撞开。秦宇用手推了一会儿，觉得这实在不是事，在屋里找了一圈，从一个旧抽屉上卸下一块木板，把钉子摘了，然后斜卡在了窗框上。陈新月也松开手，方法管用，窗户这回安稳了。

陈新月递给秦宇一条毛巾，自己也拿毛巾擦身上的雨水。秦宇问她："你之前下雨怎么过的？"

陈新月说："我住进来后，没下过这么大的雨。"

秦宇将脸上的水抹干，然后把毛巾拎在手里，问："你这儿有伞吗？"

陈新月摇了下头："外面刮风，打伞也没用。"

秦宇在纸箱上坐下了："那我等会儿再去单位，阵雨估计一会儿就过去了。"

外面雨声响亮，室内显得安宁，一面斑驳的墙，一扇破窗，就足以抵挡住风雨，这或许就是居有定所的意义，无关奢简，只让每个渺小的人得以安身。

秦宇把手里的毛巾叠成方块，又展开，重新卷成个卷，然后抬头说："我去把毛巾洗一下吧。"

陈新月说："不用的，晚上要是下雨，你回来还得擦。"

秦宇说："那我就先晾上。"窗台和床栏之间绑了一截塑料绳，陈新月把毛巾搭在那上面，秦宇也把毛巾搭上去了。然后他又坐回纸箱上，"你昨晚睡好了吗？"

陈新月坐在床边，"嗯"了一声，秦宇笑了下："那你要不再睡会儿，被雨吵醒了，现在还早。"

陈新月说："我衣服湿了，不能躺了。"

秦宇立马看她："那你……"

陈新月说："等一会儿你出门了，我再换衣服。"

"哦。"秦宇又看窗外，"雨小了。"

八点过后，雨声渐稀，天空明显放晴，有阳光照出来了。秦宇站起来，拿上手机和自行车钥匙："行，我去单位了，再去会会廖成龙。"

陈新月也站了起来。

秦宇打开门，回头对她说："那你……快换衣服吧。"

陈新月似笑非笑，说了声好。

秦宇跑下楼梯，推上自行车，路过宿舍楼下时，他没出息地抬头向上望去。玻璃太脏了，完全看不到里面的场景，是否有人换衣服看不到，连有没有人都看不清。

自下往上，地理上也不占优势。不知道陈新月会不会从窗户往下望，会不会看到他。

忽然，唰地一下，玻璃里面的窗帘拉上了。这还是能看出来的。

秦宇自知心思不正，收回目光，蹬上车子，又笑了一下。

小雨仍旧淅淅沥沥的，秦宇把外套帽子戴上了，弓起背，腿脚一下一下使力，一路向单位办公室奔去。

办公室推拉门留了道缝，秦宇知道廖成龙已经到了。他看了眼手机时间，九点过半，路程还是远，满打满算也骑了一个多小时。

秦宇把自行车搬到屋檐底下，抖了抖身上的水，开门进去了。

廖成龙正在椅子里玩手机，闻声扭过身来。秦宇脱掉帽子，不好意思冲他点了下头："下雨迟到了，路不好走。"

廖成龙转着屁股底下的转椅："小秦啊，以后还是要准点，说九点到，就是九点。万一有人来查岗就不好了。"

秦宇赶紧应了一声。

廖成龙又说："咱这工作，要学机灵点，上班必须准时，但是可以早退，要会观察形势。"

秦宇说："龙哥，你迟到早退都没事，以后我给你打掩护。我这人不爱偷懒，只是今天赶得不巧，天下雨，自行车还坏在半道上了，我一路推过来的。其实我出门不晚，就是路上耽误时间了。"

廖成龙抬着眼皮看他："你家住哪儿？"

秦宇说："在城中心那边。"

廖成龙说："那还挺远，骑车上班啊？"

秦宇说："就当锻炼身体了。"

廖成龙点点头，又看回手机。秦宇把淋湿的外套脱了，搭在桌边上，绕过半圈桌子，坐进自己位置里。路过时看清了，廖成龙手机里刷的是短视频，每个视频过得飞快，遇到大头美女，才停住看完，然后跟着咯咯笑。不知是视频内容有趣，还是美女漂亮。

秦宇也拿出手机，佯装回复消息，同时将手机稍微举高，侧着试图给廖成龙偷偷拍张照片。拍摄键还没有按下去，秦宇忽然想起手机没静音，快门声还在，于是又在设置中关闭了音量。这时，相机里的廖成龙忽然转过头，朝他看过来。

"干啥呢？"

秦宇赶紧调转了镜头，转成自拍，抬着头说："照照发型，头发都淋湿了。"

廖成龙瞅他嗤笑一声："还挺臭美。"

秦宇照着手机，又拨了两下头发，这才放下了。

一间空办公室里就坐着两个人，偷拍都没有掩护，秦宇在心里直摇头。

稍微一坐就快到中午了，秦宇手机都玩倦了，有一下没一下地摁着，开口问："龙哥，你是住附近吗？"

廖成龙说："离得不远。"

秦宇说："你知道，附近哪儿能修自行车吗？"

廖成龙明显顿了一下，缓慢地抬起头来，眼神瞬间认真了。

秦宇笑着说："车子骑不动，我半路检查了一下，车链子没掉，可能是后车轮哪个部件坏了，螺钉之类的，我也看不懂。"

廖成龙神色明显有些古怪，打量似的瞅了他两眼，才说："你住那么远，就不该骑车上班。"

秦宇说："我已经骑过来了，总不能再推回去，得找人给修修啊。"

廖成龙手机里的短视频播完了，从头开始单调重复。秦宇又感叹似的说："现在修自行车的是少了，以前在路口经常见到摆摊的。但是骑车的人也没变少啊，龙哥你说，修自行车的都跑哪儿去了呢？"

廖成龙看着他，说："自行车坏了就换新的，没几个钱，压根不值得修。"

秦宇张了下嘴，廖成龙却一下站了起来，收起手机，拎起椅背上的外套："吃饭去了，收工。"秦宇眼神追着他："那下午？"廖成龙说："下午不用来，等电脑到了再说。"秦宇又叫住他："那龙哥哪天有空，一起吃个饭？"廖成龙停在门口回头，秦宇笑着："可以把嫂子也带上，我请客。"廖成龙简单一点头："最近几天都有约，再说吧。"然后他开门匆匆而去。

秦宇跟到窗前，看到廖成龙依旧走到路口的公交站牌底下，打了辆出租车离开了。雨不知什么时候停的，地面已经蒸干，整条马路被雨冲刷得清清爽爽。天地之间，阳光普照，秦宇眯起眼，又总结出了个结论——那就是廖成龙不差钱。明明公交方便，却天天坐出租。不知他的钱是从什么途径获得的。

正在窗边出神的时候，手机响了，宋浩宇打来的。阳光反射到手机屏幕，晃进了眼睛里，秦宇转身接通了电话。

"哥，我们几个来万达吃饭，你有空过来吗？"

秦宇一瞬恍惚，原本他们是四个朋友，在这个暑假聚在了一起。可是经由短短几天，就转变成了他和陈新月两人之间的秘密游戏。秦宇听着宋浩宇的声音，忽然都觉得遥远了。

他问："陈新月也在吗？"

宋浩宇说："陈新月还没到，主要是许一朵她……"

秦宇问："怎么了，有事？"

宋浩宇压低声音说："孙巍回来了。哥你记得吗，之前聊天提起过，也是我们高中同学，许一朵前男友，在美国读的大学。他其实早就回国了，昨天去找许一朵了，然后许一朵哭着给我打了一晚上电话。"

昨天晚上，陈新月手机里的未接电话，估计也是因为这事。秦宇觉得脑壳发紧，这边应付工作，那边还要应付朋友，他身份上转变不过来。他跟陈新月之间的关系，宋浩宇他们是不知道的，应该还是要继续瞒着。

秦宇低头，点了两下，然后说："好，我就在附近不远，我过去。"

挂掉电话以后，秦宇握着手机，想问问陈新月到哪儿了，几乎同时收到了一条新消息。

"我在万达楼下等你。"陈新月发来的。

秦宇立即出了办公室，看着停在屋檐下的自行车，有些后悔。他上班路上故意把后车轮的螺钉拧掉扔了，为了试探廖成龙，廖成龙确实如惊弓之鸟一般跑掉了，只是现在自行车也骑不了，否则他去万达几分钟就骑过去了，何至于还让陈新月等。真是捉弄了廖成龙，也捉弄了他自己。

秦宇紧跑几步，气喘吁吁地出现在万达门口。陈新月身裹一件薄外套，脚蹬白球鞋，球鞋跟裤腿之间露着一截细细的脚腕，那裤脚和衣角都在风里轻轻飘摇。

陈新月看见他，先说了一声："嗨。"

秦宇撑着膝盖喘了两口气，然后说："上午我没拍到廖成龙的照片，他比较警惕，我怕被他发现了。"

陈新月稍微皱了下眉："你不用这么着急。"

秦宇接着说："不过，我跟他说自行车坏了，问他认不认识修车的，确实把他吓坏了。他肯定想到了他爸的事，脸色都变了。"

陈新月看着他，没有说话。秦宇气息喘匀了一些，站直身体："廖成龙这边肯定有内情，我再找机会，你放心。"

他们站在风口，陈新月耳后有碎发飞舞，两道平肩显得那样单薄。秦宇说完话，下意识把手搭在她肩上，安慰似的拍了拍，然后他自己也诧异了。

陈新月侧眼看了一眼自己的肩头，然后抬起手，搭在了他的手背上。她抬头，秦宇看着她的眼睛说："我……小时候，我经常这么拍我弟。"

陈新月笑了一下，轻声说："你的手心很热。"

秦宇说："跑步跑的。"

陈新月目光明亮，声音比这时的微风温柔："今天我主要陪许一朵，她是我最好的朋友。其他的事，我们晚上再讨论。"

秦宇看着她说"好"。

陈新月在他手背轻拍了一下，然后对他说："你先松开。"

秦宇仍然愣神看着她，几秒之后，把手从她肩头上以及她掌心之间抽走了。

进了商场，两人一前一后上电梯，秦宇感觉自己短短几天内，来了万达商场好几趟，电梯两边的商铺都快背熟了。宋浩宇把饭约在了六楼的砂锅粥，跟秦宇之前的想法不谋而合，不愧是兄弟俩，砂锅粥店里有茶点小吃，还暖和养生，饭菜不算出众，但是请女生起码不会出错。

陈新月先走进了饭店里，秦宇故意在门口等了两分钟，才后脚跟了进去。靠窗的座位里，许一朵手捧热茶，抽抽搭搭地讲话，一改往日的精致漂亮，卷发蓬蓬散乱，眼睛俨然肿得像核桃。

陈新月侧身坐在她旁边，轻拍她的背，宋浩宇在对面神色凝重。秦宇过去之后，悄声在空座里坐下了。

许一朵嘴唇发着抖："他凭什么啊，他家里出事了，才想起我了，他把我当什么啊，捡破烂的吗？"

秦宇不由得皱眉，从接下来断断续续的对话里，得知孙巍是几个月前被迫回国的。原来孙巍的父亲是本地有头有脸的房产商，手腕硬得很，一般人轻易扳不过。尽管早年间孙巍父母离婚，孙巍跟着母亲生活，但父亲多少对他有所庇护，使得孙巍从小到大顺风顺水，从学业到生活各方各面就没遇过半点坎坷。但是树大招风，孙巍父亲那一派不知犯了什么事，惹了众怒，天天有一帮民众聚到法院前面喊冤，上头下令严查，这一查，查出孙巍父亲事情不少，大大小小的错误就像连根的土豆一样被拔了出来，孙巍父亲在事态严重到不可控制之前，逃去了国外，只来得及带上他的新妻子。孙巍毫不知情，被通知回国之后，就被警方控制了起来，严密监视他与父亲间的联系。

可是父亲没有余力安顿他，他也压根联系不上父亲。监视了快一个月后，警方才慢慢放松了对他这边的监控，攻克另外的突破口去了。

陈新月跟许一朵说："我们条件又不差的，不缺人追，别一直吊在孙巍这棵树上了。"

宋浩宇直接说："孙巍他甩过你一次了，你不该再给他机会。特别是现在，他心理脆弱，就想要找过去的感情去填满。他这次找你，就是想让你去安慰他呵护他，真的不值得啊。他这个人，我以前就看不上，你许一朵，'校花'，孙巍他算个什么啊，凭着家里的关系，就觉得自己特了不起，其实当班长都没人服他的。"

许一朵轻声哽咽，说："我都知道的，可是，他昨天带我去了一个地方。"

宋浩宇说："什么地方？"

许一朵说："他带我去了我们高中的教室。"

宋浩宇张了下嘴，却没有说话。

许一朵说："我们上高三那会儿，学校就在扩建了，我们毕业以后学校启用新楼了，教室一下子富余了。我们的旧教室就变成了储藏室，没有新班级搬进去。直到现在，那个旧教室还保留着，前边的讲台，后边的书柜，还有墙上的黑板，几乎都没有变样。我们一起画的，那期乘风破浪的黑板报也还在……"许一朵看着前面的餐桌，好像一下穿透看到了过去，"他带我来到黑板报面前，指着帆船底下彩色的浪花，那里面藏着我写的字，'我们几个要永远在一起……'我当时亲笔写下的，然后又用彩笔盖住了，我以为没人发现，没人看得出来，可是他知道……他说，他回国之后第一件事情，就是来看这黑板报……"

说到这儿，许一朵已经泣不成声："我以前那么喜欢他，我该怎么办啊……"

餐桌上另外三人都安静了，学生时代恋爱当了真，那就会一辈子当真。当事人还念着这份感情，谁也劝不动。许一朵趴在桌上抽泣，服务员端菜过来了，很有眼力见，没把菜往桌子上放，暂时搁在了旁边的架子上。

许一朵哭了一阵，情绪发泄完了，也慢慢缓过来，坐起来揉了把眼睛："不好意思，我没事的，我知道，不能再给他机会，我就是有点舍不得。"

陈新月给她递了张面巾纸，许一朵擦了擦眼睛，然后说："我没事，咱们吃饭吧。"

她话音落下，秦宇裤兜里的手机振了起来。手机开了静音，但留有振动，贴在大腿上"嗡"的一声，把秦宇自己吓了一跳。连许一朵也红着眼睛看向他。

秦宇拿起手机，冲大家点了下头，然后离开几步接通。

"小秦啊，你回家了吗？现在到哪儿了？"

电话是个陌生的号码，声音也听着耳生。秦宇脑子转了一下，才反应过来："噢，龙哥是吧？"

廖成龙说："哎，是我。那啥，一会儿送电脑的来咱们办公室，但我现在离得远，还有事耽误，一时半会回不去，你能不能赶回去啊？"

秦宇说："可以啊，我下午过去。"

廖成龙说："别下午了，你现在赶紧回去，送电脑的马上就到了，办公室不能空着没人。"

"哦，那行。"秦宇说，"我现在就过去。"

廖成龙说："安装好电脑设备什么的，师傅会给大门安锁。如果我没回去，你一定将办公室门锁好，然后再走啊。"

秦宇说："知道了，龙哥你放心吧。"然后又补充一句，"还好我车子坏了，没找到修自行车的，步行没走多远，不然这时候都到家了。"

廖成龙那边静了一会儿，"嗯"了一声，就挂了。

秦宇走回餐桌旁边，没再坐下，对大家说："工作有点事，我要先赶回去。"

宋浩宇连忙说："哥，你还没吃饭啊，简单吃一口。"

秦宇说："不吃了，工作着急。"

许一朵吸了下鼻子："耽误你了，不好意思啊。"

秦宇笑笑："没事，我本来以为下午空闲。你们吃，我先撤了。"

宋浩宇指着架子上："要不拿个叉烧包路上吃。"秦宇摆摆手，目光滑过座位，陈新月抬头望着他。秦宇最后低声补了句："就是临时有事，杂事。走了啊。"

出了商场，秦宇一路跑回办公室，前脚刚进门，后脚一辆小面包停在了门口。秦宇把推拉门开到最大，工人师傅把电脑等等搬进了办公室里。秦宇等在门口，时不时帮个忙，师傅安装两台电脑的时候，他一直站在旁边看着。现在都流行一体机了，而这机子显示器和主机还是分开的，显示器归显示器，下边另外带着大屁股主机，看着很笨重，也不是什么大品牌，像是自己组装的，估计比原装机能省下几千块钱。

但是配备的打印机还挺高级，是个独立的小柜子，靠墙放着，上边抬起的遮光板像是三角钢琴优雅的顶盖。应该是彩印复印一体的，估计这台机子以后会打印复印大量的资料。

师傅调试打印机的时候，秦宇在属于自己的那台电脑前面坐下了，接好电源开机，然后抬头问："师傅，电脑能联网吗？"

工人师傅一指墙角："那不是网口？"

秦宇说："有线吗？"

工人师傅说："我这儿没有，你们自己接。"

打印机装好，工人师傅又在门口安上了防盗锁，然后拎包就离开了。秦宇锁好办公室门，跑出老远，买到了几条长网线，还配好了钥匙。回来以后，他把自己的电脑，还有廖承龙的电脑都连接上网，然后把常用的办公软件下载下来，并且安装好。

最后电脑重启的时间里，外面天色都见黑了，廖成龙这时匆匆赶回来了。他看到焕然一新的办公室，略有意外，电线网线都用胶带固定得稳妥，两台电脑开着机，屏保界面清清爽爽的。

秦宇从椅子上站起来："龙哥，电脑我都给你弄好了，办公软件，还有QQ、微信什么的已经下载好了，直接用就行。"

廖成龙点了下头。

秦宇又走过去，对他说："龙哥，门锁我给你配了钥匙，还没试，你看看好使不，不好使我再拿去磨一下。"

廖成龙接过钥匙，插入门锁，"咔嚓"就开了。秦宇冲他笑了下："钥匙配得挺精准。"

廖成龙低头，把办公室钥匙串在了自己的钥匙串上，秦宇看到他的短寸里亮闪闪的，混着汗珠，想他应该是着急赶回来的。

"龙哥，你今天其实不过来也行，就安装电脑这点事，你还是不放心我。"

廖成龙把钥匙揣进兜里，点了下头，没多说话。然后他目光一扫，看到了停在门口的旧自行车。

"这就是你的车？"

秦宇说："是，不知哪儿坏了，蹬不动。"

廖成龙走了过去，直接在车子面前蹲下了，抬着额头问："后轮？"秦宇说："对，后轮蹬不动。"

廖成龙左手扶着车座，右手握着车轮转了两下，然后说："掉了个螺钉。"

秦宇凑近看："哪里的螺钉？"

"车轮上的，得去自行车店里配一个。"廖成龙撑着腰，站了起来，"现在没零件，修不好，先放这里吧。你说你住在老城中心那边？"

秦宇说："是啊。"

廖成龙说："你自己家在那边啊。"

秦宇笑了下："没有，我老家是外地的，身边没家人。我打工，自己租的房子。"

廖成龙说："那边租金便宜吗？"

秦宇想着说："一千。"

"一月一千，贵了，你不如在这小区里面租房子，距离单位多近。"廖成龙指着他们办公室后面的一片高层小区。

秦宇抬头望了一眼，然后笑着说："这房子看着就高档，一月一千哪能租到啊。"

廖成龙说："这是去年新修的小区，咱们这片属于新开发区，房子多，需求少，针对附近工作的人，租房有福利。你认识总公司那边的人吗？"

秦宇说："总公司人事，有个叫李悬的，就是她面试的我。"

廖成龙说："你给她打电话就行，就说要租房。"

秦宇愣了一下，很快点头了。

廖成龙说："我知道你们工资低，再住得远，每天上下班太辛苦。

要租尽快啊，没准福利政策过几天就没了，这都不好说。"

秦宇对他说："龙哥，谢谢你啊。"

廖成龙说："没事。今天就先这样。"

秦宇挠了下头发："其实我也没干什么，就把办公室归置了一下，都是我应该做的。"

廖成龙看了他一眼，然后说："一个人在城里打工不容易，眼明手快，都是练出来的。我了解，我也……有个弟弟。"

秦宇瞬间抬起头，觉得话要套出来了，能引出更多线索来，廖成龙却摆手要走。秦宇冲他后背喊："龙哥，我请你吃晚饭？"廖成龙转头，秦宇笑："赏个脸？"

廖成龙看了眼手机："改天吧。改天找个时间，我请你吃晚饭。"

秦宇不好再强求，点了点头，目送着廖成龙朝路口方向走去，估计是要打车。

重回办公室坐下以后，秦宇心里合计了一下，还真的给人事部李悬打过去一个电话。一月一千，就办公室后面那片高档小区，能租一整套。秦宇有些担心，旁敲侧击问她这小区是不是公司自己建的，实际上担心房子质量出问题。李悬那边笑着说，当然不是，公司可没这么大能耐，这是政府规划的住宅区。优惠租房，也算是附近公司留住员工的一项手段，所以不能短租，最少租一年，房租要提前准备好。名额已经不多了，要租的话尽快定。

秦宇脑门一热，直接一口定了下来，约好下周一看房，托她把租房合同提前备好。

卡里余额将将够，如果付一年房租，也就只剩几百块了。秦宇装起手机，心里有点虚，但是又激动，想到了自己之前一直凑合，跟人拼过床，住过地下室，后来住在舅家里，条件虽然好了，但是缩手缩脚不畅快，现在跟陈新月一起缩在破旧的警员宿舍里。总算，他要有自己的一个家了。

　　秦宇锁好办公室门，往家走的时候，犹豫再三，给宋浩宇拨了一个电话。

　　接通以后，话筒里有短暂沉默，秦宇开口问："现在，在家呢？"

　　宋浩宇说："对，在家呢。"

　　秦宇问："许一朵，也回家了？"

　　宋浩宇说："回家了。"

　　秦宇问："她还哭吗？"

　　宋浩宇说："不怎么哭了。"

　　秦宇说："自己想开就行，谈对象这种事，别人劝不了。"

　　宋浩宇停顿了一下，问："哥，你是不是有啥事？"

　　秦宇"嗯"了声，然后说："想找你，借两千块钱。"

　　宋浩宇没出声。秦宇又说："抽屉里的那些钱，我不想动，手头有些周转不开了。这个月工资不知什么时候发，发了就立刻还你。这个暑假你花钱也挺多，两千块不方便的话，一千也行。"

　　"哥，两千块我有。你来家里吧，我想跟你聊聊天。"

　　秦宇看着道路说："行，我正走着呢，过去了跟你说。"

　　电话没有挂，过了几秒钟，宋浩宇才说："哥，我才发现你搬走了，柜子里的衣服没了，厕所里的牙刷也没了。"

　　秦宇简单"嗯"了一声。宋浩宇说："你是昨晚走的吧。昨晚我一直跟许一朵打电话，你走了我都没发现。"秦宇没有说话。然后宋浩宇说："哥，你回来吧，我在家里等你。"

　　走到舅家小区楼下，天全黑了，秦宇没上楼，等在老杨树底下。宋浩宇从卧室窗口朝他挥了挥手，没两分钟就跑下来了。

秦宇问："舅舅舅妈在家吗？"

宋浩宇说："我妈在，我爸在店里。"

秦宇点了下头："我搬走了，老回去不好。之后找一天，我把剩下的东西收拾一下拿走。"

宋浩宇说："没事的，你的东西就放我卧室里，不占地方。"

秦宇说："还有不到半个月，你就要出去上班了吧。"

宋浩宇说："对。"然后他反应过来，从兜里掏出手机，"哥我没现钱，我把两千转你吧。"

手机"叮"地一响，秦宇掏出看了一眼，说："收到，谢了。"

宋浩宇笑了一下。

秦宇说："那我先回去了，发工资就还你。"

"哥。"宋浩宇又叫住了他。秦宇再转头，宋浩宇的表情稍微纠结了一下，还是开口了："我觉得，我可能喜欢上许一朵了……"

秦宇看着他："怎么说？"

宋浩宇说："昨晚许一朵本来是给陈新月打电话，好像没打通，然后她就给我打，声音带着哭腔，特别可怜，我就什么心思都没有了，一心只想安慰她。我头一次跟一个女生打电话打到了半夜，然后放下手机，心里翻江倒海的，一直惦记她，整晚都睡不着。包括今天在饭店里，陈新月坐在许一朵旁边，我其实特别想代替她的位置，坐到许一朵身边安慰她，哪怕只是拍拍她的背。许一朵说起孙巍的时候，哭得越厉害，我心里就越不舒服，恨不得把孙巍揪到面前揍一顿，后来我想，我可能就是吃醋了。"

秦宇问："你们高中三年，你对她没感觉吗？"

宋浩宇说："那时候许一朵一直有男朋友。而且她长得好看，我高中时候还发胖了……压根不敢想，只记得全班都管她叫女神。最近一起玩，我发现她除了漂亮，性格也好，还有其他好多的优点。"

秦宇听着他语气，低微叹气，感觉难办。

宋浩宇迅速笑了下："我实在是没人可说，憋在心里难受。"

老杨树在夜风里摇摆，秦宇视线低着，不知追逐着地面上的哪道树影。过了会儿，他开口说："咱俩从小什么都聊，但是几乎没聊过女生。"

宋浩宇说："我可能是开窍晚，这么多年都没谈起恋爱。"

秦宇抬起眼睛，宋浩宇纠结地笑着，双手收在兜里，在风里站得纹丝不动："也不知道我现在追她，合不合适……"

秦宇还没出声，宋浩宇摇了下头："哎，我的事，还是我自己想吧，你们俩好好处就行。"

秦宇皱了下眉："什么？"

宋浩宇说："你跟陈新月啊，今天中午，我看到你们两个站在商场楼下，你还伸手搂了她一下。"

秦宇张了下嘴，想要解释，宋浩宇却笑着说："陈新月主动联系的你吧，我就知道，她一直记着你呢。"

秦宇不由得愣了，又说："什么？"

宋浩宇看着他："陈新月初中是我们隔壁班的啊，我们五班，她是六班。我参加高中聚会那次，陈新月还专门问起了你呢，我那天喝多了，但我记得回家后跟你说啊。"

是，他是提了一嘴，有个初中同校记得他，但没说是谁啊。秦宇揪着眉："陈新月一直记得我，她知道我长什么样子？"

宋浩宇说："肯定知道啊。哥，你初中时候帅啊，一脚踹开隔壁教室大门，跟讲台上的老师对着干，一下子成了风云人物。她当时就坐在教室里，肯定记得你啊。"

风云人物，秦宇愣怔半晌，干涩地笑了一声。

如此追溯，最初在超市里，他高举扫把的时候，她站在货架后面。那时候，她就认出了他。

初中校外巷子里，他向隔壁班那几个小混混宣战，最后被围殴在地。那时候，选择报警的应该也是她。

她躲在背后看了多久啊。

久到她足够清楚，帅气的不是他，风云人物也从来不是他。那个虚张声势、丢弃盔甲的人，才是他。

"哥，你不知道吗？"宋浩宇看着秦宇神色，也疑惑了，"咱们一起玩密室逃脱那天，陈新月就找我要了你的手机号，我以为她对你有意思呢。我以为这段时间，你俩私下一直联系呢，怎么，没有吗？"

秦宇措手不及，愣了半分钟，才点了下头。宋浩宇不知这点头有何意。很快风疾转凉，空中飘起了雨丝。宋浩宇透过杨树，望向天空："又有雨了。"

秦宇跟他说："我要抓紧回去了。"

宋浩宇说："你拿把伞走。我回家取，你进楼道等会儿。"

秦宇说："不用，就几步路，我跑回去。"

宋浩宇说："那你顺路从店里拿吧，饺子馆门口就挂着一把雨伞。"

秦宇回头指点他一下："你就保持这种状态，多关心关心许一朵，准能追上她。"他说得宋浩宇一缩脖子，顿显腼腆。秦宇自己也忽然笑了下，然后摆摆手："走了啊。"

秦宇一路小跑出了小区，脚步踏在雨水里越来越轻松，穿梭在行道树底下时，他抬手戴上了兜帽。雨越下越大，薄薄的枝叶已经难以阻拦，水柱贯穿直下，和早晨的暴雨相差无几。这一天的天气，也算是头尾照应。

终于钻进破宿舍的楼道里，秦宇歇了口气，拧了拧衣服和裤脚，拧出了一大把水。他上楼的时候，每节台阶都留下一道湿脚印，好像在给自己的行踪做记号。

走到门口，秦宇看到走廊上扔着一件湿淋淋的雨衣，还撑着一把雨伞。他知道陈新月此时已经回来了，并且刚回不久，往前推一个小时，天气还没有下雨。

下一秒，秦宇将门推开了。

陈新月坐在对面那摞纸箱上，抱着腿。她看着他，身旁一扇破窗外面树影晃动，风雨飘摇。

"吓了我一跳。"秦宇合上门，说，"外面又有雨衣，又有雨伞，我以为还来了别人。"

陈新月说："都是我的，风太大了，只打伞没用。"她望着落汤鸡一般的秦宇，说，"你……"

秦宇说："我直接跑回来的。"

说着，秦宇感觉自己裤腿往下滴着水，他想起手机来，赶紧先把它从兜里掏了出来，拿毛巾擦了擦，确认没坏，搁在纸箱上，然后从另一边裤兜里掏出钱包、烟盒、打火机，都湿得差不多了，擦也没法擦，只能铺开晾好。

秦宇问："你去哪儿了呢？"

陈新月说："我傍晚回了一趟家。"

秦宇问："你妈那边？"

"嗯，趁家里没人，我回去的。"

秦宇注意到她旁边立着一个运动背包，之前没有见过，于是问："回家还收拾东西了？拿了些衣物？"

陈新月瞅着他，没有说话。秦宇看着她笑了一下："怎么了？"

陈新月说："我觉得你不太一样了。"

秦宇说："不一样？"

陈新月说："你今天下午是不是发生了什么事情，怎么忽然这么多问题？"

秦宇说："我就随口问问。"

陈新月说："我觉得你是在关心我。"

秦宇没有说话，站门口望着她，陈新月继续轻声问："是吗？"

秦宇低下头，看见陈新月依旧抱腿坐在纸壳箱上，一对膝盖抵在肩线下方，像是某种小巧的物件，秦宇形容不上来，眼前这个人用他所掌握的词汇形容不出她一举一动流露出来的高雅和精致。秦宇每次看她，心里头都隐隐发痛，她理应在更高的地方幸福着，不该陷在泥沼中，跟他一样受着罪。

秦宇蹲了下来，抬眼看着她说："我跟你商量个事。"

陈新月问："什么？"

秦宇说："我想在单位附近小区租个房子，就在甜水路上，新房，条件好。"

陈新月立即说："周大千公司的房子？"

秦宇说："不是他建筑公司盖的房子，甜水路那片属于新开发区，有很多新建的小区，针对附近工作的人租房有优惠，这是招揽人的政策。"

陈新月说："你如果换工作，租房不会受影响吗？"

秦宇说："应该不会，我先看看合同，再确定。"

陈新月接着说："没问题就行，你不用跟我商量的。"

秦宇依旧看着她的脸，低声说："我想，如果住在甜水路那边，你妈也找不到你。所以你不用，一直躲在这间破宿舍里了。"

陈新月一下子抬起头来，秦宇继续说着："我尽量租有两个卧室的房子，你住一间，家附近就有万达商场，多方便啊。那边离高铁站也近，我想，你以后要是继续出去上学的话，坐车也方便。"

陈新月摇头："事情调查清楚之前，我不去学校，我不想那么远。"

秦宇说："那就先不说那么远。我现在每天跟廖成龙接触，你住得近，有什么情况，我也方便通知你。"陈新月眼神安静下来。秦宇蹲在陈新月面前，看着她说："我要跟你商量的，就是这个事情。"

陈新月轻声开口："这个事情，叫同居。"

秦宇拿烟朝旁边指了一下："有什么区别，跟现在相比。"

陈新月看了看这间破旧的宿舍，尤其看了看墙那边的上下铺，然后她稍微点了下头，仿佛自言自语："也是。"她看回他的脸，轻轻说了声："好。"

秦宇高抬着头，愣了一下，然后立即说："那，那我下周就联系，租个两室的房子。"

陈新月笑了，又说："好。"

秦宇看着陈新月，几秒之后，自己忽然笑了一下，他移开视线，吸了口烟，看着一旁的墙壁，又如释重负地笑了下。

陈新月对他说："秦宇，我想吃苹果，你帮我削个吧。"

秦宇撑膝站了起来："我去洗。"

他洗干净两个苹果，端着盆回来了，又蹲在了陈新月面前。他打开水果刀，陈新月说："你能削出完整的苹果皮吗？"

秦宇抬眼："我……"

陈新月说："你削完一整个苹果，皮都连续不断，我就搬去跟你住。"

秦宇说："你刚才不是已经答应了？"

陈新月轻轻笑了笑："你快削吧。"

秦宇把盆在膝盖上搁好，左手拿起苹果，右手握着刀柄开始削。从头往下，小刀贴着果肉一圈圈绕，每过半圈，左手调整位置，那时小刀的动作就格外慢下来，按着一定弧度轻轻旋转，像是最精密的手术刀。秦宇借着昏暗的光线，低着头，呼吸也压得很轻，同时听到陈新月的呼吸就在上方，也安静关注着他。

终于，过了最后一圈，完整的苹果皮落在盆里，像是一盏折叠的灯笼。秦宇用手指卡着光溜溜的苹果抬起头："成了。"

这时，他看到陈新月的眼睛特别明亮，好像两汪清水。他愣了，也笑了一下，陈新月忽然倾身，轻轻碰了他的唇。

空气里带着潮湿的气息，秦宇第一时间只是将水果刀反握，怕刀尖碰到她。

很快陈新月便离开了，她退到墙壁，打量着他。她的眼睛弯起来了，眼神带着水润的光亮，像是某种狡黠的小动物。

秦宇后知后觉，才觉得心脏里像是被攥了一下。他放下水果刀缓慢起身，伸手先摸了摸她的膝盖，又向上摸了摸她的肩头，像是轻柔地接近一个洋娃娃。他们眼神都是漆黑的，淹没在滴答的雨水声里。秦宇手停在她肩上，先主动吻她，然后凑到她耳边，低声询问："来真的？"

没有听到回应，秦宇感觉自己心脏剧烈地发起抖，一下又一下，飞快而汹涌。他缓了几秒，喘过一口气，在她额头上轻轻吻了一下，然后离开了。

陈新月望向他。秦宇有些仓促，在原地站了一会儿。陈新月又笑了，摸了摸自己的嘴唇："有烟味。"

秦宇往后撤了一步，指了指果盆："那你吃苹果。"

陈新月拿起那只削好的苹果，先打量了几眼，然后下嘴咬了一大口。秦宇忽然感觉，她对这个苹果的皮能被完整削下来感到特别高兴，打心底里发出来的高兴。刚才那一吻，或许也源于此。

是否小时候，有人也这么哄过她呢？是否这个苹果，能带给她无限的安全感呢？

削出的完整苹果皮，再也不吃的馄饨汤，和空气中淡淡飘散的烟味，是否都充满了她关于父亲深深的回忆呢？

这些秦宇都只能猜测了，无从询问，无法知晓。

秦宇听到外面雨几乎停了。陈新月吃着苹果，靠住墙壁，望向窗外。秦宇心里面想，她初中时候是什么样子呢？也这么机灵吗？也长得漂亮吗？人哪能变化这么大啊，她初中时候肯定也是个可爱的姑娘，为什么他一点印象也没有呢？

初中那会儿，她始终关注着他，可她为什么要把自己藏起来啊。

那是他最好的时候，坐在宽敞明亮的教室里，奔跑在绿油油的操场上，骑着车撒欢，挥舞校服，迎着朝阳，有时也偷看别人后座悄悄带着的姑娘。

那时每天早上，都有他妈亲手烙的鸡蛋饼，世界上最好吃的鸡蛋饼。他愿意把鸡蛋饼分成两半，将一半热乎乎的鸡蛋饼塞给她，他愿意绕路带她上学，送她回家，他愿意买当时最流行的零食给她。

可是多遗憾啊。

那是他这辈子最好的时候，多遗憾啊，在那最轻松的时光里，他没能认识她。

秦宇弹了下烟灰，低头看到衣服依旧湿淋淋贴在身上。他把衣服扯起来，抖了抖，忽然想起他姥姥在麻将桌上说的话。

每次抽烟，或多或少都能想起他姥姥，她说，小宇啊，就像是箭手错失了箭靶，人一旦失去目标，盲目地生活下去，就会持续受苦并且制造苦难。

那时不懂，现在忽然琢磨出些味来。秦宇想，遇见陈新月以后，某些瞬间，他是想奔着好好生活去的，比如租个好点的房子，蹦出这个念头的那一刻，他心里某处也放出光亮。

初中以后，他就是一支偏航的箭，始终虚虚飘着，现在他虽然也摇摇晃晃，但在朝着那隐约的靶心走了。

秦宇走了些神，再抬头，发现陈新月正在望着他。秦宇莫名问出口："你思考过人生吗？"

陈新月说："怎么？"

秦宇说："我姥姥以前常跟我念叨，说一个人长期盲目地生活下去，就会错失了存在的意义。"

陈新月说："我知道。"

秦宇眼神立即认真，陈新月继续说："每个人的一生中都会遭逢低谷，沉入一种堕落的状态里。"她看到秦宇的神色，说，"别那么惊讶，我爱看书。"

秦宇点头："好习惯。"

陈新月又笑了一下："骗你的，其实我不爱看书。我大三时候选修了一门课，专门讲这些宗教的，课堂上经常点名，所以我去听过几次。"陈新月把啃了一半的苹果放下了，在纸箱上坐直起来，"你刚才就在想这个吗，想到了你姥姥说的话？"

秦宇说："不自觉，就想到了。"

陈新月说："在我亲了你之后，你想到了你姥姥？"

秦宇顿时看着她，不知道怎么接话。

陈新月快速笑了下："我不逗你了，秦宇，我其实也有一件事情，觉得应该告诉你。"

秦宇说："你说。"

陈新月说："你还记得，你丢的那几张旧百元钞吗？"

秦宇眼神直了一下，怎么可能不记得，陈新月看着他说："那些钱，之前是不是都放在你床头抽屉里了？"

秦宇说："是，那些钱是我妈留下的旧物。我舅不知情，拿走一千多块钱付给超市了，我一路追过去，还是没找到，那些钱跟凭空飞了一样。"

陈新月说："那宋浩宇，他应该也不知情。"

秦宇说："他不知道。"

陈新月说："其实，那些钱已经被换过了，在你舅拿走之前。"

秦宇愣了，看着她："怎么？"

陈新月说："暑假刚开始那会儿，我们高中同学第一次同学聚会之后，宋浩宇非要带我们回家，说要给我们看看当年的同学录。他翻箱倒柜的，把卧室所有抽屉都翻了个遍，结果没有找到，我们当时发现他有点喝多了，也没拦他。那天聚会一共来了七个高中同学，晚饭是其中一个男同学付的钱，本来说好了AA，但是大家坐在客厅喝茶的时候，宋浩宇忽然从卧室里拿出一千多块钱的现金，硬要塞给那个男同学，说不能让他请客，弄得那个男生很尴尬，推拒了半天，但觉得宋浩宇喝了酒，跟他讲道理也没用，就把钱收了，让大家之后把AA的钱发给宋浩宇就行，也没差别。"

秦宇皱眉："我记得那次，宋浩宇参加聚会喝多了，不过那天他半夜才回来啊，那时候我已经在家了。"

陈新月说："那天晚饭以后，我们在宋浩宇家里坐了十多分钟，大家兴致都很高，很快就又跑出去唱歌了。时间上正好错开了。"

秦宇重复："那一天，在我回到家之前，钱就已经拿走了……"

陈新月点头："那晚在KTV里，宋浩宇又喝了几瓶啤酒，彻底醉了，肯定想不起这事了。可能第二天，他酒醒以后，取了一些新的百元钞放到抽屉里，把钱给你补齐了。之后隔了两周，你舅进货缺钱，也是一千多块钱，正好把那些百元钞拿走了。"

秦宇听得完全怔住了，陈新月对他说："所以，当初你一路追到了街角超市，只找到了那些新的百元钞，你蒙了，超市老板也蒙了，这其实就是一场乌龙。估计宋浩宇把那些新钱放到抽屉上层，你舅也随手从上层拿的，来来去去，数目正好一样，我猜测，这就是整件事的全貌。"

过了好几秒钟，秦宇才点下头，喃喃："原来是这样，他们两个人，一前一后的，都不拿自己当外人……"

陈新月说："这之前，你也没有检查过抽屉吧？"

秦宇说："没有，我一般不碰，那些百元钞上面有铅笔写的字，舍不得，怕碰脏了。"

陈新月说："当初在超市里，你就跟超市老板吵，说你的钱上面有字。我一直很好奇，上面写了什么宝贵的东西，其实只有两张钱上标了数目，还有日期，你说那些钱是你妈留下的……"

"你怎么知道上面写了什么？"秦宇立即看着她。陈新月继续说："那些钱，应该是几百几百攒起来的，为你攒的，是……学费吗？"

秦宇一下握住她的肩，紧紧问："你看到那几张钱了？"

陈新月看着他的神情，眼神微动，随后点了下头："我看到了，也找到了。"她转身，拿起放在旁边的背包，"我今天回家，就是特意去取这个。"

运动包看似鼓囊囊，其实是布料硬挺撑起来的，陈新月拉开包链，包里其实只装着一个塑料袋。她拎出袋子，解开来，里面装着一封挂号信。

背包上带着一些雨水，但是信封保护得很好，干干爽爽。

"那个男同学，就是宋浩宇硬塞了一千多块钱的男同学，在过去的十几天里，遇到了发小结婚、小侄女过生日，他把那些现金分成了两个红包，每个红包五百块，分别给了这两家人，余下的几百块留在了他钱包里。他的发小在上海，小侄女家在本地，好在收到红包以后，钱都没有存银行，也没来得及花出去。我联系了那个男同学，编了个理由，托他把那两个红包都换了回来，跟他手里的百元钞合到一起，然后他把钱寄到了我妈那边的地址。"

陈新月说着，打开挂号信封，露出里面一沓薄薄的旧钱，她看了一眼，然后抬头看着秦宇："我刚才把这些百元钞取回来了，现在，还给你。"

秦宇的手始终放在她肩上，看到那沓钱的瞬间，他的手微微抖了一下，再之后搭着她的肩，就像是在借力。

他的眼眶红了，就像当初，他愣在那家超市门口一样。那些强烈的情感，全都憋在身体里了，他的衣服湿淋淋的，那些雨水像是永远也干不了，使得他整个人像是从记忆的水塘里打捞出来一样。

陈新月望着他的表情，感觉自己背后过了道电，鼻子也开始发酸。她低了下头，把信封重新叠好，塞到他手里。

秦宇低声说："谢谢你。"

陈新月合拢他的手指，说："不用。"

过了一会儿，秦宇仰起头吸了下鼻子，然后拿着信封转了一圈，却发现没地方安放。陈新月把背包拎起来："借你了。"

秦宇将信封装进背包，拉着拉链停顿了一下，开口说："是学费。"

陈新月说："嗯？"

秦宇说："这些百元钞，都是我妈给我攒的高中建校费，到底我也没用上。"秦宇搂着背包，在凳子上慢慢坐下了，"我妈是大学生，她上的大学相当于现在的985，在他们那个年代，考上一个那样的大学其实挺难得的。"

陈新月说："她一定很聪明。"

秦宇笑了一下："我没感觉出来，小时候觉得全天下母亲都一样，主要任务就是给孩子做饭。我妈做饭算好吃的，舍不得买菜，但是便宜菜也变着花样做，我觉得这就是我妈最令人骄傲的优点了。"

陈新月继续说："你也很聪明，都说儿子智商随妈妈。"

秦宇低头笑："我上学的时候，也没让她辅导过功课，我记得自己很自觉，每天早早就把作业写完了，也几乎没让她操过心。可能我心底里知道，我妈最大的愿望，就是我能好好学习。"

秦宇埋头想，做父母的，是不是都有这样最最简朴的愿望啊。很早的时候，他爸秦明朗还在的时候，每晚喝得醉醺醺的，进门见他只有两句话，一句是，"给我倒杯水"。秦宇性子拗，就不给倒，他爸就骂骂咧咧扶墙过去，灌上两口水，喘上一口气，然后瞪着他，说另一句话，"你个小崽子在这儿晃悠什么，作业写完了吗？"就这两句话，来回说，有时候先吼他作业写完了吗，再让他个小崽子给倒杯水。

人是醉的，但心意可能是好的，毕竟就在他爸去世前几周，他还破天荒带回来一支钢笔。当时秦宇拔开笔帽，看到那钢笔是金尖的，很新，简直闪闪发光。秦宇迅速盖上笔帽，问他爸钢笔哪儿来的。他爸说："送你的生日礼物。"秦宇说："我生日都过了好几个月了。"他爸说："那你就拿着这支钢笔好好写作业去。"秦宇说："我刚小学二年级，我们写作业都用铅笔。"他爸瞪眼："那你就把笔收好了，以后学习用。"然后扶着墙补了一句，"你个小崽子，快去给我倒杯水。"

宿舍里渐渐黑了下来，秦宇抱着背包，像是搂着初生儿的襁褓。陈新月看着窗外被雨水洗刷过的黑夜，也仿佛在说自己："不过这个社会，聪明有什么用啊，狡猾才有用。"

　　秦宇抬起头来："你什么时候联想到这事的，这些百元钞，已经被替换过了？"

　　陈新月说："第一次在宋浩宇家里见到你，我就想到了。当时我跟许一朵在客厅看电视，你没待多久，就缩回了卧室里。我去上厕所，看到你坐在床边发呆，回来的时候又看到了你，居然还在发呆，始终盯着抽屉，后背弯得像个老头子，那个时候我就联想到了。但是当时，我想这些钱多半是追不回来了。毕竟在这个社会上，钱只要给出去了，就像一捧水泼进了大海里，说不定漂到哪里去了。"

　　秦宇说："怕我白高兴一场，所以没有跟我说？"

　　陈新月说："主要是现在跟你关系比较好，才跟你说的。要是几天之前，钱要回来了，我也不会告诉你，我只喜欢偷偷做事情。"

　　秦宇看着她，似笑非笑："现在关系好啊。"

　　陈新月抬起头，轻轻抱着腿："也是怕，怕这事影响你跟宋浩宇的关系。他不该动你的东西，不过那天他也真是喝多了。"

　　秦宇说："不会的，我不会怪他。"过了几秒，他又低低补充，"很多事，是我不愿意告诉他们，不知者不怪。"

　　他们交谈了几句，屋里越来越暗了，也始终没有开灯。秦宇抱着怀里的背包，感受到了一种安心，好像一根弦忽然松了下来。后来他仿佛说完了最后一句话，爬到了床上，眼皮一合就睡着了。

　　不知过了多久，陈新月轻轻爬上了床梯，探头叫他。

　　"秦宇？"

　　秦宇含糊应了一声，睁开眼睛，对上了她洁白的脸，她说："你太安静了，我就上来看看。"

秦宇朝她伸手，不知想握住什么，迷迷糊糊笑了声："我不会走，你放心。"

陈新月轻轻拉住了他的手，她的手很软，像是小婴儿的手。秦宇对她说："睡吧。"过了几秒，她松开了手，整个人爬了上来，挤在空位里，贴着他躺到了旁边。

秦宇往后让了些位置，在黑暗中感受到她身体的曲线，看到她支起的肩头。他抬起手，却悬在半空，不知该落在哪里："我淋了雨，没洗澡。"

陈新月说："我也没有。"她在上铺艰难地转了个身，面对着他，把脸埋在了他的胸口里。

秦宇还要说什么，她抬起手摸上他的脸，找了几下，堵住他的嘴。秦宇感受到脸上点点的触感，好像一个小孩子在轻轻触摸糖纸。

或许在这个寂静的长夜里，她始终没有睡着，想东想西，最后开始担心他。毕竟死亡的本质，就是长久的安静。

"睡吧。"陈新月说。

秦宇低下视线，在她掌心里含糊地说了声："好。"

陈新月满意地拿开了手。秦宇伸出手，揉了一下她毛茸茸的头发，然后搂住了她。过了一会儿，他慢慢闭上了眼睛。

睡得很沉，也很安稳。秦宇完全想不到，他抱紧她的时候只是感到温暖。

秦宇一觉醒来，快中午了。还好是周末，不用去单位。

阳光直射进来，空气里浮着金色的微粒，秦宇抬起胳膊遮脸，缓了缓神，在上铺坐了起来，看到陈新月正在下边玩手机。

"快十二点了吧？"秦宇探头。陈新月看了眼手机时间，抬头说：

"没有，刚十点多。"

秦宇点了下头："睡得真沉。"他爬下床，陈新月指了指一旁的打包袋："我给你买了早饭。"秦宇道了声谢，对她说："我先去洗把脸。"

从脸到头发都洗了一遍，秦宇甩了甩头发，感觉清醒了一些。昨晚淋了雨，可能稍微有点感冒，但是问题不大。他走回去，打开陈新月给买的早饭，小包子加小米粥，正合他胃口，太油腻的还吃不下。

端着粥碗喝了一半，陈新月在旁边说："你手机有未接电话。"

秦宇把碗放下，陈新月又说："廖成龙打来的。"

秦宇赶紧起身拿来手机，有一个未接来电，刚刚十点打来的，廖成龙三个字清晰显示在屏幕号码底下。陈新月说："他打电话过来，是要约你吃晚饭。"

秦宇目光立即抬起来，陈新月说："他早晨八点就打过电话了，一直响，我就接了。他托我转告你，明天晚上请你吃饭，让你腾出时间。"

秦宇握着手机看她："你都怎么说的，没露馅吧？"

陈新月说："我就是怕露馅，因为不知道你怎么跟他交流的，不知道你有没有编故事，所以故意没有自我介绍。但是他也没问，应该默认了我是你女朋友，根本没多想。"

秦宇点头："那就好，我跟他说我独自打工，身边没亲戚。"

陈新月说："不知道他又打电话有什么事。"

秦宇点着手机，说："我给他回过去。"他看着陈新月，直到电话接通。

还是请吃饭的事，廖成龙说，明晚忽然有了安排，但今晚空出来了，想请秦宇吃牛排，就单位附近那家西餐厅，临时提议，不知秦宇今天是否有空。

秦宇忙说有空，又问廖成龙带不带别人。

廖成龙笑着说不叫别人，就他两人，吃吃饭聊聊天，定在晚上七点吧。

秦宇也笑，跟他说那行晚上见。

挂掉电话，秦宇对陈新月说："吃饭改在今晚了，廖成龙不带家人，我也只能一个人。"

陈新月点了下头。

秦宇继续端起碗，喝掉了最后半碗粥，然后收拾好了打包盒。把垃圾袋拎到门口，他自言自语般地道："廖成龙有点拿我当朋友了，我跟他死去的弟弟差不多大。"

当天傍晚，秦宇跟陈新月一起过去的。他们提前了一个小时，来到约定好的西餐厅里。这家餐厅生意一般，不用预订，桌位空着一半，秦宇在居中的位置里坐下了，陈新月坐在靠墙的角落里，如此布局，只要廖成龙来了，并且在秦宇对面落座，从她的角度，就能够看清廖成龙的正脸。

陈新月先点了一份套餐慢慢吃着。秦宇对服务生说："我等人。"服务生留下餐单，端来一杯水。

七点左右，门口迎客铃再次响了。秦宇抬高头，冲刚进门的廖成龙招手："龙哥。"

廖成龙跟门口接待员点了下头，然后直朝秦宇走了过来。

在对面落座，廖成龙把衬衫外套脱了："来得早啊。"

身后角落里，陈新月一定正在默默观察着。秦宇尽量表现自然，对廖成龙笑道："没有，刚到。"然后把菜单推给他，"龙哥，你看吃什么？"

廖成龙摆摆手，熟练地铺开餐巾："不用看，前段日子天天在这儿吃，菜单我都会背了。你想吃什么，随便点，可以走账。"

秦宇便翻开餐单，看了两页，发现这家餐厅主营并不是纯西餐，而是健康轻食，大部分菜都是低脂低卡，专为健身人士提供的。难怪这店生意惨淡，隔壁烧烤店都得排队等号。他们城市还是小，吃饭吃的就是油水，所谓健康养生，在大城市才能流行起来，在他们这儿形不成大局面，人们观念跟不上。

"龙哥，你今天电话里说请我吃牛排，我以为你要带上嫂子浪漫一把呢，结果就我们两人。我还想，咱们两个大男人吃什么西餐啊，没想到吃这么养生，你平时一直在健身？"

廖成龙笑了笑，指着自己："你看我这肚子，像健身的？主要是之前跟着老板做事，老板对吃特别讲究，肉要低温，菜要生拌，我也跟着吃，日子久了，口味也淡了，健康点总没坏处。"

"是，一般越大的人物，越讲求健康，多活多赚。"秦宇附和着，又翻两页菜单，忽然念头一动，想到了周大千那一身硬邦邦的腱子肉。热衷健身的老板，还能有谁？

秦宇立即抬起头，刚要旁敲侧击开口，廖成龙却问："看好了？"然后叫服务员，"点菜吧。"

秦宇点了一道牛排，随便配了主食沙拉和汤。耐着性子等廖成龙也点完了，服务员撤走了菜单，秦宇胳膊搭上桌子："龙哥，你之前跟的老板，是叫周大千吧？"

廖成龙抬起眼皮："怎么？你这都知道？"

秦宇笑："当然，来工作之前，稍微打听了一下。知道咱们公司老板叫周大千，老板娘叫陈玲玲，也知道周大千热爱健身，身材练得好，长得一表人才。"

廖成龙微微点头："陈玲玲你也知道啊，了解还挺充分。是，我之前就是跟着周大千跑腿的。"

秦宇说："那你怎么调到咱们办公室来了呢？"

廖成龙立即看向他，秦宇笑了下："我不是说咱们办公室不好，但毕竟是新成立的，感觉不太受到重视。我只是个临时工，但是龙哥你之前跟着老板工作，能力应该很强啊，怎么……"秦宇本来想用一个词，下放，但觉得用词太过，于是卡着停住了。欲言又止，意味正好，不招人反感，反而能引发人的倾诉欲。果然廖成龙这边叹了口气，含糊道："唉，之前出了点事……"

不巧这时服务员来上菜了，两份前菜沙拉。廖成龙拿掉餐巾，站起身来："我先去洗个手。"

秦宇目送着他离座走远，然后悄悄回头，看了一眼坐在角落里的陈新月。隔着五六桌远，秦宇也能感到她的脸色很差，几近青白。她对着面前一盘意面微微发着愣，对于秦宇的回头毫无反应。

秦宇怕被察觉，确认廖成龙还没从厕所出来，又回过头，努力朝陈新月示意。陈新月这时才有反应，抬起头来看他，然后指了指手机，意思是手机联系。

秦宇翻起手机，过了几秒，收到了她的消息——他跟他爸，长得一模一样。

坐在对面的廖成龙，是她杀父仇人的儿子，他们长得一模一样。秦宇看着陈新月发来的这行字，都觉得后背发冷，想象不到她此时是怎样绝望的心情。

秦宇深深吸了口气，廖成龙已经走回来了，他把手机反扣在桌子上，把神态重新调整好。

"吃吧，不用等我。"廖成龙重新坐好，铺上餐巾，拿起叉子挑沙拉吃。

秦宇也吃着自己的沙拉，随口继续问："龙哥，你说之前跟着周大千老板，出了点事，出了什么事啊？"

廖成龙慢条斯理地又着菜叶，两片生菜，夹一片芝麻菜，弄成适口大小，再送进嘴里。秦宇在他这时间里，都吃下两口了，嘴里都是菜叶的苦味。他耐不住，又继续问："我以后也在公司工作，知道可能遇到什么问题，也好避免一下。"

廖成龙摇了下头："和工作没关系。"

秦宇说："那跟什么有关系？"

廖成龙抬眼，秦宇自然地笑："龙哥，你这总是藏着掖着的，又见外了不是。咱们难得一起吃顿饭，就敞开心扉聊聊天，我背后绝不会乱传话的。"

廖成龙把叉子搭在盘边上，说："跟工作没关系，跟人品有关系……"

秦宇主动问："周大千人品不行？"

廖成龙说："他私生活太混乱了。"

秦宇微愣，然后笑了一下："他是大老板，现在的有钱人，谁没有点花花肠子啊。"

廖成龙摇着头说："他是太祸害人了。你说，他自己愿意花天酒地，就自己作呗，又要娶妻生子，组建家庭干什么呢？那不是害别人吗？陈玲玲，多好的女人啊，这不是糟践别人吗？"

"怎么？"秦宇听得他语气不对，问，"你跟陈玲玲，老板娘，之前认识？"

廖成龙说："老乡。"

秦宇愣了："老乡，从小就认识？"

廖成龙说："从小一起长大的，我来到城里之后的工作，就是她给介绍的，陈玲玲你见过吗？"

秦宇其实在网吧那次见过照片，但他摇头："没有见过。"

廖成龙点头："也是，她现在几乎不出门，你也没机会见。但是见不到可惜了，她从小就长得标致，跟明星似的，到舞厅里打工，然后就被周大千看上了。刚开始，大家都觉得她运气好，攀上了高枝，后来才知道那哪是高枝，分明是火坑啊……"

秦宇看着廖成龙黯淡下来的脸色，不由得想，难道他跟陈玲玲还有什么说不清道不明的关系？这跟陈新月父亲的遇害有关系吗？之前陈新月认为父亲的死跟钱财有关，是周大千买通凶手了，难道方向错了？难道还跟女人有关？

秦宇一时捋不清其中的关联，但他觉得，应该赶紧把这个线索告诉陈新月。他拿起手机，试图发个信息，这时对面的廖成龙忽然有了动作，拿起放在一旁的外套，搭在肩膀上，可能是餐厅空调温度低。

秦宇信息没发完，暂时把手机按了。廖成龙叹了口气，探身跟他说："很多时候我都后悔，不该来城里的，见识少，反而是种幸福。有时候后悔得睡不着，我就躺枕头上想啊，我宁愿当一辈子农民，跟家人一起种种地，混口吃的就够了。钱这东西，它就是个浑蛋。我这么想的时候，我老婆就躺在我枕边，我那一岁的小儿子就睡在床头摇篮里。然后我就想，不行啊，虽然钱是浑蛋，可是它长得真好看啊，我不挣钱，我自己不就成浑蛋了。"

吱吱冒气的牛排上桌了，秦宇右手攥着手机，没有碰刀叉。过了会儿，他开口问："龙哥，你之前说，你有个弟弟，他现在在哪儿呢？也在咱们市吗？"

廖成龙听到这个问题，似乎怔住了，秦宇看着他，又试探问："吃饭也没叫上，他是不是离得远啊？"

廖成龙看过来，他眼底很黑，有些吓人。但是瞬间，他就低下头，然后笑了一下："离得远啊。对了，小秦，我叫你吃饭，主要是把这个给你……"廖成龙从衬衫口袋里，摸出一样东西，放到桌上，推了过来。

等他的手拿开，秦宇看到那是一枚不锈钢螺钉，专配自行车的。

秦宇愣愣地抬起头，廖成龙说："螺钉给你找来了，拿个扳手，给你的车子拧上，车子就能继续骑了。"廖成龙把胳膊搭上桌子，凑近看着他，比画了个长度，"至少这么长的扳手，八寸，太小的使不上劲。"

秦宇下意识点头，莫名感到一股凉意从背心冒上来。他赶紧把螺钉装了，甚至忘记道谢，直接握着手机站了起来，说："龙哥，我去个卫生间。"

廖成龙点了下头，拿起刀叉，开始不紧不慢吃牛肉。

秦宇往厕所走的时候，转头朝陈新月做了个手势，意思是要不要去卫生间集合。陈新月坐着没动，轻微摇头，指了指手机。饭店里客人不多，每个人的举动都显得分外显眼，他们一起去卫生间，再同时回来，动静太大，容易露馅。

走到洗手池面前，秦宇开始拿手机发消息。周大千的老婆陈玲玲，竟然是廖成龙的老乡，廖成龙对陈玲玲或许有爱慕的意思。他将这个新线索简单表述，给陈新月发了过去。

很快收到回复，陈新月说："可是廖成龙结婚了。"

秦宇说，几年以前，陈玲玲在舞厅工作，被周大千看上了，之后廖成龙才结婚生子。

陈新月说："两人是被拆散的？"

秦宇说："我认为有可能。"

隔了几秒，陈新月说："他弟弟在工地坠楼身亡，跟这会有联系吗？"

秦宇正在打字，陈新月又说："如果施工有问题，周大千的公司被调查，可能会影响陈玲玲的家庭幸福？"

随即她又说："可是落网的凶手，却是廖成龙的父亲廖开勇。"

秦宇重新打字，说："是有些蹊跷。"他还想继续说点什么，却一时思路阻塞，于是收回了手指。

他们姓廖的这一家子，跟周大千到底是怎样的联系，秦宇越想越迷糊。

按照目前的线索，无论是陈玲玲打感情牌，还是周大千拿钱财买凶，廖成龙显然都是更容易买通的对象，何必指使他那农村的老父亲呢？

想不通。秦宇在水池前面又站了一分钟，没有收到陈新月的消息。

秦宇装起手机，刚刚走出卫生间，手机振了一下。

"他用的是左手"，陈新月发来这样一条消息。

秦宇皱眉，紧接着又收到她的消息："他吃饭拿叉子用的是左手，端杯用的是左手，刚才捡东西，用的也是左手。"

陈新月说："我在重症陪床的时候，听到医生说，害我父亲的凶手是左撇子。他后脑共被击打两次，最后那次是致命伤，从方向能够判断，是凶手左手握扳手重击造成的。"

秦宇感到内心发寒，再抬起头，隔着空旷的西餐厅，跨过高高的椅背，他看到廖成龙左臂抬起，缓慢用餐的背影。

视线再往前找，陈新月整个人都隐没在了餐厅角落的座位里。

但是同时，他又收到了消息。

秦宇低头，读到她信息里的斩钉截铁。

"真正行凶的那个人，是廖成龙。"

第四章 甜水街

　　秦宇头一次在警局过夜，就是在这天晚上。当他牵着陈新月走出警局，那个瘦高个的年轻警察，好像是叫于洋的，还专门跑过来跟他握了下手，意思是要他好好对待陈新月，拜托了。陈新月似乎不想理他，在边上拽了拽秦宇，然后两人一起转身走了。

　　那时天空已经破晓，街上的一切都是崭新的。这整晚的事情，秦宇再回想起来，像是做了场梦一样。

　　事情往回推溯，当时秦宇握着手机，站在餐厅厕所门口，看着陈新月发来的消息，思绪全乱了。真凶是左撇子，廖成龙主用左手，所以廖成龙是凶手，廖成龙是凶手……那他的父亲廖开勇为何落网，替他顶罪吗？

　　秦宇如此想着，脚步却动了，战战兢兢朝座位走去。

　　廖成龙面前的牛排已经吃完一半，余下的也都切成了小块，他单用左手拿叉，慢悠悠往嘴里送着，同时右手搭在桌上，指了一下秦宇的餐盘："去这么久，肉都凉了。"

秦宇说："闹肚子。"

廖成龙似笑非笑："刚开始吃草都这样，排毒。"然后他瞅了眼秦宇的沙拉盘，"你这也没吃多少啊。"

秦宇扶着桌子，坐进座位里："可能就是吃不惯吧。"

廖成龙摇摇头，继续吃自己的牛肉。秦宇喝了一口水，水里泡着一片柠檬，但是没味，润到嗓子眼，只能感受到一点凉。秦宇放下杯子，开口问道："龙哥，你儿子多大了，一岁？一岁半？"

廖成龙说："一岁半了，去年三月份出生的。"他口里嘶了一声，摇着头笑，"孩子长得可真快啊，我还总觉得他就是个小婴儿呢，拿小被子抱着，转眼间，都会走路了。"

秦宇问："现在孩子身体好吗？"

廖成龙说："好啊，又白又壮，见人就爱笑。"

秦宇点了下头："那就好，孩子健康，大人也放心了。"

廖成龙说："刚出生的时候不行，心脏闹毛病，小脸都蜡黄，我在医院天天陪着，天天跟着揪心。好在现在医术发达，动了个小手术，现在跟健康孩子一样了，比同龄孩子大一圈，以后一定能长大高个。"

秦宇说："手术费不便宜吧？"

廖成龙眼神这时抬起来："怎么这么问？"

秦宇对他说："龙哥，你儿子还这么小，为了孩子，你真不该做错事。"

廖成龙皱眉，额头跟着皱起两道纹："这是说的什么话，小秦，你什么意思啊？"

秦宇继续说："我爸在我二年级的时候就没了，他生前酗酒，脾气暴躁，我对他没什么好印象。但是我一个人的时候，遇到难处了，也会莫名其妙想起他。初中我跟同学打架了，请家长，别人爸妈陪着一起过来，我只有我妈一个人来，气势上就矮了一头。都说父亲是山，母亲是海，父母都在，山高水深都有依靠，缺了一边，就有一条归途被堵死了，总归是种缺憾。"

廖成龙一直揪着眉，仿佛彻底听不懂了。随即他摇了摇头，说："小秦啊，不知道你想起什么了，我给你看看我儿子走路的视频吧。"

廖成龙翻到一条视频，先自己看了几秒钟，乐了两声，然后探身举到秦宇眼前："看，我家这大胖小子，走路走得多利索。"

秦宇刚刚看向手机，忽然听得嗒嗒嗒的脚步声。陈新月跑了过来，猛地推了廖成龙一把，然后抄起餐刀对着他："我报警了。"

廖成龙没防备，直接跌到了座位上。秦宇抬头，看到陈新月无比防备的眼神，以及她气喘吁吁举着餐刀。她估计看到廖成龙探身的动作，以为他要动手行凶，于是赶紧冲了过来。但是距离远，视线又被遮挡了，她没注意到廖成龙手里拿的是否为凶器。现在看到廖成龙只是握着手机，陈新月也微微愣了一下，但是又补了一句："你别动，我已经报警了。"

廖成龙扶着座位慢慢坐直起来，看了看陈新月，又看向秦宇的脸，开口道："认识啊？"

秦宇没说话，廖成龙盯着他们两秒，笑了一下："什么意思啊？"

秦宇说："没什么意思，龙哥，你自首吧。"

廖成龙说："我真是不懂啊，我干什么了？让我自首？"他往前坐了一下，视线逼着秦宇的眼睛，"还提到了我儿子，我早就觉得怪了，小秦，我叫你出来吃顿饭，完全是好心好意，你想干什么啊？"

陈新月盯着他："你不要乱动。"

廖成龙举起双手，但是脸上表情轻松，开玩笑似的摇了摇头。

秦宇说："龙哥，你父亲行凶的事情，你弟坠楼的事情，你不会都忘了吧。"

廖成龙定了一下，仿佛恍然大悟，再抬头看向陈新月，他说："原来是你啊。"

陈新月紧抿唇，廖成龙说："我见过你，在新闻照片上，你父亲就是那个警察陈春，你替他上台领的奖。你在台上深深鞠躬，抬起头来，照片还给了个特写，眼睛里都是泪水，但是一滴没落下来，我记得你的眼睛，印象深刻。巾帼不让须眉，是不是啊？"

秦宇听不下去了，甚至不敢抬头看陈新月的神色，逼问他道："是谁干的，你心里没数吗？"

廖成龙叹了口气，口吻弱下来："是，都是我父亲的错，我也想代他向你道歉。但是人命都出了，我再做什么，也是没用。一命抵一命，我父亲是死刑，他也跑不了。"

陈新月问："二月二十五号，你当天在做什么？"秦宇抬眼，看到陈新月整个胳膊都在抖，而廖成龙彻底靠在了座位上，坐姿很放松："半年多了，我怎么记得。"

陈新月说："当天夜里，新闻报道流星百年难遇，你的父亲犯案被抓，你弟坠楼的事情还没处理妥当，我不相信你没有印象。"

廖成龙说："我真没印象了，我爸那时候来到城里犯事，都没告诉我。我要是知道了，拼了命也得拦着他不是？"

陈新月忽然问："你弟坠楼，赔了多少钱？"

廖成龙说："这我哪知道，都赔给我爸了。"

陈新月说："你不知道你爸进城，却知道你爸拿了赔偿款？"

廖成龙表情凝滞，随后笑了一下："是，我知道我爸进城了，但是他拿了赔偿款之后，一直留在城里没走，这我可不知道。他自己想不开，等着报复社会，这些，我也不知道，那时候我儿子还在医院住院呢，上有老，下有小，就是这么麻烦，一边顾不过来，就会闹出问题。"

感受到陈新月身体微微发着抖，秦宇皱眉："你别废话那么多。"

廖成龙惊讶地张了下嘴："你们问的，又不让我说话了？"

餐厅里的服务生也注意到了这边的状况，窃窃交谈几句，然后一起走了过来。其中一名经理冲着陈新月道："这位小姐，有话好好说，请你放下刀，否则我们就报警了。"

陈新月冷笑，对他们说："我已经报警了。"

这回报警不像在超市里那次，只是狼来了的幌子。没过多久，几名警察冲进餐厅，将对峙的三人一起带走了。其中的警察像是认识陈新月，小声喊了声"新月"，就让她放下了手中的餐刀。走到外面，两名警察带着廖成龙先上了车，留下了一位年长的警察，打了个电话，另外叫人开车来接。

眼看着廖成龙那辆车要开走，陈新月说："曹叔，我跟这辆车走。"

年长的警察立即说："走什么走，再打起来。还有辆车就在附近，马上就来了。"

陈新月似乎能听进去这个警察的劝，脚步没再动了。这个姓曹的老警察深深叹了口气，又说："统一带回局里问话，跑不了。"

不出五分钟，另一辆车就开到了。开车的是一名年轻的警察，长着一张精干的窄长脸，瘦高个。他似乎也认识陈新月，时不时透过后视镜往后座瞅一眼，等红灯的时候，还往后递了一瓶矿泉水。

陈新月权当作没看见，那个曹姓老警察在副驾驶提醒说："哎新月，喝点水。"不过这回他说话也不管用了，陈新月双手撑在腿上，依旧没动。眼看着红灯变绿，秦宇伸手替她接了。

老警察这时问："这个小伙子，叫什么？"

秦宇老老实实自报姓名："秦宇。"

老警察问："做什么的？"

秦宇说："打工的。"

老警察说："你跟陈新月一起去餐厅见的廖成龙？你俩什么关系？"

秦宇一时没答，虽然是在警车上，但这显然不是正式的问话，反而有点像唠家常。他甚至没听懂老警察问的"你俩什么关系"，指的是他跟陈新月的关系，还是他跟廖成龙的关系。

又遇红灯，开车的那个年轻警察抬了下手："两个半大孩子，一看就是同学。"

陈新月这时开口说："男朋友。"

年轻警察立即看向后视镜，秦宇看到他审视了一下自己，并且迅速收回目光。

路程较远，已经十多分钟了，警车也没停下的意思。秦宇想，应该是要开去他们当地的警察总局。陈新月看着窗外发呆，两名警察也不再问话，通过他们之间的偶尔交谈，秦宇听得那个开车的年轻警察名叫于洋。

等到进了警局，秦宇和陈新月暂时站在楼道里，陈新月这时告诉他，那名老警察，叫曹志伟，之前是她父亲的领导。那个于洋，曾经是她父亲的徒弟。

秦宇点头："都是熟人，好说话。"

陈新月淡淡笑了一下。目光望去，今天警局似乎特别忙，已经晚上九点多了，办公室里警员依然来来去去，都在加班。门口还聚着几个民众前来送锦旗，似乎这里刚刚侦破了一起大案。

于洋跑到楼上不知忙什么去了，曹志伟跟门口的警察交接两句，然后收下锦旗，把几位民众和和气气地往外送。

其中一对老夫妻抓着曹志伟使劲握手，必须让他把锦旗打开。曹志伟只得从命，展开一面锦旗，上书"扫黑除恶，匡扶正义"，另一面锦旗则写着"打黑有功，为民除害"。老夫妻把锦旗连连推到曹志伟怀里，说："大快人心啊，警察同志，我们这两面锦旗，分别代表我们单位，还有我们社区，贪官落马，大快人心，请你们审判一定从重从严，斩草除根啊。"

曹志伟口里道："好，好。"然后把锦旗卷起来，交给小警察，亲自送他们出去，"我们办案一定秉公执法，请大家放心。心意我们收到了，只是以后尽量不要在警局门口聚众……"

秦宇靠墙站着，把这幕情景看了个清清楚楚，转回头，他看向身边的陈新月："贪官落马？"

陈新月稍微皱了下眉，然后说："你记得孙巍的事吗？他父亲是房地产商，今年也被查了，逃去了海外。"

秦宇说："跟这个贪官有牵连？"

陈新月说："估计是这样。被抓获的应该是个级别相当高的官员，这回警局上下，都有功了。"

曹志伟送走民众，很快回来了，于洋也从楼上跑下来，对陈新月他们说："先跟我去三楼办公室。"

曹志伟说："去二楼吧，211。"

于洋顿时面露犹豫，提醒说："曹队，210被占着呢，在办手续。"

曹志伟说："就去隔壁，我跟你们一起去。"他一挥手，抬步往楼梯走，又低低补了句，"就是今天了，把一切事情都说清楚。"

陈新月拉上秦宇，跟着曹志伟往楼上走，于洋断后。陈新月抬头问："曹叔，廖成龙他人呢？"

曹志伟一阶一阶踩着楼梯向上，身后的于洋说："留在办公室里，马上就有人去问话。"

陈新月转回头："不是审讯室？"

于洋没有回答，陈新月又紧追着说："曹叔，我爸后脑的致命伤，凶手用的是左手。但廖开勇他不是左撇子，廖成龙才是，这些线索都有蹊跷，当时结案就太草率了。"

曹志伟走到二楼，回头道："我都清楚，新月，你在电话里已经说明白了。"

陈新月说："一会儿你能不能亲自审问他？"

曹志伟看着她，说："我答应你，亲自审问他。"

陈新月点头："好，曹叔，我相信你。"

于洋快步抄到前面，将211的门打开了。路过210时，办公室大门紧紧闭着，陈新月的脚步慢了一拍，忽然望向那扇沉闷的木门，仿佛感到里面埋藏着什么。

于洋在前边开着门说："请进吧。"

陈新月收回目光，走进办公室坐下了，秦宇搬椅子坐在她旁边。曹志伟站在门口说："你们先坐，一会儿我带个人过来。"然后他对于洋说，"你陪他们待会儿，泡两杯茶。"

陈新月站了起来："我自己泡。"

于洋在旁边一摊手，意思是"你看吧，这丫头浑身带刺，没辙"。

陈新月对这里的设施很熟悉，拿上纸杯去饮水机接了两杯热水，放上茶叶，然后端了回来。

曹志伟站在门口，一直没走。他看着陈新月沉默地喝茶，低低叹了口气，然后说："新月，我知道你这半年来，一直认准了周大千是幕后凶手。"

陈新月说："难道他不是吗？"

曹志伟说："寒假期间，陈春同志确实跟周大千有过联络，你可能听到了一些信息，这些信息对你造成了误导。"

陈新月说："我不认为是误导，我认为警方有人包庇他。"说着，她看了一眼于洋，于洋并不吭声，闷头给曹志伟搬了把椅子。曹志伟没有坐下，伸手撑在了椅背上，说："我们没有包庇他，反而有人专门保护他，因为周大千是我们这次反腐扫黑行动的主要线人。"

陈新月不由得一顿："线人？"

曹志伟说："周大千提供的关键证据，促成了我们这次行动的成功。之前你父亲陈春同志，主要负责与周大千沟通配合，发生意外以后，联络人换成了于洋。现在案件已经告一段落，很多细节无须保密，所以我才能够向你说明这整件事情。曹叔不希望你把恨意施加在错误的人身上，这样会造成很多不应该的伤害。"

秦宇听得也微微愣了，过了半晌，端杯喝了口茶水。侧头看去，陈新月视线定定落在地上，似乎思考良久，随即她抬起眼睛："可是廖开勇杀人动机不明，线索也对不上。你是说，我爸是在联络周大千的过程中，意外被廖开勇袭击的吗？那他小儿子坠楼，又是怎么回事？还有周大千的老婆陈玲玲，分明是廖家的旧相识，这些都跟周大千毫无关系吗？"

曹志伟手在椅背上轻轻敲击着，叹了口气说："在一些细节上，确实有人说了谎。"

陈新月欲要开口，曹志伟却忽然说："周大千正在隔壁。"

陈新月愣了："他……"

曹志伟说："周大千这些年攀附贪官，他公司存在很大问题，但是这个人很聪明，见风头不对，便主动联系警方合作，最后也算是将功补过了。陈春同志发生意外的时候，正是反腐扫黑案件风声最紧的时候，强行审讯周大千，一定会打草惊蛇。所以在当时，有很多无奈之举。如今大案结束，周大千他有意与你见一面。"

陈新月一字一句重复："周大千，要来见我。"

于洋站在旁边说："周大千说，师傅……哦，陈春同志是他的朋友，两人曾经沟通很愉快。他对陈春同志的遭遇表示很遗憾，愿意资助你以后的学习和生活。"

陈新月顿时转过头笑了，她感到好笑。

曹志伟说："不论别的，关于你父亲，很多事情确实需要交代清楚。周大千表示要亲口跟你说，等下我带他过来跟你见一面，私下的。"

说完，曹志伟目光有意扫过秦宇。秦宇立即领悟，放下杯子，站起来说："我出去抽根烟。"

陈新月抬起头，秦宇看到她眼角有些红，这晚的事情对她来说可谓是震撼性的，只是无论好坏，总该有个了结。秦宇伸手揉了揉她的肩，说："好好聊，我就在外面，好了随时叫我。"

陈新月伸手搭上他的手背，轻轻"嗯"了一声。灯光底下，她的眼神格外明亮。

秦宇走出办公室，整条走廊是空的，仿佛他只是一个无关紧要的人。他一路走到楼梯口，推开一扇窗户，然后靠着点了根烟。

烟雾飘进夜风里，不远处的道路上流淌着明亮的车灯。秦宇深深吐气，低头弹烟灰，想到贪官落马，底下的人物便像连土豆一样被连串拔了起来。周大千愿意跟警方合作。而孙巍的父亲趁机逃去了国外，至今还在被通缉。

秦宇缓慢抽着烟，在心里做了个形象的比喻。此时他心底风平浪静，还没料到这一切事情，即将与他产生联系。

一根烟结束，秦宇刚要关上窗户，忽然听到有人打电话，声音是从三楼传来的。

那是一道男声，开口便说："朵朵，你终于接我电话了。今天警察又找我了，还是我爸的事，我晚饭都没吃……哎，朵朵，朵朵？"

秦宇窗户也不关了，稍微愣了两秒钟，探头从楼梯口向上找去。同时，他产生了一个几乎确定的想法，"朵朵"，许一朵，这个打电话的男声，是孙巍吧。

可能是角度问题，秦宇向上没有瞅见人影，但他听见脚步声响了，似乎那个人主动下楼了。秦宇后撤两步，又掏出一根烟，夹在手里。

这个人低着头下楼梯，秦宇首先看到一头棕黑的头发，应该是染的颜色，发质很干，好像纸扎的。头发一晃，秦宇看清他的脸，长得是帅，好像某个男明星。

秦宇"咔嗒"把烟点了，往旁边让了一步，然后拿烟盒递给他。

这人说："谢谢，我有。"

秦宇点了下头，没有收回手，直接问："孙巍，是吧？"

孙巍看向他，愣了一下。秦宇说："你不认识我。"孙巍说："是不认识。可你认识我，你是我爸生意那边的？他欠了你钱，还是答应了你什么事？我都管不了，你直接找警察去吧。"

他明显很戒备，甚至想走，秦宇赶紧说："误会了，我不是来找碴儿的，我不认识你爸。"

孙巍问："那你是？"

秦宇说："我认识许一朵，算是她朋友。"

孙巍脸色立刻亮堂了，脚步也站稳了："噢，朵朵的朋友啊，她跟你提起过我？你也在这儿，是她让你来找我的？她知道我没开车？"

这话问的，秦宇真是不想给他泼冷水，女孩什么态度他自己心里还没数吗？秦宇朝楼道指了指："我刚才一直站在这儿抽烟。"

孙巍明白过来，唇角挑了一下："哦，你听见我打电话了，怪不得。"他点了下头，把秦宇的烟盒接了过来，点了一根。两人对着窗外各自抽了几口，过了会儿，孙巍偏头问："怎么在警局还能碰见，你在这儿工作？"

秦宇说："陪朋友来办事。"

孙巍眯起眼抽烟："办事，警察局没什么好事。"秦宇说："这倒是。"孙巍低头轻轻弹烟头，"我是最后一次来了，这段时间，隔三岔五被揪过来问话，我都快吐了。"

秦宇问："你父亲，现在还在国外？"

孙巍没有吭声，秦宇直接继续说："听人说起过你父亲的事，你这段日子也挺难的。"

孙巍不由得苦笑，然后望着外面："我爸这回也算是出名了，是，他还在国外逃着呢，哪个国家都不知道。警察也各种盘问，但我是真不知道。他手下那些员工都来找我，躲都躲不掉，我说了，我爸早就不管我了，也压根没联系过我。今天是我最后一次笔录，之后我爸的案子跟我没关系，我什么都不知道。"

秦宇点了下头。

孙巍夹烟的手顿了一下，之后转过身看着秦宇，像是打量，然后问："你是许一朵的什么朋友？"

秦宇说："我是宋浩宇他哥，跟许一朵，间接认识。"

孙巍轻轻"哦"了一声，似乎快把宋浩宇这个人忘了，只是琢磨着："宋浩宇啊，好像高中我们是一个班的。"说完他停着想了两秒钟，不知有没有想起宋浩宇长什么模样。

之后秦宇安静抽完了烟，原本他想就许一朵的事情，旁敲侧击聊两句的，也算是替宋浩宇的感情生涯探探路。可是从孙巍态度来看，他压根没把宋浩宇当作情敌，甚至都不记得有他这号人。如此轻视，秦宇也没法再问什么。

　　孙巍靠在窗边，微微仰着头，立起的头发像是风中扬起的杂草。秦宇余光看着，越发觉得这人像电影明星，总之一举一动都像是在拍电影，他属于那种痞帅型的，时而还忧郁，这些特质都招女生喜欢。

　　按灭烟头，秦宇在心里替宋浩宇叹了口气，宋浩宇也不是彻底没希望吧，只是情敌会比较难搞。

　　孙巍也抽完烟，迈开了一步："谢谢你的烟。"他冲秦宇摆了下手，"行，走了啊。"

　　秦宇简单回应一声。孙巍绕到了楼梯口，准备下去一楼，但他无意朝走廊那边瞥了一眼，整个背影忽然僵住了，仿佛不可置信。

　　紧接着，他直接朝着那边冲了过去，只听得奔在地板上的脚步声，随后他喊道："周大千，你……"

　　声音一下停了，似乎警察控制住了他。

　　秦宇皱眉，赶紧跟了过去。只见不远处走廊里，两个警员钳住了孙巍的胳膊，把他往后面拖，曹志伟领着周大千站在原地。

　　似乎他们刚从会议室出来，正要去隔壁211跟陈新月见面。周大千这个人似乎毫无变化，身上依旧箍着紧身衣，宽肩窄腰，胸背健壮，此时他双臂抱在胸前，以一种松弛的姿态站在原地，一点也不担心孙巍会扑上来。

　　孙巍被迫越离越远，挣扎着对周大千道："你个叛徒，我爸的事全是因为你！你就是个骗子，你以为你洗清了吗？"

　　曹志伟冲着警员说："禁止喧哗。"

　　孙巍小声冷笑，然后他脚步顿住，身体挣扎了一下："我自己走，别拽了，听到没有，我自己走。"

警员感到他动作幅度变小，才慢慢放开了。孙巍胳膊一甩，向后踉跄了两步，才站稳了。他拍了拍衣袖，冷眼望着走廊那边的人，然后什么也没说，转身快步走了。

路过楼道口，经过秦宇面前，孙巍一下顿住脚步，看着他："你来陪朋友办事，你朋友不会是那个周大千吧？"

秦宇说："不是。"

孙巍快速点了下头，低头要走，秦宇拿出手机："等等，加个联系方式。"孙巍又看向他，秦宇只是说，"以后有得聊。"

孙巍几下输入手机号，秦宇给他拨回去了。然后秦宇装好手机，没忍住，还是问："为什么说周大千是骗子？"孙巍眼神直直的，秦宇又问："他跟你父亲有什么过节？"

这时一名警员跑了过来，对秦宇道："你跟我过来。"孙巍看了他们一眼，没再说话，主动转身下楼了。

曹志伟站在211会议室门口，正在教育另一名警员："怎么搞的，谁负责的，问完话就不管了？每次开会都强调，要一对一，要把民众送到大门口，留人在楼里乱窜算怎么回事，当警局是大街呢。"

警员说："小刘负责的。"曹志伟瞪眼："叫小刘今晚，不，明天早上来找我。"这警员一个立正："收到。"

曹志伟脚步一转，又看向秦宇："你们两个认识，怎么还聊上了？"

秦宇说："刚才一起抽了根烟。"

曹志伟说："这里是警察局，是让你们到处溜达的？"

秦宇笑了："曹队，我答应等陈新月一起走，你们在屋里私密谈话，我只能待在楼道里了，你也没派人跟我一对一。"

曹志伟又想瞪眼，但又忍住了，整个表情明显一滞。随后他摆了摆手，对警员说："210空了，打开门，让他进去等。"

秦宇走进210会议室，里面有个黑色小沙发，皮子很旧了，坐垫明显下陷出了一个凹坑。秦宇往上面一坐，感觉半个屁股顿时都陷进去了。他扶着两边扶手，仰头向后，找了个舒服的姿势，然后就静静靠在了那里。

仅仅隔着一道墙，隔壁的会议室里，陈新月在，周大千也在，好在还有一屋子警察，不少都是她父亲的熟人。就说那个叫曹志伟的老警官，工作态度严厉，但是唯独也给她面子。秦宇此时相信，这个警察局对于陈新月来说，是世界上最安全的地方，她会得到很好的保护。

秦宇闭目养神，刚开始没睡着，脑子里的事情像连环画一样转来转去，最后想起了傍晚餐厅里，陈新月举着餐刀，对着廖成龙喊"不许动"。

其实那把餐刀是圆头钝刀，切牛肉都要费半天劲，又隔着一米多长的桌子，根本对廖成龙造不成威胁。但是当时她的胳膊发着抖，表情是真真实实的紧张。

秦宇忽然就想到了当初自己在超市里找百元钞，老板顾客都不当回事，他逼得没办法了，一把抄起了门边的扫把，喊着都不许走。

他们的心情是真实的、急切的，但是又不被人看到，只能靠虚张声势来扩充勇气。那又怎样呢，即便是吹鼓了的气球爆炸听得一响，那也算是回应。

后来夜晚越来越迷糊，秦宇蒙眬中听到门开了。他微微睁眼，惊觉窗外天都快亮了。

陈新月默默坐进他旁边的沙发里。秦宇撑着扶手，坐直起来："结束了？"陈新月说："结束了，一会儿有人送我们回去。"

秦宇掐了掐鼻梁，让自己醒了醒神，然后他问："那案子？"

陈新月又说了句："结束了。"

秦宇瞅着她，察觉情绪不对，起身说："我给你倒杯水？"

陈新月说："周大千回去了，廖成龙也回去了，案件结果不变。秦宇，我不喝水。"陈新月抬起眼睛，于是秦宇又坐了回去，屁股再次陷进坐垫里。他静静等着，直到陈新月再次开口了。

"廖成龙和陈玲玲没有关系，对陈玲玲有意思的，是他的弟弟。这也是他弟弟坠楼的原因。"

秦宇愣了："他弟弟？"

陈新月说："他们都是老乡，从小一起长大的。廖成龙和他弟弟先后进城，都通过陈玲玲介绍，在周大千公司里谋得了职务。廖成龙因为会开车，性格又比较踏实，所以前几年一直给周大千当司机，工作相对轻闲。他弟弟没有其他长处，只能在工地上做些活。差不多一年以前，廖成龙发现他弟弟跟陈玲玲有不正当关系，经常偷偷私会。"

秦宇不由得重复："他弟，跟陈玲玲？"

陈新月说："我们之前思路没问题，只是猜错了人。是廖成龙的弟弟曾经跟陈玲玲在一起过，后来陈玲玲嫁给周大千，两人就被拆散了。婚后周大千继续花天酒地，本性难改，陈玲玲过得也比较煎熬，某次机缘之下，就又续起了旧情。廖成龙发现这件事以后，一边劝弟弟回头，一边又要帮忙瞒着周大千那边，毕竟他们几人都在周大千手下做事，一旦被发现，大家都没好果子吃。"

秦宇说："廖成龙的弟弟已经死了，毕竟死人不能发声。"

陈新月轻轻点头："我也怕这些说辞是他们串通好的，可是之后我看到了证据，聊天和通话记录，周大千提供的……周大千发现了他们的私情，并且收集下了证据。廖成龙的弟弟坠楼是在晚上，那时已经不是施工时间了，他前往那栋大楼其实是去跟陈玲玲私会的。大楼里铺着工人午休的床垫，很柔软，他还带了一瓶酒，这些都是他们在聊天记录里说的。那天晚上，廖成龙作为司机开着车，周大千在后座上收到了一条消息，忽然就让他开去那栋大楼。廖成龙心知不好，明白周大千是去捉奸的，等到了大楼底下，赶紧停好车，悄悄向他弟弟通风报信。"

秦宇听到这儿，已经大概能猜到坠楼是怎么回事了。

"他弟弟怕下楼跟周大千迎面撞上，于是往楼上躲，跟陈玲玲两个人还是分开跑的。他弟弟可能那晚喝多了酒，也可能太惊慌了，忘记了大楼顶层还没有修缮好，一脚踏空，然后整个人跌了下去。"

秦宇默默点了一下头。谁的责任呢，是周大千捉奸造成的吗？是廖成龙报信造成的吗？若论责任，也只能怪廖成龙弟弟自己做错了事。

陈新月视线低着，继续说："小儿子去世以后，廖开勇进城，了解到了事情的来龙去脉。他苦苦哀求周大千，不要把这件事说出去，不要让他的小儿子走了，还要背着奸夫的名，入土也无法瞑目。周大千对廖开勇避而不见，廖开勇也一直守在城里没走，直到一天晚上，他终于在茶馆门口等到了周大千。那时候周大千刚刚跟我爸谈完话，他指着我爸的背影说：'我已经把出轨证据交给警察了，你有什么事，去跟警察沟通。'他其实是想摆脱廖开勇的纠缠，可是没想到廖开勇一心只看重儿子身后名声，那么他想出的主意，就是把证据强行抢回来……"

陈新月言语顿住，随后她深深吸了口气，兀自笑了一下："我一直想知道真相，可是我没想到所谓的真相里……我爸这么无辜。"

秦宇长久静默无言，陈新月低头发了会儿呆，然后疲惫地靠在了沙发上。秦宇这时说："不是说凶手惯用左手？"

陈新月说："廖开勇常年修理自行车，左右手都同样有力气。案件的调查结果里，那柄扳手上只有廖开勇一个人的指纹。其实廖成龙也就没有作案动机了，他是左撇子，只是巧合而已。再加上廖成龙有充分的不在场证明，案发那天他儿子做心脏手术，手术一直进行到深夜，他始终陪在手术室外面，还签了字，医院都有记录，昨晚在餐厅里，他只是闭口没讲。"

秦宇轻微点头，也明白了为什么廖成龙聊到他弟的事情会脸色大变。因为他弟死得不光彩，他父亲拼了命也要掩盖真相，他又怎么愿意轻易讲出来呢。

陈新月说："当时周大千并没有把这些事告诉警方，廖开勇杀人证据确凿，已经足够定罪了。陈玲玲出轨这件事，他也不想闹得人尽皆知，只有我爸知道真相。这半年以来，他作为线人，始终受到保护，真相就一直被埋藏起来了。刚才周大千还对我说，他除了我爸，谁也不信任，如果不是我坚持追究，他是不愿意说出实情的。"陈新月移开眼，笑了一下，"虚情假意，他只是不想引火烧身罢了。"

隔了一会儿，她又开口了："不过，事情还是有些蹊跷的，我爸跟周大千见面那天，属于交接行动，他身上是佩枪的。但是被袭击之后，那把枪丢了，当时廖开勇掏走了我爸身上所有的物品，却并没有拿那把枪。"

秦宇说："夜里被其他人捡走了？"

陈新月说："作案现场在巷子里，是监控死角，只在两端有监控录像。那里距离三曲舞厅不远，我每隔一段时间，就去看一次。那段巷子旁边有一堵两米高的墙，如果有人捡了枪，又翻墙跑掉了，是有可能的。警察在周围搜查了很久，尤其调查附近的一些乱玩乱跑的孩子，但是始终也没有找到。"

偌大的办公室，每句话都荡起回响，陈新月望向微微泛亮的窗外，过了一会儿，说："刚才，曹叔跟我说，这次反腐扫黑行动，给我爸也追记一份功劳，还要让我再次领奖。"说完她怔怔想了一会儿，忽然低了下头，然后站了起来，"走吧。"

秦宇说："现在？"

陈新月说："对，我们走吧，不用他们送。"

出了警局，两人一起沿着街道向前，没有说去哪里，也没有要坐车的意思。直到过了路口，几排高楼叠过去，身后警局大楼彻底消失在了视野里。

前方太阳缓缓升起，清晨行人稀少，风有些凉，好像透明的秋意正在一阵一阵地扑上来。秦宇身上穿着一件运动外套，面料抗风，陈新月也穿着长袖，但女生衣服就走个样式，眼瞅着就单薄，保暖肯定差点意思。秦宇拉开自己的拉链，脱掉外套，披到了陈新月肩上。

陈新月转过头，秦宇将目光挪开了，双手揣进裤兜，往前迈了一步，眯起眼吹风："北方的秋天啊。"

陈新月笑了："装什么南方人。"

秦宇身上只剩一件白T恤，他的脊背稍显单薄。陈新月只是看着他调笑一声，把外套在身上裹紧了。

又走过一段，秦宇问："回去补个觉？"

陈新月摇头："先吃点东西吧。"

秦宇看向路边，这个点实在是早，饭店都还没开门。早餐摊子估计有，但是要往居民区附近去寻找，主路附近不允许摆摊，影响市容市貌，抓到直接罚款五百。找了一圈，最后他们在斜对面底商看到了肯德基的红色招牌。

秦宇说："吃肯德基吧，二十四小时的。"

陈新月说："好啊，我想吃点油炸的东西，忽然觉得特别饿。"

肯德基里上校老头的笑容永远那么憨态可掬，画在一整面墙上。秦宇停在老头白色胡子旁边，抬头看柜台上面的菜单，陈新月已经走过点餐了。

她点了两份带汉堡的套餐，然后问："有炸鸡吗？"服务生说："早餐时间段没有。"

陈新月点了点头，加了一盒蛋挞、一些薯饼之类的。秦宇说："够了，不用那么多，我吃一个汉堡就够。"

陈新月只是说："没关系。"

餐很快配齐了，秦宇端着托盘找了个窗边的座位，陈新月在对面坐下，拆开汉堡咬了一大口。秦宇吃光他的汉堡，然后端杯喝豆浆，看到陈新月拿纸巾擦了擦手，拿起一袋油条，继续大口吃了起来。

她的目光向下，脸上没有太多表情，就算有，也只是认真吃饭的表情。秦宇慢慢喝完一杯豆浆，感到她不仅是饿了，更多的是心里空虚。他能够理解，这半年来，她心中一直装着父亲的案子，她要为父申冤，她要找出真相，这些信念把她整个人撑了起来，使得她的一言一行都挂着重量。现在骤然之间，所谓的真相袒露在了她的面前，由不得她不信。那些深藏的信念忽然从海底湿淋淋打捞了出来，在阳光底下迅速蒸发，脱水，干瘪，消失之快速令人无所适从。

秦宇记起去年冬天，他刚住回舅家不久，晚上在饺子馆帮忙时，见到了一个独自吃饭的女人。这女人身材苗条，却一人吃了三盘饺子，一盘三两，三盘接近一斤。同时她还喝光了半箱绿棒子，直到饺子馆要打烊了。秦宇不得已过去催她，通过她的嘟囔，得知她刚刚离婚了，而这天正是情人节。女人家住对面小区，喝得脚步摇摇晃晃，秦宇把她送过马路，才返回来锁门。秦宇对这个女人印象深刻，一方面是因为在过马路几百米的路程里，她用无比精练的语言把前夫从头骂到了脚，用词之丰富堪称登峰造极。另一方面是他收获了宝贵的经验，原来精神上的空虚某种程度上可以转化为身体里的饥饿感。

陈新月吃完油条，喝了一口咖啡，稍微缓了缓。她又伸手，秦宇把蛋挞盒子拆开，推到了她面前。

一盒蛋挞六个，陈新月伸手拿第四个的时候，愣了一下，抬起脑袋来。秦宇对她说："我不吃，都是你的。"陈新月点点头，继续放心地吃剩下半盒，这时她搁在旁边的手机振了起来。

秦宇下意识看向手机，陈新月也瞥了一眼，显然是不想接。电话"嗡嗡"振动了一分钟，断了，没隔一会儿又振了起来。秦宇这时想，多半是她妈打来的，肯定是警局的熟人给她家里人打过电话了。

陈新月把这个电话按了，喝光纸杯里的咖啡，拿起餐巾纸擦手。秦宇看着她说："接下来，回去补个觉吧。"

外头太阳已经升上了高空，阳光穿过玻璃，照在脸上暖烘烘的，秦宇眼皮不自觉地发沉。精神上是不困的，只是到底在警局熬了个通宵，身体上欺骗不过去。

陈新月说了句好，擦干净最后一根手指，把餐巾纸扔回桌上。出了肯德基，秦宇拦了辆出租车，两人一起坐到后座上。秦宇刚要报地址，陈新月探头对司机说："甜水街光明小区七号楼，从东门进。"

司机师傅点头应声，抬手打表同时眼瞄侧视镜，一脚油门蹿上了正路。陈新月跟秦宇说："我们不回警局宿舍了。"

秦宇说："换个环境也好。"

"回警局宿舍，还要原路回去，我不想再往回走了。"陈新月看了一眼窗外，然后靠回座椅上，似是轻轻叹了口气。秦宇没吭声，过了一会儿，以为陈新月已经闭目休息了，可是又听到她开口了："之前我住在那间宿舍里，拉开窗帘，就能看到对面的警局大楼。尤其是晚上，一楼二楼都亮着灯，三楼往上偶尔也亮一两盏灯，大部分时候就都熄灭着。以前我爸在晚上加班，总有一个窗口的灯是属于他的。现在他不在了，那盏灯火还亮着，只是属于另一个人了。

"我每天晚上睡不着，就把窗帘掀开一道缝，静静看着对面。我知道我爸不在了，可是看着警局里那些明亮的灯，看久了，总能看出些安全感来。我嘴上不承认，我总是骂我爸的同事，骂我爸带出来的徒弟，但他们到底都是人民警察。警察，念出这两个字的时候，心底就能感到一丝安全。尤其是我爸就是一名警察，我真真切切知道他是一个多么让人有安全感的人。我其实是，不自觉地，想离那种安全感，近一点……"

秦宇静静看着她。

陈新月淡淡笑了一下："其实也就那样，人民警察，也就那样而已……"她看向前边道路，然后对秦宇歪了下头，"还有几分钟，马上就到了。"

下车后，秦宇发现所处的小区环境不错。虽然楼房设施有些老，但是石板小路光亮干净，路旁冬青树齐头平整，显然是物业工作十分到位。这里是光明小区，秦宇偶尔办事路过大门口，只是从没进来过。小区里的房子都是十多年前单位分的改善房，秦宇依稀记得有个初中同学父母都是公务员，他家也住这里面。

出租车直接开到了小区里面，此时秦宇和陈新月站在一片小花坛旁边，花坛里有人正在遛狗，花坛后面就是七号单元楼。

陈新月介绍说："我爸……我家住在这里。"秦宇猜也猜到了，他点了下头。

陈新月没有着急上楼，她先以树丛为掩体，悄悄检查了一遍停在楼下的车辆。秦宇想，应该是在找郑诚舟的车，那辆黑色奔驰。

车不在，也就是她妈和郑诚舟没有守株待兔，陈新月松了口气，对秦宇招手："走吧。"

秦宇抬步跟上。

陈新月家在五楼。

秦宇心里头有感觉，她跟父亲不会住在一楼，也不会住顶楼。或许当年分房子时，领导问她父亲陈春："小陈啊，选好楼层了吗？"陈春笑笑说："都行，让大家先选，只是别住一楼，怕女儿一人在家不安全。"领导说："你家小姑娘还小，也别住太高，选个中间楼层，五楼就挺好。"陈春说："那就五楼吧，谢谢领导照顾。"

打开防盗门，里面是装饰温馨的三室一厅，鞋柜上方挂着几个相框，上面是各个时期的陈新月，小婴儿时的陈新月，穿公主裙的陈新月，一身校服的陈新月，站在大学门口的陈新月，每个陈新月的旁边，都有一个男人和蔼而骄傲的笑脸。照片里的姑娘女大十八变，而父亲却看不出明显变化，好像永远都是中年男人的模样，就像是个守护者，驻守在时间的长河中，守着她长大。

这个相片中的中年男人并不算高，陈新月站直了，能到他的肩头。但是他身板笔直，肩膀结实，五官轮廓跟陈新月的大致形似，只是眼神中多了一股坚毅的亮度，使得他的笑容都充满了踏实的力量。这样的精气神，足够超脱照片，感染到生活中每一个观看者。只是这样的神采，在生活中却永远消逝了。很难想象，这样一位父亲，已经不存在了。看着照片，意识到这一点，秦宇心里被重重捶了一下。

陈新月没在门口停留，也没有换鞋，径直走了进去。

家里一共三间卧室，两间有床，一间布置了双人床，一间摆着单人床和学习桌，是陈新月的。还有一间卧室很小，只有书柜和桌椅，应该是书房。秦宇停留在客厅里，稍微环顾了几秒钟，陈新月从卫生间拿出两条抹布来。

秦宇这时注意到，整个客厅都布满了灰尘，沙发尤其明显。深色沙发背上蒙了一层尘土，像是黑色的山坡积了雪。

秦宇接过抹布，把沙发擦了出来，其间抹布涮了两次水，第三次洗出来的水终于是清亮的了。他知道，这间房子，从她父亲去世以后，是彻彻底底半年没住人了。

那么他的家呢？他曾经的，那个家呢？

七年前夏天，母亲出事的那个下午，警车和救护车几乎是一起到的，秦宇拼了命朝他们冲过去，求他们救救妈妈。他发着抖，甚至不知道应该求谁，那些穿警服的，那些穿白衣的，究竟谁才能帮他救救妈妈。只是谁也没有这个能力，最后母亲盖着白布被抬出来的。去医院一路上，担架上的白布始终没有掀起来过，救护车也安安静静，鸣笛声都没有，就像灵车一样。

从那以后，秦宇只回家不超过三次。一次是跟警方一起，熟悉的客厅地板上有画出的一个陌生的轮廓，一个人形的轮廓。当时母亲就是以这样的姿势，半跪趴倒在地面上，后背插着一把刀。意识到这点以后，秦宇大脑完全空白，只知道抬腿飞跑起来，等他恢复意识，几乎已经跑出小区。之后几天，他一闭眼就是那个人形的轮廓，周围都是血，他张嘴干号，哭都哭不出声来。

一次是中考结束，他回去拿那些百元钞，跪在客厅里流干了泪水。再有一次，已经过去几个月了，他辍学住在姥姥家，一天他舅宋洪峰过来找他，带着厚厚一沓文件，意思是他父母生前欠了债，用房子做抵押，现在人家带着合同找上来了。

房子要被收走了。宋洪峰那天跟他聊了很久，也劝了他很久，最后秦宇脑中只剩下这一个念头，房子要被收走了。于是那天晚上，秦宇偷偷回到了曾经的小区里，藏在一棵老树身后，望向对面他熟悉的家。小院子还是那副模样，那张木桌和板凳也还在，桌上甚至还搁着一个白瓷碗。

秦宇清楚地知道，碗里盛着他妈熬的绿豆汤。那时候上午光线好，他趴在院里写暑假作业，他妈端了一碗绿豆汤搁在他旁边，还给他扇了两下扇子。他当时不耐烦地抬头说："妈你挡我光线了，我不热。"他妈连忙说"好好好，我走"，然后温柔地拍了拍他的脑袋。阳光像是飞舞的碎金，他妈扑着扇子往回走，微风带起她耳边的头发，还有淡淡的皂香，那熟悉的一切都像是上辈子的美梦一样。

秦宇缩在陈新月家的沙发上睡着了。两间卧室，一间属于她父亲，一间属于她，他睡哪间都不合适，都是一种亵渎。

秦宇睡了能有六七个小时，或许更久，醒来时发现天色已黑，一整个下午都被睡过去了。陌生的客厅环境，显得更加安静，秦宇对着天花板愣神，忽然感到这安静之中，有一阵一阵的呼吸声响。

秦宇爬起来扭头一看，原来陈新月就睡在他旁边。客厅沙发呈一折角，他睡在长条沙发上，而陈新月睡在那块小小的转角上，她身体蜷成一团，双脚悬空在沙发外面，脑袋与他的脑袋几乎靠在了一起。

秦宇没想到她没有进卧室睡床，否则就把好位置让给她了。沙发上唯一的抱枕也被他当枕头了，陈新月脑袋向前歪着，半张脸直接压在沙发上，这样睡下来，准得落枕。

秦宇拿起抱枕，想给她垫在脑袋下面，又想帮她调整一下睡姿，但是比画半天，没敢下手。陈新月此时呼吸均匀，身体随着韵律起伏，像是小婴儿一样安宁。秦宇把抱枕悄悄放下了，轻声抬脚，走去厨房，想要找一些水喝。

在厨房里转了一圈，没找到水杯，起码明面上没有，橱柜里或许有，但秦宇不想趁陈新月睡觉的时候翻箱倒柜的。秦宇拧开厨房水龙头，捧着双手洗了把脸，然后接了一捧水喝。水龙头里流出的水是过滤过的，秦宇能尝出来，口感不涩，很顺滑，他又捧着水喝了两大口，把水管拧紧了。

秦宇走回客厅的时候，睡在沙发转角的那个人影已经不见了，同时厕所传出冲水的声音。秦宇看过去，厕所里完全是黑的，而客厅有来自外面路灯的光亮，陈新月从彻底的黑暗之中，慢慢走进微暗的空间里，秦宇看着她说："醒了啊。"

陈新月伸手按着后脖子，嘟囔："脖子疼。"秦宇立即笑了声，然后跟她擦肩："我也去厕所。"

秦宇一手关厕所门，另一手刚要开灯，陈新月赶紧冲过来，双手把开关给护住了。秦宇不解，跟她说："我，上个厕所。"

陈新月说："我知道，你别开灯。"

秦宇说："你是吸血鬼啊，怕光不成？"

陈新月皱眉："才不是，你开灯了，从外面能看见。"她指了指窗户位置，解释说，"厕所外面有棵大杨树，窗户正好露在两根树枝之间，那棵杨树挨着小区外墙。我妈他们如果找过来，都不用进小区，就看这个窗口亮不亮灯。大树就是坐标，特别好定位。"

秦宇说："严谨啊。好好好，我不开灯，我着急上厕所。"

陈新月这才点了下头，把门给带上了。

秦宇摸着黑上完厕所，又找到水池洗干净手，全程只凭感觉，速度慢了不少。他出来以后，发现客厅里有光亮了，是从厨房漫过来的。厨房的顶灯打开了，陈新月正在里面接一杯水。

秦宇问："开灯不怕被发现？"

陈新月说："厨房没事的，视野盲区。"

秦宇走过去一瞧，厨房窗户正对着对面楼的墙，距离不超过半米，光线被限制在这窄窄的空隙里，确实从楼底下是望不见的。陈新月端着杯子喝了几口水，问秦宇："你喝不喝？"

秦宇说："我刚才喝了。"陈新月点头，靠在墙上，慢慢把一杯水喝完，秦宇问："咱们出去吃点饭吧，想吃什么。"

陈新月握着杯子："我想不出来。"

明亮灯光洒下来，秦宇发现她家厨房设备齐全，两个炉灶上架着炒锅蒸锅，旁边摆着一台白胖的电饭煲，橱柜收纳架上挂着各式各样的锅铲，橱柜下方还有微波炉，或许是烤箱，秦宇分不太清，但他能看出来，这一切并不是摆设，每件厨具都是经常使用的，并且被打理得井井有条的模样。

炉灶旁边的墙上挂着一个笊篱，不锈钢材质的，尾部带有一个塑料红色蝴蝶结，体形巨大，因此特别显眼。秦宇把笊篱摘下来，把玩着说："要不吃烤肉吧，入秋天气冷了，吃点热乎的。"

陈新月说："可以啊。"

秦宇说："你不是想吃炸鸡吗，肯德基早上没有，咱们晚上吃点肉，给补上来。"

陈新月依旧说："好啊。"

秦宇抬起头，看见陈新月神色略有异样。秦宇笑了下，拿着笊篱跟她说："这个挺可爱的。"

陈新月说："这是煮馄饨用的。"

秦宇说："是啊，我认识，我舅家饺子馆里也有好几个……"

"我小时候最爱吃我爸煮的馄饨。"

秦宇话语一下子停住了，看向陈新月。陈新月轻轻换了口气，说道："我小时候爱吃馄饨，恨不得每天早饭都吃，后来去外面上学了，偶尔生病，就想让我爸给我煮馄饨吃。所以我爸管这个叫，病号专用勺……"陈新月快速笑了一下，然后抬起头说，"没事，我只是……"

秦宇："我不知道。"

陈新月说："没事的，我只是忽然想起来了。"

秦宇把笊篱好好地挂了回去。陈新月对他说:"走吧,我们出去吃烤肉。"

关灯之前,秦宇又望了一眼厨房,曾经的烟火气似乎并没有散尽,那里依然带着一种温暖的温度。秦宇忽然说:"别吃烤肉了,在家里吃吧。"

陈新月转回头,秦宇继续说:"我给你做。"

"家里什么吃的都没有,冰箱早都空了。"

秦宇走到冰箱跟前,拉开看了一眼。不能算是完全空空如也吧,里面有两瓶酱料、几袋牛奶,估计都已过期很久。秦宇"啪"地关上冰箱,说:"走吧。"

陈新月:"还是决定吃烤肉了?"

秦宇说:"不吃烤肉,去超市。"

陈新月看着他,秦宇伸手抓住她的肩,往门口推了两步:"出去买点菜,简单,咱们快去快回。"

下楼之后,陈新月主动带路:"这边走吧,北门出去有个家乐福。"

秦宇跟着她在小区里左拐右拐,出了一个小门,绕过一片跳广场舞的空地,眼前出现了家乐福超市的大招牌。陈新月说:"这个超市关门早,好像是八点半关门。"

秦宇说:"现在刚六点,不着急。"

陈新月抬头看天空,然后掏出手机确认:"刚六点?已经这么黑了。"

秦宇说:"入秋了,白天变短了。这不是初中地理讲过吗,立秋之后,太阳直射在赤道南边,咱们北半球日照时间就会变短。"

陈新月立即瞅他一眼,秦宇笑着说:"别看我,我初中也是认真学过的。我记得一次月考，我还考进了年级前十，地理只扣了两分，因为写了个错别字，秘鲁的秘写错了，我写成了'必鲁'。其实这些外国名，都是音译过来的，取个发音相同的字不就行了，秘鲁他们国家又不会挑刺，还不是我们国人自己为难自己。"

陈新月说："前十挺难的，咱们初中人多，我都没进过年级前一百。"

秦宇说："是啊。考进前十，名字就可以用毛笔字写在大红榜上，挂在告示栏里。"秦宇已经不记得自己具体是第几名了，第七，还是第九来着，只记得是个奇数，破天荒的好成绩。追根溯源，当时因为打架问题，班主任把他妈宋丽林叫到了办公室，当着她的面，还有众多老师的面把秦宇狠批一顿，还用上了一个词语，叫不学无术。这个词程度重了，秦宇感到自尊受了伤，于是回去之后拗着劲，狠狠熬夜复习了一周，考试就成了。那一回，宋丽林赶来学校开家长会，刚进校门就被宋浩宇拽住了胳膊，宋丽林以为又要去办公室挨骂，而宋浩宇是来通风报信的，已经充分做好心理建设。没承想宋浩宇兴高采烈地跟她说："姑，我哥名字上红榜了，你快去看啊。虽然上面的毛笔字写得挺丑的，但是我哥考进了前十啊。"

秦宇双手揣进兜里，自己笑了声："谁还没有点英雄往事了，只是英雄不问前尘，我现在连第几名都想不起来了。"

陈新月说："你第七。"

秦宇愣了下，立即看她："啥？"

陈新月说："初二下半年最后一次月考，你考了年级第七，跟另一个同学并列第七。你们俩的名字并排写在了大红榜上，你的名字写在后面，因为地方不够，'秦'字是正常大小，'宇'就挤到了下一行。"

秦宇若有所思，点了下头。

陈新月立即对他说："别以为我关注你，我只是有印象罢了。许一朵肯定也记得，当时她以为那个'秦'是朝代来着。就像'李白，唐'，'苏轼，宋'，'某某某，秦'。"

秦宇说："别扯了，你就是暗恋我。"

陈新月声音都大了："我才没有，你问许一朵，当时我们俩一起看到的。"

秦宇看着她，笑了："我不问许一朵，这事我问她干吗。"

陈新月说："我初中才没关注你，我都不记得你。"

秦宇揽着她的肩往前推："不记得就不记得，走吧，进超市。"

超市入口在地下一层，半层的位置停着一溜小推车。秦宇取出靠外的一辆，推着继续往下走，进了超市，他忽然转头对陈新月说："你要不要坐进来？我推着你。"

陈新月说："我不坐，我都这么大的人了。"

秦宇说："你怕我推不动啊？"

陈新月说："我才不怕，我这么苗条。"

秦宇说："那你坐进来，这里又没别人。"

陈新月说："我不坐。"

秦宇说："你坐进来，我推推试试。"

陈新月直接抬腿跨了进去，蹲在车筐里面："那你推啊。"

秦宇双手紧握把手，叉开双腿一前一后，俯下身后腰用力，推车纹丝不动。秦宇说："完了，我推不动啊。"

陈新月抓着车筐："怎么可能？有辘轳，我推你都推得动。"

秦宇咬着牙发力："我真推不动，你太沉了。"

陈新月都快从车筐跳出来了："怎么可能，我才……"她歪过脑袋检查，立即大声道，"你用脚把辘轳卡住了，秦宇你故意的。"

秦宇笑了一声，陈新月从推车跳了下来，白他一眼，往前走去：

"秦宇你个傻蛋。"秦宇推着推车跟上："你再坐进来，我好好推。"陈新月说："我才不坐了，幼稚，我要吃炖排骨。"她朝着卖肉的档口走了过去。

最后他们买了排骨、牛肉馅、土豆、豆角、茄子，还有众多调料。秦宇盘算好了，回去做排骨炖豆角和酥炸茄盒，一个喷香下饭有汤水，一个展示厨艺功底。

结完账，秦宇另要了一个价值三毛的大塑料袋，把所有食物装了进去。

走出家乐福，天色完全黑了下来。夜空里没有星星，不远处的路灯，像是两个低矮的星座一样。陈新月在空气中嗅了嗅："有卖糖炒栗子的。"

她循着味道找过去，就在他们的来路上，那片跳广场舞的空地旁边，支出了一个摊子。摊位分成两边，一边是烤红薯的大汽油桶，另一边是堆成小山的糖炒栗子，小贩胳膊上还绑着一大束氢气球。陈新月伸手抓起一颗栗子，直烫手，她问："栗子甜吗？"小贩说："甜，又香又甜又暖和。"陈新月把栗子在手心里来回倒着："给我装一袋吧。"

小贩撑开一个牛皮纸袋，铲起满满一簸箕栗子，哗啦啦倒进袋子里。他抬起眼向陈新月确认，陈新月对他说："再来一铲。"小贩应了声，抬手动作之间，那束氢气球像半透明的幽灵一样，飘浮在黑沉的夜空里。秦宇说："气球也要一个。"

陈新月转脸对秦宇说："你真幼稚。"

小贩呵呵笑了，挑出一根绳子，拽低气球，按了下底部的开关，整个气球顿时闪起了灯光。他把绳子交到秦宇手中，气球再次飘进天空里，只是由飘浮的幽灵，变成了发光的精灵模样，小贩说："一共四十。"

拉着气球往回走的时候，秦宇问陈新月："你知道氢气球怎么用吗？"

　　陈新月问："什么怎么用？"

　　秦宇说："就是用途。"

　　陈新月说："气球能有什么用途。"

　　秦宇说："你看。"他举高胳膊，拽着绳子尾端，边跑边松开了手，气球乘风，斜斜朝着前方飘走了。秦宇抬腿奔跑，向上跳跃，重新抓住了那根绳子。他笑着回头："你看。"

　　陈新月说："这是什么用途？"

　　秦宇说："练习跳远啊。"

　　陈新月一字一句地说："秦宇，你真幼稚。"

　　秦宇朝她看了一眼，再次松开气球，往前跑了几步，向上跳跃抓住了它。就像曾经奔跑在操场上，看台上响起了同学的呐喊，他向前飞奔，拔高身体，双腿向前一甩，将自己用力甩在了沙地上。叫好声掌声雷鸣般响起来，如同潮水将他淹没，他闭上双眼微笑，金色的阳光和细细的沙粒一齐落在他的脸上。

　　陈新月看着他的身影，成长的凛冽和少年的清澈混合在一起，把他周边的空气都抓出了一股张力。她捧着纸袋里的糖炒栗子，感到此刻手心里的温度，把人铺天盖地带了进去。

　　两人进了小区，有一搭没一搭说着话，快到楼门口时，陈新月脚步一下顿住了，心里暗暗叫了声不好。只见单元门前停了一辆黑色奔驰，副驾门敞开一半，车内仪表盘响着嘀嘀嘀的提示音，好像轿车对于自己停在这里也感到别扭。

　　车里没有亮灯，一个男人隐约坐在驾驶位上，一中年女人站在车子旁边，听到脚步的同时，她几乎即刻转过身来。

秦宇小声询问："这是，你妈？"

陈新月点头，摸出钥匙塞给秦宇："你先上去吧。"

秦宇说："你……"

陈新月说："你记得哪个门吧？"

秦宇看着她，手中气球在空气里飘飘忽忽的。陈新月提醒说："503。"

秦宇说："我知道哪个门。我还是在外边等你吧。"

陈新月说："你怕我被我妈带走啊？放心吧，我又不是小孩子了。你回去先做上菜，或者把吃的放进冰箱里。我就应付两句，把他们打发走，很快的。"

秦宇看着她，随后点了下头："那我，先把排骨炖上。"秦宇单手拎着购物袋，把气球绳子一段段收短，掌握在手里，然后走进了楼道。

并不是完全没好奇心，进楼之前，秦宇悄悄瞥了一眼。陈新月的母亲脚蹬一双中跟靴，腰杆挺拔，路灯照下来，一头卷发闪着光泽。具体模样看不清楚，不过就论陈新月的长相，她母亲也差不到哪儿去。只凭大致气度，能够看出她母亲这些年过得比较滋润。

秦宇上楼的时候想，离婚有时也不是坏事，起码现在，她的母亲是一个局外人了。不管陈新月自己什么态度，起码她的世界里，还有一个屋角没有塌下来。母亲在，屋角在，就能撑出一片空间。总比没有的，好过太多了。

秦宇拿钥匙开门，直接进了厨房。首先把排骨洗净焯水，加豆角土豆一起炖上，接着挑出两条茄子，调好肉馅咸淡。茄盒，讲究的是刀工，要一刀切断一刀不断，然后将肉馅均匀填抹在茄片内。等秦宇夹好肉馅，裹好面粉糊，准备烧油的时候，陈新月回来了，前后不超过半个小时。

秦宇说："我正准备下油炸了。"

陈新月说："用帮忙吗？"

秦宇说："打下手的工作，我已经做完了，剩下的都是大厨的活了。"

陈新月说："那我就等着吃了。"

秦宇探手试了试油温，往里下了个茄盒当试验品，随口问："你妈他们走了？"

陈新月说："走了。"

秦宇说："刚才坐在驾驶座那个，就是，郑诚舟吧？"秦宇想说"后爸"两个字，到嘴边又给改了，郑诚舟这名字，也是想了一下才想起来。

陈新月说："就是他。"

秦宇点了下头，看到此时茄盒呈现金黄色泽，从锅底慢慢浮出，显然油温适宜，于是把剩下的茄盒分批下了进去。

等到茄盒炸好，排骨盛出，秦宇又下了两碗阳春面，将小葱花细细撒在面上，一起端了上桌。他们面对面坐下，陈新月先低头慢慢喝了一口面汤。

秦宇等着她夹菜。陈新月拿起筷子，筷尖却没有往前移动，她抬起眼睛说："秦宇，我过几天要回学校了。"

秦宇接过话："回去上学是好事，你就还差一年，把大学念完。"

陈新月说："最近正好是秋季开学，我如果回去，还能赶上明年毕业。我妈给学校打了电话，她都问清楚了。"

秦宇说："听学校的安排。"

陈新月似乎有些愣神，随后淡淡笑了一下："都离这么久了，早些年也没见她管过我，装模作样。"

秦宇说："这件事，你妈管得对。"

陈新月抬起头："只是……"

秦宇说："不就是哈尔滨吗，我跟你过去，在学校附近找个工作。"

陈新月眼神微微发亮："真的？"

秦宇说："真的。"

陈新月说："找不到工作怎么办？我不记得学校附近有什么公司。"

秦宇说："有人的地方就有工作，不可能找不到。能做的工作有很多，我是要找更赚钱的工作。"

陈新月说："那你以后，会挣很多钱吗？"

秦宇说："当然。"

陈新月说："很多是多少？"

秦宇说："你不是一年毕业？一年之后，就算你不工作，我也能让咱们把日子过舒服了。"

陈新月笑了一下，随后又问："真的？"

秦宇看着她说："真的。"他抬起筷子，给陈新月夹了个茄盒，看着陈新月咬下一口。

"好吃不？"秦宇问，与此同时，陈新月放在桌上的手机响了起来。

秦宇瞥了眼，看到手机上显示出"郑诚舟"三个字。

陈新月有些诧异，接了起来，应了几声就挂了。

扣下手机，陈新月对秦宇说："郑诚舟来送棉被，我妈让他送的，说是刚刚忘了给我。他说现在天气冷，还没来暖气，我妈怕我没有合适的厚被子。秦宇，你去帮我拿一下行吗？刚才在楼下我态度不好，我不

218

太想见他……"

秦宇把筷子放下了："行啊，他人就在楼下？"

陈新月说："对，在楼下。"

秦宇问："你妈不在？"

陈新月："我妈应该是先回家了，只有他一个人。"

秦宇抽身离桌，几步走到门口，这时听到陈新月说："超级好吃的。"秦宇转回头，陈新月把剩下半个茄盒塞进嘴里，对他竖了个大拇指："大厨手艺，好吃。"

秦宇笑了，快速开门冲下楼，想着回来还能吃上热乎的。

到了楼下，秦宇一眼就看到了那辆黑色奔驰，他冲车子招了招手，然后跑了过去。驾驶座里的郑诚舟也下了车，绕到后备厢去拿被子。

郑诚舟单手拎出一个大布包，关上后备厢，朝秦宇走过来。他把眼前这个小伙子，判断为他继女的男朋友，这层关系不算太近，甚至还有些微妙，郑诚舟不知道该说什么，只是嘱咐一句："当心，有点沉。"

夜里起了凉风，郑诚舟的外套还搭在车里，不自禁缩起了肩膀。他看着秦宇把被子接过去，然后哈着白气，抬起头来。

秦宇正要赶紧告辞，只是路灯光影里，他看清了郑诚舟的脸。秦宇明显一愣，然后脸色瞬间变了。

"你？"

郑诚舟还没反应，感到一拳招呼在了他颧骨上。郑诚舟向后退了半步，瞬间脸上跳痛，歪过头摸了摸，嘴角没破，估计腮上肯定肿了。郑诚舟的怒火噌地上来了，抬起脑袋："你小子有病？"

秦宇双眼通红，逼视着他："是你。"他整个人都绷紧了，连带太阳穴都涨了起来，刹那之间，七年前的那个片段闪进脑海，他大口喘起粗气，倒像是他自己被狠狠打了一拳一般。

郑诚舟揉着脸说："什么？"话音没落，眼瞅秦宇又挥来一拳，他赶紧闪躲，秦宇这一拳用尽力气，没打到目标，他整个人扑空向前甩了出去。

秦宇踉跄错步，被手中大布包一绊，直接扑到了地上。下巴狠狠磕在水泥地面，秦宇感到体内骨骼"嗡"了一声，头昏脑涨，却被一股力量拔着站起来了。他转过身，把被子朝着眼前的郑诚舟挥舞过去，他从体内深处发出怒吼，感到自己眼眶里的泪水同时飙了出来："杀人犯！"

布包在半空中散开了，雪白的棉被仿佛一封来自上苍的信，缓缓舒展，沉重地降临在人的头上。

郑诚舟眼前一黑，棉被将他兜头裹住，接着秦宇整个人猛扑上来，把他撞在了地上。郑诚舟蹭着地面挣扎，棉被像是一张厚重的网，怎么都挣不出去，他在被子里沉闷地呼救："有误会，是不是有误会！你小子别憋死我！"

秦宇死死按住被子，趴在他身上，抬手又给了他脑袋一拳。郑诚舟这回彻底怒了，也不管眼前这个小子会不会成为他的女婿，关系破裂就破裂了吧，他可别死在这里。郑诚舟双臂同时挥起，将被子向前一撑，结结实实地反扣在了秦宇头上，他也借机撑起身体，从地上爬坐起来。

"跟你说有误会……"郑诚舟刚站起一半，被秦宇一个扫堂腿，又给扫倒了，屁股着地磕得生疼。秦宇伸手扯着头上的被子，郑诚舟赶紧挣扎起来，把他按倒在了地上。

"你把话说清楚，上来就把我往死里揍？"郑诚舟捂紧被子，限制住了秦宇上半身的动作，可是秦宇好像要跟他鱼死网破，抬腿就朝他小腿蹬了一脚。郑诚舟疼得忍不住了，举起拳头给他脸上来了两下。

隔着被子，击打声显得格外沉闷："你说，什么事？"秦宇脚蹬回击，闷吼："你个杀人犯！你问我什么事！这些年来你睡得着觉？"

郑诚舟又给他一拳："我杀谁了我？"

秦宇吼道："我妈！"吐出这两个字，秦宇忽然间不挣扎了，像条死鱼一样，尾巴也不会扑腾了。

郑诚舟没敢再下手，怕打脑袋打出事："我知道你妈是谁啊！"

秦宇没吭声。

"啊，你妈是谁啊？"

郑诚舟见他不动了，也不说话，心下一凉，想赶紧把被子揭开检查。这时秦宇开口了，压抑的低声闷在棉被里，像是一根定死的琴弦，稍稍一拨却满是颤音："宋丽林，我妈叫宋丽林，七年前的夏天，学校放暑假的第一周，我妈死了。我打球回家的路上看到了你，只看到了你，你从我家门口走过去了，当时我把篮球撞到了你的身上。"

那天下午，秦宇永远记得那天下午。

他们几个同学约好了打篮球，午饭后集合，只因中午球场人少，结果那天宋浩宇生病没去，还有一人因事没去，最后变成了四打四。秦宇那天发挥超常，投篮如神，另外三个队友见势纷纷给他喂球，前方球筐化成一块巨大的磁铁，而他手中抛出的则是铁球，一旦离手，就被"嗖"地吸了进去。最后一记超远三分球灌入，秦宇面色通红，心跳如鼓，像是打了鸡血一般，不可置信地端详自己的双手，准得连他自己都产生了自我怀疑。回家一路上秦宇抱着篮球，时不时做出投篮的姿势，回味刚才的精彩表现，想着回家好好跟他妈吹嘘一番。快走到家门口的时候，篮球脱手，弹到了一个路人腿上，秦宇赶紧跑过去道歉。这是一名中年男人，是张陌生脸孔，周围的邻居秦宇多少都见过，眼前这男人却是第一次遇到。男人的体形偏瘦，脸上有笑纹，显得十分面善，秦宇误以为他会帮着捡球，可是这男人揉了揉腿，随即绕路走开了，脚步比刚刚还快了不少。秦宇感到纳闷，直到他推开家门，看到了一片血泊。

秦宇说完这番话，大口大口喘着气，试图把胸腔里的情绪压下去。

郑诚舟也愣住了，明显想到了什么，手中一下子松了。

过了两秒，秦宇挥开被子，从地上爬了起来，盯着郑诚舟说："你都记得呢，这种事，你怎么可能忘，对吧。"

郑诚舟张了下嘴，他鼻翼两侧有深深笑纹，比当年所见时更深了，这使得他不做任何表情，也像是在儒雅地微笑一样。当年，警方向年幼的秦宇询问有没有见到可疑人员时，秦宇便向警察描述了郑诚舟的容貌、脸型、五官、各个细微的特征，秦宇搜刮记忆，绘制画像的警员一遍遍地修改，郑诚舟这张脸，也一遍比一遍更加清晰，直到刻进了他最深刻的记忆里。

眼下郑诚舟脸上挂着彩，让他这副和善面孔，显得有点滑稽。

"我没有杀人。"郑诚舟嘴里"嘶"了一声，他坐正身体，揉了下脸，"你母亲的事，很遗憾，我不知道那是你母亲，但我知道当年有这样一个案件，不是我干的。"

秦宇说："你凭什么……"

"警察都调查过。"郑诚舟看着秦宇说，"原来你就是那个小男孩啊，警方根据你的描述，把我的画像画了出来，也很快就找到了我。"

秦宇说："我亲眼见过你，你不可能有不在场证明。"

郑诚舟说："是，你见到的是我，我确实在现场，但我当年，是一名司机。我现在的工作也是司机，但是七年前，我是一名出租车司机。"秦宇愣了，郑诚舟继续与他解释，"那天下午，我在城南拉了一名客人，他给了我五百块钱，让我开去一个小区，并在原地等他两个小时。当年出租车比较少，不是伸手就能叫到的，客人可能担心离开时找不到车，五百块也很多了，于是我就等着。等了快三个小时，那个客人

222

却迟迟没有回来，我下了车，朝着客人走的方向找过去，拐过路口，只看到了一栋居民楼，五层高的红砖小楼，一楼周围带个小院子。我猜测客人可能进这栋楼里找人了，也有可能已经离开了，毕竟小区还有其他的出口，我总不能一直等下去，于是我走了回来，把出租车开走了。"

秦宇说："七年前的事，你凭什么记这么清楚？"

郑诚舟说："这些我当年都对警察讲过了，讲了不下五遍，足够我记一辈子了。警察也都已经证实过了。"

秦宇眉头揪起："那你当时为什么那么慌张？"

郑诚舟说："我慌张？"

秦宇说："我手里的篮球弹到你身上，你没有帮着捡球，慌慌张张就走了。"

郑诚舟想了下，说："具体记不得了，但按你描述，我可能是没有锁车。当年流行偷车贼，每天都有同事的'饭碗'被偷走。"

秦宇怔住了，瞬间巨大的无力感将他包围，比刚才被棉被裹着更加令人窒息。他仓促地笑了一下，拍了一下自己的脑袋。

郑诚舟问："凶手还没有抓到吗？"

秦宇微不可察地摇头。郑诚舟说："当年我拉的那位客人呢？"

秦宇仍然摇了下头，郑诚舟说："当年你年龄小，许多案情警察未必会跟你说。我现在车里有样东西，可以给你看一下。"

秦宇抬起眼睛，郑诚舟左脸青了一块，但他唇边的笑纹，显得真实了不少。秦宇撑着地面站起来，把被子卷了卷，抱在怀里，跟他说："走。"

秦宇拉开奔驰车门，坐进副驾驶。郑诚舟上车以后，打开仪表盘下的抽屉，想要找到他所说的那样东西。秦宇却说："等一下，你先把车开远一点。"说着他转过头，透过车窗望向楼上。

陈新月家是东南朝向，而单元门朝北，所以陈新月从家里是不能直接着看到楼下的。但是耽误时间久了，保不齐陈新月会走出家门，通过楼道里的窗口往下张望。若是发现郑诚舟的车迟迟没有开走，她就一定知道出问题了。

郑诚舟打着车子，一直开出小区，停在了一处僻静的林荫道边。秦宇对他说："谢谢。"郑诚舟揉了下青肿的脸，说："先想想回去怎么说吧。"接着他嘴里又"嘶"了一声，不知道是碰疼了，还是痛苦于不知怎么跟老婆解释。

秦宇摸出手机，给陈新月发了个短信："亲戚家里有事，我去帮忙，晚点回去。"

陈新月很快回短信："宋浩宇家出什么事了？"

秦宇语塞，随后打字："是另一个亲戚。你先吃饭吧。"

等了快一分钟，陈新月说："你烧的排骨也很好吃。"

秦宇不自觉笑了，然后他将手机收起来。郑诚舟从抽屉深处找出一袋东西："给你看看这个。"

郑诚舟手中是一个发黄的塑料袋，袋口扎紧，里面装着零零散散的小本子，都像是电话本，文具店零售两三元钱的那种。

"我这人，工作态度比较严谨。以前打车不像现在，都要打表，以前出租车都是张嘴要价的，遇到外地人还能多要点。我每拉一单活，都在本子记上一笔，晚上回到家里，算算今天一共拉了多少钱，减去油钱，就是今天赚的。"

塑料袋系了死扣，郑诚舟挑了半天才解开来。他拿出其中一小本："你看，就像这样记的。这本是五年前的了，我跑出租的最后一个账本。"

秦宇接过本子，翻开来，每页上栏标明年月日，下面是每个单子的始发地、目的地、里程数、车费金额，都以蓝色圆珠笔清晰书写。小本

224

子的横格较窄，郑诚舟记录时干脆横跨两行，每个字都大大方方。

秦宇抬起头，郑诚舟在袋子里继续翻看其他本子："我这习惯一直保持着，后来不跑出租了，给公司开车，也记录，每天跑了哪里，接了谁，哪位领导吐在车里了。有一回，一个大人物上了车，喝得满脸通红，临下车我就劝了一句，领导，醉酒伤肝，您这个月都应酬五次了，身体比工作重要，犯不上啊。这领导酒醒之后，特地把我调到身边，给他专人开车了，说我心思细，特别适合当司机。"

郑诚舟说着笑了下："不瞒你说，陈新月她妈，也是看上我这个优点了。当年她这样跟我说的，虽然挣钱有限，但是心细可靠，会关心人，每天都能准时回家，是个过日子的。"

秦宇把手里的小本子递回给他："那七年前的账本呢？事情发生那天，你也记录了吧？"

郑诚舟这才反应过来跑题了，他说："那本不在我手里了。"

秦宇疑惑，郑诚舟说："我要跟你说的就是这个事，那个本子，当年我交给警察了。"

郑诚舟把塑料袋放到旁边，拿出一个本子做展示："我不是跟你说，那位客人给了我五百块钱吗，其实事情全过程是这样的。当时我把客人拉到了目的地，然后按照习惯，掏出本子记录，那客人却异常敏感，忽然质问我在写什么。我说，就是记记账，留着自己查看。客人却从后排一把抢走了本子，把正在书写的那一页扯掉了。我当时有点蒙，不明所以。随后客人也发现自己失态了，把撕坏的本子扔给了我，警告我不要乱写，然后又塞给我五百块钱，让我等他两个小时，随即开门下车了。所以这五百块钱，既是车费，也有赔偿撕坏的本子的意思。"

郑诚舟摊开小本子，讲到记账的时候，他就做出拿笔写字的姿势，说到撕坏本子，他就真的扯掉一页，然后把本子砸向自己，同时做出一脸蒙的表情，整套讲解活灵活现。

秦宇皱眉问："那这个客人，就是主要嫌疑人啊，怎么警方没有抓他？"

郑诚舟说："当年警方第一次凭着画像找到我时，我费了老大力气，解释清楚自己是个出租车司机。警察排除我的嫌疑以后，就去追踪其他线索了。当时我不知道这涉及命案，警察不再深挖，我也没有多想。我一开出租的，每天遇到形形色色的客人，这个客人算不得太奇怪的，只是钱给得多点罢了。之后隔了几个月，警察才第二次找上了我……"

秦宇深深吸了口气，他知道，他不该埋怨警方。当年是他自己躲得远远的，排斥回家，甚至排斥见到警察。有一回，警察来学校里找他，站在班级门口询问两个同学，秦宇看见之后转身就跑，一路跑出了校门，连书包都没敢回来拿。他仿佛什么都怕，他害怕同学们异样的眼神，害怕警察严肃而同情的话语，尤其害怕面对那个血淋淋的事实——他的母亲被杀害了。这个世上没有妈妈了，于是他什么都怕。

秦宇苦笑，问："警察怎么还会第二次找上你？事情过去几个月，案子已经挂在那儿没人管了吧。"

郑诚舟说："找上我的，不是别的警察，你知道是谁？"

秦宇说："我怎么会知道是谁？"

郑诚舟不作声看着他，那两道笑纹都似有深意。秦宇说："我真不知道是谁，我什么警察也不认识，当年我见到警察就躲。"

郑诚舟说："来找我的，是陈春警官，陈新月的父亲。"

秦宇脑中轰然炸响了，仿佛听不懂他这句话。整个人如同坠入雾里，却有一根清明的光线照进来，引导着他，朝着那真相踏足过去。秦宇瞪大了眼睛，喃喃："陈新月，他爸？七年前，初中的时候，陈新月他爸就去找过你，调查我母亲的事情？"

郑诚舟忽视了秦宇的震惊，沉浸在了自己的回忆里。他说："其实，我跟陈新月的母亲，就是在这个机缘下认识的。案子发生那年，陈新月的父母已经离婚了很久了，女儿归父亲，但是陈春每个月都带着陈新月去见一次母亲，无论工作忙不忙，都要抽出空来，许多年来一直坚持着。那段日子，陈春为了调查案子，来找过我几次，渐渐熟悉了起来。一次，他跟我在警局对面的餐馆里见面，带着女儿一起来的，打算跟我谈完话，再带女儿见母亲，两件事约在同一个餐馆里，跟我约的是三点，跟陈新月母亲约的是四点。

　　"那是我第一次见陈新月，觉得这小女孩挺乖的，上初中，穿着校服，爱学习，我跟她爸陈春谈话，她就坐在旁边桌子上写作业。快到四点的时候，陈春被一个紧急电话叫走了，而陈新月的母亲刚踏进餐馆门。陈春很不好意思，拜托我一定要将陈新月的母亲送回家，车钱他转给我。

　　"陈新月的母亲性格比较强势，几句话就能聊出来。她的性格跟陈春确实不合适，陈春当警察的，什么事情拿主意拿惯了，两人在一起那就是火星撞地球，但她是个好女人，生动可爱。我们在车上聊了一路，多半是她说，我听，车子开到了地方了，她没说够，我也没听够，于是加了联系方式，之后我们相处了六七年，直到去年，我跟她求婚了。"

　　秦宇没想到还有这样的缘分，只知道愣愣地听着郑诚舟讲。

　　郑诚舟叹了口气，说："我们在一起以后，陈春就不再带着女儿找母亲了，是为了避嫌。陈新月自己也不愿意来见她妈，关系就慢慢远了。陈春他……我真挺佩服他的，那么多离婚的，没见哪个父亲能把女儿照顾得这么好。真没想到他会出这样的意外，一想起来，我心里就很不是滋味……知道陈春出事以后，陈新月母亲在客厅里呆呆坐了一整晚，然后她跟我说了一番话，我听了真的难过。她跟我说，离婚以后，陈春怕照顾不好女儿，本来是不敢要的，但是仔细一想，怕她一个中年女人，离了婚，再带着孩子，就不好嫁了。"

郑诚舟再次叹了口气，说："这是个真男人，真的。"

秦宇说："我知道。"

郑诚舟抬起眼睛，冲他点了下头："在陈新月眼里，她爸肯定更好。没准在背后她还骂我呢，没关系，我都接受。陈新月是个乖孩子，就凭我第一次见到她，认认真真写作业里的每一个字，我就知道这孩子错不了。"

"郑叔。"秦宇犹豫一下，开口时还是加上了敬称，"当年陈春为什么开始调查我母亲的案子，他跟你说过原因吗？"

当年的秦宇虽然躲避警察，不愿配合，但是主要负责案件的几名警察他还是见过的，陈春并不在其中。更何况，案子已经过去了几个月，陈春为何忽然开始调查，是他自己愿意挑起重担，还是，有人委托了他呢？

郑诚舟想了一下："倒也没说原因。但是当时陈春明显还有其他工作，十分忙碌，却仍然抽出空当，着手调查这个案子。"

秦宇问："那他有查出什么吗？关于你拉的那位客人，他都问过什么？"

郑诚舟说："具体记不清了，我给你大概回忆回忆。"秦宇点头，郑诚舟想着说："陈春第一回找到我的时候，我其实挺不耐烦的，于是把之前跟警察讲过好几遍的话又对他说了一遍，表示我只是出租司机而已，拉客路过纯属偶然。陈春显然是做过功课的，思考的东西比其他警察多了一层，怀疑我拉的那名客人有问题，让我回忆一下客人的样貌，看看能否画出画像。说实在的，我没留意那个客人的长相，只是不经意瞥了几眼，五官都记不清晰，画肯定画不出来，但是让我见到本人，没准能够辨认出来，人都有个整体气质。第二回，陈春把我叫到警局，给我看了一些录像，都是小区附近的监控，我并没有在其中找出那位客人。第三回，陈春把我的出租车检查了一遍，我知道他是想提取一些指纹啊，头发啊之类的，但是这期间内我洗过两次车了，他也没有什么收获。

"也就是这一天，陈春跟我交了底，告诉我事关一起命案，我拉的客人可能是杀人犯罪嫌疑人。我当时吓了好大一跳。从警局回家以后，我拿出本子算账，忽然醍醐灌顶，当时那个客人把我的本子抢过去撕了，本子上一定留有指纹啊，这不比搜车管用多了。于是第二天约了时间，我就把账本交给了陈春。"

秦宇立即问："那个本子，最后交到了陈春手里？"

郑诚舟说："对。之前没有人跟我说是命案，我也没太上心。早告诉我是追查杀人犯，我就能早点想到了，指纹一定派得上用场啊。"

秦宇缓慢点了下头，郑诚舟忽然又想起了什么，说："对了，你问我陈春为什么插手这个案子，我想起他说过一番话。陈春跟我最后一次谈话，约在饭馆里，当时陈新月在旁边桌子上写作业。我们谈完，陈春也有事要回警局了，陈新月收拾好书包，背着走出饭馆，陈春跟在后面，忽然对我开口说，被害人是一位母亲。他看着陈新月的背影，又说，被害人也有个孩子，跟他女儿读同一年级，因为家里出了事，不愿意背起书包上学了。然后他拍拍我的肩膀，说：'你再想起什么，随时联系我，我不想让孩子们失望。'我听得心里五味杂陈，我想，这或许是陈春插手调查这个案子的原因吧。"

即使已经过七年了，如此话语，秦宇还是听得鼻子一酸。有一件事情可以确认了，陈新月曾经悄悄拜托她的父亲，调查他母亲的案子。他的名字曾经出现在年级前十的大红榜上，可是事发之后，他几次三番逃出校园，旷课已成平常。或许她路过班级门口，看到了他空空的座位，或许她从其他同学口中，得知了他家中的变故，于是她央求当警察的父亲，能不能把案子接过来查一查。查得水落石出最好，如同大海捞针也罢，只要接近真相一步，就能把他往救赎的道路上稍微拉一拉。

秦宇感到胸腔中回荡着一股感动的情愫，却又更深厚复杂，令他哽咽得说不出话来。

车中长谈，一个多小时已经过去了。其间郑诚舟因为正在讲话，挂掉了一个电话，现在他打了回去，然后对秦宇说："我得回去了，老婆催了。"

秦宇冲郑诚舟深深点头，感谢他告诉了自己这么多旧事。

郑诚舟说："行了，不打不相识。你自己回去，走路没问题吧？"

秦宇脸上稍微挂彩，但腿脚还是没问题的。反倒是郑诚舟，之前腿上挨了几脚踹，秦宇低头瞅了一眼，没好意思多问，只是说："没问题，我这就回去了。"

秦宇抱起棉被下了车，埋下脑袋对车里嘱咐："今天晚上的谈话，麻烦别告诉陈新月。"

郑诚舟一摆手："放心，她不愿意搭理我，想说都没机会。"

秦宇关上车门前，又想起来，捎带着问了一句："对了，郑叔，当年那个本子被客人撕了，但是你记录完了吗？"

郑诚舟说："没有啊，我刚写上日期，始发地和目的地还没写完，就被抢过去撕了。"

秦宇说："始发地是哪里，你还记得吗？"

郑诚舟说："记得，当年陈春也过问了。就在三曲舞厅对面的马路边。"

三曲舞厅，秦宇不由得愣了一下，又是三曲舞厅，一切这样凑巧。好像冥冥之中，一切事情都绕不开那个地方。

郑诚舟说了声"走了啊"，秦宇没回过神，下意识把车门给他关上了。

前方路灯拉长了影子，黑色奔驰钻进了忽明忽暗的道路里，行驶不过百米，车屁股亮起刹车灯，在红灯路口停下了。

秦宇脑中忽然炸响了一个念头，他掏出手机，拼命翻找照片，同时朝那红色的车尾灯追了过去。

"郑叔，郑叔！"

红灯转绿，郑诚舟正要起步，忽然感到车身被拍了几下。秦宇将将追上来，趴在车上上气不接下气，把手机伸进车窗里面。

"这个人，你当年拉的客人，是不是这个人？"

郑诚舟皱眉仔细盯了一会儿，眼神逐渐酝酿起不可置信的情绪，随后抬起头来："就是他！我就知道，看到照片我绝对能对上号，这个人有种又爷们又娘气的气质。你怎么会有照片？"

秦宇大口喘着气，也看着照片，说不出话来。

手机屏幕里，清晰显示着周大千的面孔。

第五章 重现的玫瑰

　　秦宇沿着马路往回走，走到小区的院墙附近，他抬头望了一眼，一眼认出了陈新月所说的那棵大杨树。茂盛的树冠到了顶部突然分家，两根树杈直指天空，露出当中一方黑洞洞的窗口。厕所仍然没有亮灯。

　　秦宇走过院墙，又路过小区大门，一直往前走了下去。他脑中各种念头不断升起，又搅成一团，让他的脸皮都绷紧了。秦宇伸手揉了把脸，感到自己并没有皱眉头，可能是因为天气冷，冷风给吹的。继续走下去，秦宇感到越来越冷，甚至怀疑这天气可能下雪，他抖开大棉被，裹在了自己身上。

　　路上行人不断侧目，一辆车从身边开过，还特地鸣了下笛。秦宇往人行道里面靠了靠，站到了一家店门底下，然后他摸出手机，翻找联系人。

　　手机只能按首字母排序，孙巍，S打头，26个字母排第19。

秦宇终于翻到孙巍这个名字，然后把电话拨了过去。

电话迅速地通了，秦宇抓着肩膀上的棉被，把手机举到耳边，那边首先问了一句："谁啊？"

秦宇说："当时我白给你打过去了。"

孙巍说："我问你谁啊？"

秦宇说："你没给我备注。"

孙巍骂了一句："啰不啰唆，备注了我还用得着问？"

秦宇说："昨天晚上警察局，你抽了我一根烟。"

孙巍这才噢了一声，想起来了："当时你说以后有的聊，怎么着，你要聊什么？"

秦宇说："我要见周大千。"

孙巍笑了："你想见就见啊，我还想见贝克汉姆呢。"

秦宇说："我早晚找到他，你帮我想想办法，让我早点见他。"

几秒钟空当，那边窸窸窣窣响了几声，然后孙巍说："这样，你现在过来找我，一中北门墙根底下有块大石头垫脚，你就从那儿翻进来。"

秦宇问："你在高中学校里面？"

孙巍说："有门卫巡逻，你先翻墙进来再说。"

秦宇说了声好，把电话挂了。往市重点一中赶的时候，秦宇回忆刚刚孙巍的声音，忽然察觉他喝多了。

秦宇顺利从院墙翻进了高中里面，倒是没看见门卫，他往下跳的时候，被子像是披风一样，呼啸在他的肩膀上。走在黑暗的学校里，秦宇又给孙巍打了一个电话，然后来到自行车棚底下找见了他。

孙巍坐在车棚高高的房顶上，正喝着易拉罐里的啤酒。看见秦宇，孙巍招了招手："上来吧，踩着那辆小粉红电动车。"

秦宇几下爬上了自行车棚，站稳以后，他看到孙巍脚边堆了一摞易拉罐，还有袋装的烧鸡、红肠、虎皮花生，秦宇说："你跑学校野餐来了？"

孙巍看着秦宇怀抱的大棉被，点了下头："你更厉害，直接跑学校睡觉来了。"他举起酒罐，指向不远处漆黑的院墙，"刚才你从那里翻墙进来，好家伙，白花花一片棉被，我以为自带马赛克。"

秦宇把被子收了收，在他旁边坐下了，问："这是你母校？"

孙巍说："对啊，三年青春都是在这里浪费的。"

秦宇看了他一眼。孙巍歪过头，指着他刚刚踩过的那辆粉红电动车："那辆车，是我曾经班主任的。一个一米五几的中年妇女，非要蹬着高跟鞋，天天装一米六。她自己儿子成绩不好，没考上重点一中，她反过来对我们严加管教，我现在听见高跟鞋响都有阴影。你说，这算不算舍己为人，舍小家为大家？"

秦宇觉得眼前这人，可能比看起来醉得更厉害。

孙巍继续眯眼眯着那台电动车："哎，多少年了，她也没换辆汽车开。"

秦宇说："我来找你，是要问周大千。"

孙巍说："是，你在电话里说过了，你跟他也有仇啊？"

秦宇说："有件事情必须当面问他。"

孙巍说："当面也没有实话。"

秦宇说："我要问的事，他会说实话。"

孙巍歪了下脑袋，然后递他一罐啤酒。秦宇接了过来，孙巍指了指脚边的塑料袋："里面还有北大荒，你想喝就拿。"

秦宇说："我从来不喝白酒。"

孙巍笑了声："喝醉丢人啊？"

秦宇打开易拉罐，嘬下一口啤酒沫子，皱着眉说："我爸就是因为贪酒出了事，所以我从小不喝。"秦宇又喝下一口，长长出了口气，望向漆黑的高中校园，忽然想起不久前，网吧门口早餐摊上，陈新月淡淡地说，她不吃馄饨。

冰凉的啤酒灌下，身体内外都凉。

孙巍捏着手中的易拉罐，开口说："昨天晚上在警局外面，我见到他了。"

秦宇问："周大千？"

孙巍鼻腔里嗯了声："我故意没走，偷偷守在警察局外面，差不多后半夜的时候，终于等到周大千出来了，他跟两名警官握了握手，然后站在路边，看来是接他的车子还没到。我从后边上前，一把抓住了他的后领子……"

秦宇问："然后呢？"

孙巍直接咧嘴笑了："然后，然后我哪知道警察也没有走。周大千他等的不是自己的车，而是警车，他在等警车从院里开出来，然后护送他回去。我一把抓住他衣服，还没说话，两个警察嗖地冲上来，把我按在地上。你看我这脸……"孙巍把另外半张脸转过来，上面落有两道明显擦伤，孙巍点着自己的脸蛋，然后摇了摇头，把手中易拉罐捏得乱响，"那个孙子，缩头乌龟一样，你说他是不是龟孙子？"

秦宇没吭气，孙巍继续说："总之，周大千现在申请了保护令，如果我再接近他，可以直接拘留，好像由头是什么寻衅滋事罪。反正我再见周大千一次，就关我一次，拘留的时间依次递增，如果我伴有暴力行为的话，那就直接逮捕了，有期徒刑，真离谱。"他说完，把手中易拉罐狠狠向前挥了出去，却只是虚晃动作，秦宇没有听到易拉罐落地的声音，扭头一看易拉罐仍然留在他手里。

孙巍忽然笑了一声："不能污染环境，到底是母校不是？"说着，他把易拉罐轻轻丢到了脚边，跟其他罐子堆在一起。

秦宇问："周大千在生意上把你爸坑了？"

孙巍说："他那是骗。城北的那片地皮我爸原本不敢要的，因为那里已经规划要建回迁房了，但是周大千主动找上了我爸，说他有办法疏通关系，在那块地皮上建商品房。那附近有重点学校，有大型商场，房价能炒上天。周大千他讲得天花乱坠，只要我爸点一下头，钞票就像雪花一样飘过来了。"

孙巍皱眉说着，又开一罐啤酒，然后把易拉环举在眼前，来回端详，好像上面有中奖标志似的。可是随即他把拉环一扔，那上面其实空空如也，连谢谢惠顾都没有写。

孙巍喝下一大口酒，然后继续说："结果前期他赚了，事情却突然遭到揭发，开始严查。周大千他转眼就把我爸告了。"

秦宇说："这压根就是他的计划吧。"

孙巍摇头："我不知道，不管他是故意坑人，还是见风使舵，但商场如战场，打了败仗就活该被俘虏，只是他千不该万不该，不该把我爸往歪路上引……"

秦宇皱眉，不知他所谓的歪路什么意思。

孙巍忽然抬起目光，悄悄跟秦宇说："我其实能猜到我爸在干什么。"

秦宇说："猜到也别往外说，我跟你不熟。"

孙巍直接就说了："我爸他正在戒毒呢。"

秦宇说："你要不别喝了，再喝就把银行卡密码吐出来了。"

孙巍摇着头笑了："我爸以前是运动健将，尤其喜欢打高尔夫，能打一手漂亮的老鹰球。但是我最后一次见他时，他正在犯瘾，浑身都是虚汗，恐怕连球杆都握不住了吧。"孙巍又喝了一大口酒，对秦宇说，

"其实周大千是故意的，这种手段他用过不止一次，他就靠这个，把人拢在他身边。"

秦宇说："那他自己？"

孙巍说："他不吸，他干净得很，简直没有任何错处。"停了片刻，孙巍叹了声气，拍了拍秦宇的肩，自己坐直起来，"说了这么多，其实就一个意思。不管你找周大千什么事，我劝你算了吧，无非就是他再多申请一张保护令。"

秦宇转头看着他，开口问："你爸能好起来吧？"

孙巍说："什么？"

秦宇说："戒完毒，能慢慢好起来吧？"

孙巍说："应该可以吧，他不算陷得太深。"

秦宇说："那我们的事不一样。起码你爸还活着。"

孙巍微愣，一时不懂他的意思。秦宇说："我的事，不能算了。从今天晚上开始，我最大的目标就是找到周大千。我要把他给揪出来，然后跟他面对面，为了这个，我命可以不要。"

孙巍啤酒举到嘴边，一时忘了喝，过了几秒钟，他琢磨地看着秦宇，笑着摇了摇头。

秦宇说："你给我点线索就行，不管有用没用。"

孙巍摇晃手中啤酒："我有一个线人，也就是我爸之前的员工，比较忠心的，现在跟着周大千做事。据他说，周大千短期内就会出国了，但也不至于太快，起码两三天吧，毕竟他要打点好国内的事情。如果我知道了周大千的行踪，我给你电话。"

秦宇说："谢谢。"

孙巍举起酒罐，跟秦宇碰了一下，然后仰头干了，秦宇跟着把酒干了。孙巍再次捏扁了手里易拉罐，说："你把我电话删了吧。有消息的话，我就联系你，如果实在没消息，我也没办法。"

秦宇说："两三天，我等你给我打电话。"

孙巍张了下嘴，却什么也没说，只是又笑了一下。

秦宇把空易拉罐放下："谢谢你的啤酒，我要走了。"

孙巍忽然开口问："你昨天说，你是宋浩宇他哥？"

秦宇说："对，表哥，有血缘关系的。"

孙巍抿着嘴点了下头，然后说："你猜我为什么跑学校来。"

秦宇说："在等许一朵吧。"

孙巍抬起诧异的目光。

秦宇说："你袋子里有两双筷子，还有蜡烛，女生来了，没准能整得挺浪漫的。"

孙巍望着他笑了，点着头说："知道吗，许一朵跟你弟在一起了。她今晚彻底拒绝我了，理由是，跟宋浩宇在一起了。"他笑着笑着开始皱眉，"宋浩宇长什么模样来着？高中三年同学，我怎么一点印象没有。高中时候，他就是路人一个啊。"

秦宇说："宋浩宇啊，比我高，比我帅，比我性格也好点。"

孙巍歪着头瞅他，随后一摆手："行了，你赶紧滚吧。"

秦宇说："我说的是实话。"

孙巍对他使劲摆手。

秦宇笑了一下，这是他今晚头一次能够做出这样的表情。秦宇抱着棉被，准备爬下车棚，这时又听到啤酒罐打开的声音，孙巍坐在黑暗的房顶上说："我没喝多，啤酒还能喝醉，那我不是废了。"

他继续说着："就算喝多，银行卡密码我也不可能说出来的。其实压根不用我说，我的密码是许一朵的生日。从高中开始，就是这个，我出国以后，从来没改过。"

秦宇跳下自行车棚，把怀里被子重新叠好，叠成豆腐块形状。然后他抱紧被子，沿着校园里的来路走了出去。

从院墙翻出来，重新落到地面，秦宇掏出手机看时间，凌晨两点来钟。这个时间挺尴尬，不能回去找陈新月，无论她睡了还是没睡。睡了还要吵醒她开门，没睡的话，难免要解释一番，起码要解释他脸上的青肿，还有怀里这床发黑的棉被。等到明天白天，事情就显得没这么糟糕了。

　　秦宇顺着马路，漫无目的地走了下去，居然走着走着，来到了洪峰饺子馆门口。他已经搬走很多天了，但是双脚依然把这里当成了家。天气冷下来以后，饺子馆门前的塑料门帘拆了，换成了保暖的厚布帘子。门框上的招牌在黑夜里显得黯淡，连字体都看不清晰，夜色里好像有雾。

　　秦宇停在空无一人的店门口，记起一件事情来，他还欠着宋浩宇两千块钱。

　　之前借钱是为了享受公司的优惠租房，现在工作扔了，租房也不着急了，应该把钱先还给他。其实以后再还也无可厚非，但是秦宇忽然有种强烈的感觉，只要想到的事情，应该尽快做完。他感到自己已经进入了一场倒计时，头顶钟表嘀嘀嗒嗒响着，冥冥之中一场戏即将迎来结局。

　　绕进小区，秦宇找了一条长椅坐下，头靠在旁边的树干上，棉被铺开盖在身上。他仰起头看天，缭绕的雾气，在夜空中划出深邃的纹理，盯着久了，秦宇感觉自己看的不是天空，而像是旋转的宇宙。

　　他想起他们初二那年，课程里多加了一门物理。第一堂物理课上，上课铃已经响过好几分钟，一个小老头才夹着课本踱进教室，然后低头把课本甩在讲台上，向所有同学展示出自己标准的地中海发型。秦宇听到身边响起失望的叹气声，因为隔壁班上节刚刚上完物理，他们的物理老师是名年轻漂亮的女教师。

讲台上的小老头按住课本，隔着厚厚的镜片对教室里说："不要以为物理是门很枯燥的学科，第一堂课，谁都不许翻课本，我来给你们讲几个故事，让你们知道物理充满了无与伦比的魅力。"说完，小老头捏了捏嗓子开始讲，他讲的并不是牛顿被苹果砸中脑袋，发现了万有引力的故事，也没有讲爱迪生为了发明灯泡，究竟做了多少次实验。他先从最小的核裂变开始讲起，讲到中国第一颗原子弹爆炸。接着他又讲了神奇的双缝实验，光可以是粒子，也具有波动性质，早期科学家们为了这个分歧几乎打起来。最后他开始讲最宏大的故事，那便是宇宙大爆炸。

小老头讲得如痴如醉，秦宇忽然看到坐在前边的宋浩宇肩膀微微抖动，似乎格外开心。秦宇悄悄踹他一脚："你干啥呢？"宋浩宇瞄了一眼讲台上的老师，然后转身把课本递给秦宇，秦宇看见课本的扉页上，用粗黑的水笔描绘出了"宇宙"两个字，笔势恢宏，气象不凡。秦宇说："写得挺好，至于这么高兴？"宋浩宇点了一下那个字"'宇'啊，你我的名字。"秦宇反应过来，哦了一声。宋浩宇呵呵笑着欣赏："我忽然觉得咱们的名字特好听，宇宙的宇。"

这个时候，小老头猛拍一下讲台，吓得宋浩宇立刻缩回头去。小老头面色泛红，双眼紧闭讲道："如此这般，宇宙不断演化，最终'砰'的一声！"他忽地张开双眼，问："什么都炸没了吗？"教室内一片安静，小老头沉醉地摇头，又猛拍一下讲台，如同评书《拍案惊奇》的结尾："砰！万事万物，由此诞生。记住，炸完了，什么都有了。"

宇宙炸完了，于是什么都有了。

清晨出了太阳，挨到早上八点，秦宇用手机把两千块钱转给宋浩宇，然后站起来，收好被子准备回去。这时手机响了起来，秦宇接起，宋浩宇问："哥，你怎么把钱打给我了？"

秦宇说："起挺早啊，以为你要睡懒觉呢。"

宋浩宇说："刚醒。哥你发工资了是吗？"

秦宇："啊？"

宋浩宇说："你不是说周转不开，发了工资再还我。我不着急要的，你……"

秦宇说："是啊，发工资了。"

宋浩宇顿了一下，问："那你新工作怎么样啊？跟之前比，工资涨了吗？"

秦宇说："工作很好，工资也挺高的。"

宋浩宇说："那就好。"

秦宇说："行了，我还有点事，挂了啊。"

"哎，哥。"宋浩宇又说了一声，秦宇便没挂手机："你说。"

宋浩宇说："今晚回家里吃饭吧，我爸昨天还问起呢，说好多天都没你消息了，你换了新工作，就跟人间蒸发了似的。"

秦宇说："今天晚上不行，有安排了。"

宋浩宇说："那下周吧。下周二我妈过生日，我跟我爸联手下厨，做上一桌好吃的。"

秦宇张口刚要拒绝，宋浩宇又说："下周二，我也请了许一朵来家里吃饭。我还怕她不好意思来呢，结果她听说我妈过生日，就答应了。"宋浩宇说着笑了一下，有些腼腆，却又格外高兴，"哥你一定要过来，帮忙调节一下气氛，这可是我第一次带女生回家见面。"

秦宇拒绝的话便说不出口了，停了一下，才说："我尽量。"

宋浩宇笑了："好。"

挂了电话，秦宇揉了把脸，努力让自己精神起来。他首先去了附近营业较早的街市，找到一家刚刚开门的家纺店，在店里挑出一床白棉被，把弄脏的这床被子给替换了。接着他走进公共厕所，对着镜子把脸上的灰尘清洗干净，然后他认真审视自己，脸上明显的淤青有两处，一处是额角，一处在下颌，此外嘴唇干裂出血，嗓子也干燥，宛如刚刚跑完一场马拉松。

秦宇在心中编好一串故事，对着镜子开始演练。他路遇一个抢包贼，抢走了骑自行车女人的背包，然后从他身边闪过逃跑。他伸手抓住那贼，两个人一起摔在地上，刚好撞到额头，接着那贼给了他下颌一拳，爬起来就跑，他在后面紧追不舍，追出两条马路，终于把女人的背包给追回来了。

额头的伤，下颌的伤，还有这把嗓子，都圆回来了。秦宇对着镜子点了点头，满意地走出厕所。现在他所剩存款已经不多，还想请陈新月吃几顿好的，于是没舍得打车，一路走回了陈新月家小区。

秦宇上楼以后，只敲一下，门立刻就开了。陈新月转身回了客厅，坐回沙发上，秦宇脸上的青肿，她仿佛根本没有瞧见。

秦宇把棉被放在门口地板上："被子给你拿回来了。"

陈新月轻声"嗯"了一声。

秦宇走进客厅："你吃早饭了吗？"

陈新月说："吃了栗子。"她指了一下，昨晚买的糖炒栗子，已经变成了现在茶几上的一堆果壳。

秦宇说："那就中午再吃吧。"他在旁边的沙发坐下，然后看着陈新月，"我们再出去买点菜，在家里做吧，这回我保证跟你一起吃。"

陈新月点了下头，随后她开口说："秦宇，我大后天回学校。"

秦宇稍微一愣："已经定了？"

陈新月说："对，今天早上学校辅导员给我打电话了。"

大后天，她还有三天回学校。而孙巍说的是，有了周大千行踪，两三天之内联系他。

秦宇盘算着，问："是大后天开学？用不用提前两天过去？"

陈新月说："不用，我是大后天的火车，提前回去也没有宿舍住。"

"噢。"秦宇点了下头。

如果他去找周大千之前，陈新月已经返回学校就好了，那他就能放手去做了。只可惜，时间不凑巧。

秦宇脸上露出笑容，对陈新月说："那挺好的，明天我陪你出去买点日用品，后天在家里收拾行李，大后天就能返回校园了。"

陈新月问："你一起去哈尔滨吗？"

秦宇说："我不跟你一起坐火车了，我随后再过去。"

陈新月问："随后是多久？"

秦宇看着她："你想多久？"

陈新月说："一个月以内。"

秦宇点头："嗯。"

陈新月认真地看了看他，然后开口说："秦宇，你答应了，不许反悔。我其实都快没勇气回学校了，如果不是你说陪我一起，我真的没勇气回去。说好了一个月，到时候你没来，我就从学校跑回来找你。"

秦宇郑重点头，好像她所说真的是相当严重的后果，但是他心口绷得紧，紧得他很难受。秦宇为了掩盖，又"嗯"一声，脸上又笑了一下。

陈新月屁股快从沙发跳起来了："我是说真的。"

秦宇说："是真的。"但是他依然没有说出那一个"好"字。

陈新月微微皱眉："秦宇，你在想别的事情。"

秦宇抬起目光："这都让你看出来了？"

陈新月："你在想什么？"

秦宇站起身子："我在想中午做什么吃。"他把陈新月也从沙发拉了起来，"走吧，去超市，这回多买点，咱们把冰箱给它填满。"

这次来到家乐福，秦宇见到食物就拿，好像当真以填满冰箱为目标。他让服务员剁了两斤猪排骨，装了一袋牛排骨，又看上了冷鲜柜里的小羊排。陈新月忍不住伸手拦他："你要这么多骨头做什么？"

秦宇说："排骨香啊，今明后三天，三种排骨，正好吃三顿。"

陈新月说："那你还拿猪肉干什么？"

秦宇说："炒菜炖菜都可以放。"

陈新月说："那你拿肉馅干什么？"

秦宇说："万一想包饺子呢。"

陈新月没话说了，却仍然皱了皱眉，跟在他后面。

秦宇又拿了许多蔬菜以后，推着购物车转战零食区。陈新月说："这么多吃的，做饭都吃不过来，别买零食了。"

秦宇说："这几天不吃，你上学可以带着。"

陈新月站在原地不动，秦宇转过她的肩，往货架推了一步："去挑点爱吃的，薯片、饼干，那排架子上都是巧克力。"

陈新月迟疑着走了两步，然后摇了摇头，实在不想扫他的兴，于是开始在货架中挑选零食。等待的时候，秦宇往前推了几步购物车，正好看到了厨房用具的货架。他走了过去，弯下腰，从货架底部拿起一把厨师刀。刀身呈半月形，刀刃精薄，刀尖锋利，似乎是个大品牌。秦宇拿着这把刀，注视了几秒钟，然后将它轻轻放了回去。

走向结账口的时候，陈新月对着满满一车食物发愁："怎么拿回去啊，要不借一下购物车？"

"没事，多装几个袋子。"秦宇说，"我拎得动。"

最后秦宇双手提满了，陈新月也拎了两大袋，两人齐心合力终于把全部食物运回了家。陈新月累得瘫在沙发上，但是仍然笑了一下，看着满地的购物袋说："我从来没一次性买过这么多吃的。"

秦宇把食品分门别类，都装进了冰箱里，最后当真是满满当当。陈新月将冰箱的冷冻柜冷藏柜全部打开，拿出手机拍了张照片留念，说："我家冰箱从来没这么丰富过。"

她坐回沙发，回看刚才的照片，又摇头笑了一下。

当天中午，秦宇炖了西红柿牛排，晚上炒了蔬菜，炸了锅包肉。第二天中午，秦宇包了两种馅的饺子，到了晚上，他从冰箱里取出羊排清洗，这时候，他的手机振起来。

秦宇接通，电话里孙巍只说了两句话："古茗茶馆地下车库，周大千七点左右去取车。他夜里十一点的飞机。"

电话挂断，秦宇从厨房门口望出去，陈新月正坐在沙发上换台，挑选一会儿吃饭要看什么电视节目。

这么快，他想，这个电话来得这样快。

秦宇装好手机，解开围裙，洗干净手。

"家里没有胡椒粉，我出去买。"

陈新月从沙发上扭头："现在去超市？不放胡椒粉不行吗？"

秦宇说："不放味道不好。"

陈新月点了下头，说："你是去家乐福吧，能帮我再买一袋糖炒栗子吗？就是上次遇到的那家。"

秦宇正在门口换鞋，犹豫了一下，问："糖炒栗子好吃啊？"

陈新月说："特别甜。"

秦宇站起来望着她，点了点头。

家门关上了。秦宇刚开始下楼，后来他越下越快，一步跨过两三级台阶，最后他几乎在楼梯上飞跑起来。冲出楼道，他继续朝着小区大门飞奔，心脏怦怦怦地跳着，他的脚步无法停下，只要停下，他就忍不住再次返回那个温暖的房间里。

他跑得太快了，冷风刮着脸，他几乎快要落下泪来。

秦宇当真去了一趟家乐福，随后又走进隔壁电子城，买到了一切他所需要的东西。他躲进公共厕所隔间里，把东西在身上一一藏好，同时在心里做好了全部计划。这个计划在他与郑诚舟谈完话的那天夜里，就已经慢慢成形了，如同一根长箭，逐渐闪出锋芒，最终将他钉死在了那个宿命的节点上。

直到走出公共厕所，秦宇始终表现得十分镇定，刚刚在电子城里购买录音笔时，他还记得跟老板讨价还价。老板要价八百八十块，秦宇确实还剩八百来块钱，但他砍价说："五百块。"老板连续摆手："五百块不行，要赔本的。"秦宇说："六百块。"老板说："不行不行，再加点。"秦宇心里一片寂静，想到他留下几百块钱，还要做什么呢，不如让老板赚了去，起码有一个人能够高兴。于是他准备八百八十块原价买下，老板却开始心里发虚，把秦宇的面无表情误解成了心有不耐，生怕这个客人转身走了，于是皱着眉点头："六百块就六百块吧，东西你拿上。"

秦宇径直走到广场附近，闻到了糖炒栗子飘来的香味。他拿出手机确认时间，现在是傍晚五点四十五，按照计划，他开始编辑短信，简短的一行文字，很快打完了。秦宇没有按下发送，他暂时关了短信页面，给陈新月拨了一个电话。

只响一声，电话接通了。陈新月停了几秒，问："怎么了？"

秦宇说："没事，我……"

陈新月问："你在哪里？"

秦宇没有说话。

陈新月说："秦宇，你这两天状态都不太对，你是不是有什么事情瞒着我？"她又接着问，"你在超市吗？你买到胡椒粉了吗？"

秦宇说："买到了。"

陈新月说："那你回来吧。"

秦宇说："我，在等糖炒栗子。这一锅栗子还没有好，不过快了，我再等一下，新炒出来的栗子好吃。"

陈新月说："你的声音不太对，秦宇，你什么时候说话这么温柔了。"

按照往常对话习惯，秦宇准会回嘴，"我一直说话这么温柔，我暖男一个啊。"他完全可以料想出这样的话语，但是他再也装不下去了。

秦宇嘴角不自觉向下走，嗓子也哑了："我只是，忽然想到我妈了。"

陈新月便沉默了。

秦宇说："这两天，我动不动就会想起我妈。做排骨要用油煎一下，然后加热水，这样炖出来更好吃，我妈以前就是这么做的。我小时候给宋浩宇做红烧排骨，看了一眼菜谱我就会了，宋浩宇还夸我厉害，其实我不是从菜谱里学来的，我妈每次做排骨，我都很馋，于是每次都偷偷看着……"

陈新月轻声换了口气："秦宇……"

秦宇继续说着："我刚上小学的时候长得瘦，个子也没蹿起来，外号叫瘦猴，因为我特别捣蛋，爱惹事。一次我跟邻居家小孩玩卡片，我赢了他两张，他不服气，转脸叫人把我的一套水浒卡都抢走了，那是我拆了三箱干脆面才收集出来的。那天我爸在家里喝醉了，我跟他哭，他反手打了我一巴掌，于是我哭得更厉害了。我妈听到声音，从厨房里走出来，在围裙上擦干净双手。她抄起院子里的扫把，牢牢握在手中，然后牵起我的手，坚定地朝邻居家走了过去……我妈向着我，甚至不分对错，只要我受了欺负，她就要帮我把场子找回来。我过了这么多年，在社会上遇到了各种不公正，有时候甚至我是对的，我妈却再也没法向着我了。因为她死了，她当时就倒在我家客厅的地板上，可是我连拉一拉她的手都没有。她曾经坚定地牵着我的手，带着我要回了珍爱的卡片，可是轮到她了，她被人杀害了，我都不敢朝她迈进一步。我多想牵起她的手啊……"

"我知道。"陈新月说，"秦宇，我知道。一样的，不管你信不信，我爸就是我的整个世界，不管过了多久。"

秦宇眼眶全红了，他闭上眼深呼了口气，沉默着调整自己。

陈新月说："我从来不对其他人说，因为我觉得他们都不配知道。我会谈恋爱，以后也会结婚，有自己的孩子，我甚至会对我妈还有郑诚舟好一点，但是我爸依然是我的整个世界，这些他们都不配知道。"

秦宇慢慢点了下头，然后睁开了眼睛。

陈新月一字一句："所以秦宇，我完全理解你的感受。"

秦宇握着手机，压低脑袋晃了晃，然后缓缓笑了一下。抬起头来，秦宇说："谢谢你，我要挂了。"

陈新月问："糖炒栗子好了吗？"

秦宇说："我抽根烟，就差不多了。"

挂了电话，秦宇点燃一根烟，然后眯起眼睛，将刚刚编辑好的短信，定时发送了出去。七点四十，发给陈新月，七点五十，发给孙巍，八点整，发给廖成龙。原本为了保险，应该发给宋浩宇还有他舅各一份，可是秦宇想了下，还是算了，不应该把他们牵扯进来。

而这些跟周大千有过交集的人，这些因为他而受到苦楚的人，都将按照计划聚过来。尽管他的计划不尽完美，但是他们都将如期到来，都要如期到来，一起见证最终的结局。

秦宇用仅剩存款的十分之一，叫了辆车。距离古茗茶馆还有两条街的时候，天空下起了雨，司机打开雨刷器，骂着今年天气古怪——立秋就零下，温度低过漠河，隔天就下雨，湿度堪比南方。秦宇沉默地看着窗外，斜斜雨水砸进水坑，行人匆匆跑过，天气古不古怪不知道，总之老天爷似乎打算帮帮他的忙。

下车以后，秦宇盯着古茗茶馆的招牌看了几分钟，茶馆占据面前大楼一至三层，木头招牌像是竖版的牌匾，挂在湿漉漉的墙体上面，上面绿色的字仿佛水中滋润生长的青苔。大楼正面有旋转门，侧面也有小门，进入并不困难，刚刚正好瞧见一个路人小跑进去躲雨。

秦宇戴上兜帽，朝大楼走了过去。进门前，他转头望向马路对面，看见了三曲舞厅圆弧形的大门，此时舞厅黯然安静，街上行人也不见踪影，只有偶尔车辆驶过，瞬间驶远了，这一切，都蒙在迷茫的雨雾里。

秦宇进了大楼，顺着楼梯往下走了一层，推开厚重的消防门，眼前出现一片地下停车场。停车场规模不大，最多能停百来辆车，地上以清晰白线画出一块块的车位。但是孙巍短信中提到的却是，地下车库。秦宇相信他的用词是无比精准的，足够精准地定位到周大千跟前，而不是让他在茫茫车辆中搜索那可疑的一辆。

秦宇继续向前寻找，快要走到停车场尽头时，他看到了一块方形的车库空间，铁门高高卷在上面。之前这个空间应该是用于修车的，因为墙壁和地面散落着一些修车工具，门口还伸出了一条洗车专用水管。但此时，这里面并排停了两辆车，一辆越野，一辆轿车，都是黑色的新车。

此时车库里并没有人。

秦宇看了一眼手机，六点五十。他把手机扔进垃圾桶，然后停下脚步，静静等待着周大千的出现。

他没有等太久。七点刚过，侧边电梯口传出脚步声的回响，随后秦宇感到自己太阳穴猛然跳了一下。周大千大步走进视野里，他穿一件贴身黑衬衫，下摆扎进裤腰带，左臂搭着风衣外套，手上拉着登机箱，右手拎一个大号黑色旅行袋，脚步显得不紧不慢。秦宇压根没打算躲，就站在十几步远的位置看着，可是周大千并没留意周围，似乎觉得全部事情都已搞定，完全料不到还有人专程奔他而来。

周大千把登机箱放进了越野车里，把黑色旅行袋扔到了轿车上面，然后他抖了抖外套，披上了肩膀。

能够看出周大千也在等人，他站在车库门口，打了一个电话。然后估计是温度低，周大千把左胳膊伸进外套袖子里，随后是右胳膊，刚把外套完全穿好，一个穿黑色羽绒服的男人从另一座电梯一路小跑过来了，到了跟前，冲周大千点头哈腰的。

秦宇为了听清他们的对话，闪到一辆车背后，借着车的掩护，慢慢向前移动。隐约听见周大千的声音在问钱收到了吗。那个穿羽绒服的男人连着点头，似在说"收到了"。然后周大千指了一下那只黑色旅行袋，穿羽绒服的男人连着说了好几句话，秦宇观察他们的情态，思路一下子碰出来了，周大千安排这名穿羽绒服的男人把黑色旅行袋处理掉。

那袋子里装着什么？证据吗？秦宇一下子想到了郑诚舟所说那本带指纹的账本。

慢慢走近车库，灯光也越来越亮，秦宇的影子映到墙上，放大了两圈，好像奥特曼里缓慢挪动的怪兽。

周大千朝穿羽绒服的男人点了下头，然后两人分头走开，一人一辆，欲要钻进车里。周大千开那辆越野，穿羽绒服的男人开那辆轿车，他首先拎起那个黑色旅行袋，拉开车门，扔进了座位里。秦宇已经站到了车库门前，他从地上拾起一把钢管状的工具，牢牢握在手里，闭上眼睛，仿佛母亲坚定而温柔地牵起了他另一只手。

"别怕，"她说，"有人抢走了我们小宇的东西，妈带你要回来，谁也不能把我们给欺负了。"

秦宇大喊一声，跑上前，举起工具朝那轿车车门砸了过去。玻璃应声而碎，穿羽绒服的男人惊得缩回手来，周大千在越野车旁边惊愕转头。

工具脱手，在地上咣咣当当几下，一直跳到了墙边。秦宇什么也不顾，钻进车里就去够那只黑色旅行袋。

"嘿！干什么！"周大千大喝着走过来，同时穿羽绒服的男人也回过神来，立即抓住秦宇的双肩，把他往外拖。

秦宇紧紧拉住包袋，包袋被他一起拖了出来。地上布满玻璃碎渣，秦宇在上面翻了个身，仰面躺着，抱紧旅行袋开始拆拉链。

周大千走到了跟前，遮住了头顶的全部灯光。逆着光影，周大千脸色动了一下，秦宇知道他或许认出了自己，在三曲舞厅见过一面。

周大千伸手抢旅行包，秦宇使着劲不撒手，于是穿羽绒服的男人一起帮着拽。最终旅行包脱手，周大千将包拍了拍，又扔回了座位。

秦宇瞬间从地上翻腾起来，再次扑进车里。

"嘿？你这真是，没完没了啊。"周大千指了一下穿羽绒服的男人，"锁住他！"穿羽绒服的男人立即反钳住秦宇双臂，把他整个人向后拖离了车子。同时，周大千绕到车子另一面，将旅行袋从座位拎出来，扔到了最远处的墙角。

秦宇使劲望向那个旅行袋，好像盯紧了他命运的全部答案。直到周大千重新走回来，站在了他的面前，身后穿羽绒服的男人揪起他的头发，迫使他的脸仰高。周大千认真看了两秒，点了下头："的确见过，三曲舞厅那次，跟我搭话的就是你。我从舞厅回去，酒醒之后还特意回忆了一下，看我房的一共三个客户，年纪都比我大啊。你看的哪门子房？又是怎样认识的我啊？小兄弟，主要是你长得太年轻了。"

周大千拍了拍秦宇的肩，露出和善一笑："这么早就开始监视我了啊。说说吧，你怎么知道我在这里？又是为什么找上我？"

秦宇直视着他："舞厅里，和这次，不是同一件事。"

周大千望向穿羽绒服的男人，两人相视而笑。周大千笑着点头，再次看回秦宇："行啊，还分挺清楚。那你先说，这次你找上我是为了什么？"

秦宇盯着他，眼睛眨也不眨，毫无波澜地吐出三个字："宋丽林。"

周大千眼神骤变，手腕一颤，大手从他的肩头掉了下来。

秦宇清楚，自己已经得到了半个答案。他继续死死盯紧周大千，从嗓子眼里磨出话来："宋丽林，是我妈。"

周大千原地定了几秒钟，起初是错愕，随后开始思忖。他往后退了一步，对穿羽绒服的男人匆匆嘱咐了句："锁着他，或者找根绳子绑起来，直到我给你信。"他转身朝自己那辆越野走去。

秦宇知道周大千想先跑，怒吼一声开始挣扎。身后穿羽绒服的男人也并不平常，力气比一般人要大，秦宇手推脚踹，他都一一消化了。最终秦宇攒足了劲道，脑袋向后猛一使劲，后脑正好砸在了他的脑门上，兴许是鼻梁上，趁着他力道稍小，秦宇向前挣脱出去，踉跄脚步，直扑向周大千的越野车。

周大千已经发动了车子，正在挂下启动挡，秦宇胳膊从车窗伸进去，紧紧抠住车内把手，同时另一只手扒紧了后视镜，整个人差不多挂在了车上。

周大千踏下油门，秦宇双脚蹭地，隔着半个玻璃冲他笑："有本事你拖着我上马路，看警察路人谁先拦你。"

"你大爷！"周大千一脚刹车，开始猛按窗户开关，但是车窗卡住外物，硬是升不上去了。他又使劲掰秦宇的手，一根根地掰开，秦宇的手指又一根根地紧握，好像柔韧拧巴的章鱼。周大千怒了，一巴掌拍在方向盘上，汽车"嘟"地响亮鸣笛，生怕别人注意不到这车库这里发生了状况。周大千不敢再按，气得瞪眼，一脚又蹬开了车门。

秦宇没来得及及时松手，胳膊卡着车窗扭了半圈，直接倒在了车门底下。他捂住胳膊，在地上转了半圈，咬牙硬是一声没吭。

周大千伸手把秦宇拽起来，直接摔在了车门上："你来找死是不是？"这时穿羽绒服的男人也缓过劲，立即过来了。

秦宇手上揉胳膊，盯着他笑了一下："我来找你，就没想活着出去。"

周大千的眼神十分凶狠，穿羽绒服的男人递上刚才那根钢管状的工具："周老板。"周大千接过掂量两下，阴沉看了秦宇一眼，甩手便抽在他的膝盖上。

一声闷响，秦宇双腿一弯，赶紧撑住车身，周大千反手又是一下，这一声响得多了。秦宇应声倒地，跪地缩成一团。

他浑身疼得发抖，但仍然一声不吭，也没有反抗。周大千甚至在他忍痛的表情中，分辨出了某种古怪的笑意。

周大千忽然意识到了什么，把钢棍甩开扔了，原地蹦了一步，对穿羽绒服的男人说："搜！搜他身上的东西！"穿羽绒服的男人立即上手，外套左兜是空的，翻到右兜的时候，秦宇拿胳膊护着，穿羽绒服的男人立即给了他一下："让开。"秦宇将将躲过这一下。穿羽绒服的男人一只手按住秦宇，另一只手探进他的兜里，随后慢慢抽出一把尖利的

253

厨师刀。

穿羽绒服的男人站起来说："周老板，这刀可厉害啊。"周大千伸手接过那刀，来回看了看，然后拿衣袖擦净指纹，把刀丢进车座深处。

"就等着我搜到这把刀呢，是吗？"周大千居高临下逼视秦宇，"证据不足，警察都动不了我，你敢动我？就凭你能杀死我？你以为我傻？"他低声喝道，"继续搜，他不是来杀我的，他是来套话的，看他手机有没有录音。"

秦宇外套里里外外，还有裤兜都前后被搜了个遍，穿羽绒服的男人抬起头来说："只有烟盒打火机，没别的。"周大千立即冲秦宇大声吼："你手机呢？"

秦宇仰躺在地面上："你猜？"

周大千怒目瞪着。

秦宇慢慢伸展膝盖，一下一下揉着胳膊："我就是当你傻。我还告诉你，我确实正在录音呢，你慌不慌？"

周大千一脚给他踹翻过去了，甚至想把刚才那钢棍拾起给他狠狠两下，但是不行，还不行，眼前这人说不定在哪里藏着录音器。

秦宇趴在地上干咳两声，握拳撑住地面，一时间爬不起来了。周大千却忽然蹲下了，秦宇低头，原来是他腰带扣松了，和裤带之间，露出一截金属的色泽，似乎是某种电器。周大千伸手开始拽他裤腰带，秦宇直接笑了。

周大千只觉一把粉末劈头盖脸撒上来，眼睛瞬间被迷住了："喀，喀喀喀……"

秦宇迅速爬起，将剩下半把胡椒粉全都赏给那个穿羽绒服的男人了。呛人的粉雾里，秦宇直朝墙角冲了过去，把那个黑色旅行袋捞了起来，拆开拉链，将包反扣，几本文件率先掉了出来。

周大千迅速跟了上来，一下又将秦宇放倒了。秦宇脑袋直接着地，眼前冒金星，周大千真不愧是练过的，他真不知道还能挨几下子。

但是不行，一股强大的力量在他体内腾腾烧着，他的计划还远没有完成。

旅行袋再次被周大千抢走了，秦宇艰难爬起，看向刚刚倒出来的那些文件，似乎跟房地产相关，这些东西，或许孙巍用得到，或许对廖成龙也有用，但不是他想找到的东西。

秦宇咳嗽两声，试图撑起身体，周大千一把拽开他的腰带扣，一支小小的录音笔掉了出来。

周大千弯腰捡起那支笔，上面小小的红点亮着，显示正在录音中。他立即笑了，将笔丢在地上踩碎，然后又大声地嘲笑。

"就这东西？你拼死拼活就藏着这个东西？还没你的胡椒粉管用。"

秦宇呆滞地躺在地面上，周大千转头对穿羽绒服的男人嘱咐："把车库门合上，让我跟这位小兄弟，好好聊聊天。"

车库门缓缓往下降落，秦宇睁大了眼睛，看到周大千的脸逆在光影中，一轮比一轮更亮。最终铁门完全关闭了，雪亮的灯光晃在密闭的空间里，周大千的面孔显示出一种骇人的惨白。

他往前移动一步，嘴里念着："宋，丽，林。"

秦宇的眼睛又睁大了几分。

周大千掐着秦宇脖子，把他揪了起来，低声叹道："这个名字，我真是好久都没有听到了。"

秦宇目光直直地看着他："你为什么杀我妈？"

周大千笑了："你是真不想走了。"

秦宇偏头咳嗽，咳了他一手唾沫星子。周大千使劲皱眉，秦宇这时开口："我只是想知道真相，录不录音，没关系，我就是看谍战片受到了启发，觉得录音靠谱一点。我也没指望靠什么录音能把你扳倒，我只是想知道，我妈为什么而死。"

周大千说："想把我扳倒？不如从背后给我一刀，你不是带刀来的？"

秦宇摇了下头："我不会杀人。"

周大千看着他，又笑了："这倒是实话。"

秦宇重新盯紧他的脸："我只是为了真相来的，我只想知道，为什么从小别的孩子都有妈，我却没有了。是她做错了什么，还是我做错了什么？"

秦宇浑身不由得颤抖，他努力控制自己的声音，不容露出任何一丝哽咽，但他看不到自己的神情，因此他不知道自己目光雪亮得多么惊人。

周大千慢慢松开了掐在他脖子上的手，穿羽绒服的男人立即上来将他钳住，生怕他从哪里再突然变出一把胡椒粉。

秦宇目光继续跟着他："我遗书已经写好了，不知道真相，我死不瞑目。我把遗书给你背一遍吧……风雨交加的傍晚，我踏上了一条不归的旅程……"

周大千伸手一指："你闭嘴。"他感到眼前这人是故意的，看似弱不禁风，实则说的每句话都在点燃他的怒火。周大千大吼："你以为留封遗书，写上我的名字，就会有人来抓我吗？诬陷我的人多了，等我挖个坑把你埋了，多年以后，最多有条狗把你刨出来，那时候我远在天边，你的名字压根吹不进我耳朵里。"

秦宇说："是，你今晚就躲到国外去了，十一点的飞机？可惜下雨了，飞不起来了吧。"

周大千问："你从哪儿知道我的行踪的？"

秦宇说："我也只知道这么多了，其余还得你告诉我。我妈为什么死？她真的该死吗？"

周大千猛然退了一步，皱眉转了两圈："这人有病。"他冲着穿羽绒服的男人，指着秦宇说，"你说这人是不是有病，找我报仇的，什么也不干，刀都不敢掏，来来回回就问这一句。"

穿羽绒服的男人把秦宇扣得更紧了。

周大千从车窗里够出一盒烟，给自己点上一根，然后重新走了回来。

时间已经过了多久？大约过了一半吧，现在应该是七点二十。

秦宇抬起头来："给我来一根呗。"

"想抽烟啊？"周大千朝他挥了挥烟盒，然后向后扔在了地上，"行啊，等你死了，我给你烧两条。"

秦宇两只胳膊一直被穿羽绒服的男人反扭着，酸疼得已经麻木了。抽根烟倒能缓解一下，但是没有，也就算了。秦宇继续开口，念经一样地说着："我妈走了以后，给我留下了一沓百元钞，每间隔几张，都标明了数目，还有日期。我之前一直认为，这钱是我妈几百几百攒下来的，标明的日期，就代表她存这笔钱的日子。可是来找你之前，我把那沓钱重新找出来看了一遍。我发现我妈存的最后一笔钱，数目是四百元，日期正好是她死的那天。"秦宇抬起眼睛，望着周大千，"四百元钱，你会有印象吗？这跟我妈的死，有关系吗？"

周大千皱眉抽烟，秦宇继续说："我怀疑我妈的死，就跟这沓钱有关。你说那钱上，会不会有你的指纹呢？就跟当年你在出租车撕掉的账本一样，都有你的指纹？"

"放屁！"周大千大声说，"那钱是宋丽林自己一张张数的，我压根没有碰过！"

秦宇望着他，随即释然笑了一下，有预感答案即将水落石出。

周大千瞪着秦宇："你问你妈为什么死，你说不知道你为什么从小没妈，我告诉你，是宋丽林她自己作的。你知道当年你爸欠了我多少钱吗？八十多万元！你家房子一共也值不了这些钱！"

秦宇说："原来我爸是跟你合伙做生意……"

周大千瞬间笑了："做生意，你爸还是你妈说的？说你爸欠钱是因为做生意？胡扯！你爸他吸毒，把周围朋友都借完了，然后向我借，光借条就写了厚厚一本。怎么？这么看着我？没人告诉你这件事吧。我告诉你，你家亲戚朋友都知道，尤其是你妈！只是没人愿意跟你说罢了。"

秦宇大脑茫然，瞬间想到了那晚在校园的房顶上，孙巍咬牙切齿，尤其怨恨周大千害他爸陷入毒瘾。所以秦宇相信，周大千此时所说的，是实话。

周大千看着秦宇的模样，忽然间气就顺了。虽然秦宇已经被他控制住，但是他感到今晚自己在气势上，头一次占了上风。

于是周大千继续冲秦宇说："宋丽林为了房子不被收走，提出每隔一段时间，凑一笔钱还给我，也就几千块钱罢了。也是她主动示弱，说儿子还在上学，到处都需要钱。所以她陪我一次，我就从她还的账里，抽出十分之一，当作我心疼她的。这些，都是她自己主动提出来的。"

秦宇眼眶发红，听到周大千嘴里说出母亲的名字，还有这些无耻的事情，他心里面真的开始疼了，一跳一跳地疼起来。秦宇冷冷喊道："那你凭什么杀了她！"

周大千说："是因为你！那天我照例去你家里收账，晚到了一小时，宋丽林就不肯了，死活不脱衣服，说什么儿子打球快要回来了。我稍微一要求，她就拿出菜刀要死要活地逼我走，是她欠我钱啊！你家房子早都是我的了！那把刀，那把刀也不是我故意夺过来的，我气不过啊，我不夺过来，她真的会砍死我啊。这是怎样一个女人？好像让儿子看见我们俩在一起比杀人更加丢人似的。"

秦宇已经听得满脸泪水，可是腾不出手，连抹一下都没办法，只能任由周大千看到他这副表情。

几点了啊？他想，七点半是不是过了？是不是要没时间了？

秦宇张了下嘴，哽咽着说："所以，你把自己的指纹擦干净，然后从我家里逃跑了。随后你才想起来，当天你打出租车时撕坏了账本，那上面也可能有你的指纹，对吧？那个账本呢，你也从警察手里抢走了吗？"

周大千乐了："账本？我当时还真没想起来。我也是第一次干这种事，也没经验。宋丽林她当场就没气了，连救护车都不用叫了。我把你家里随随便便扫了一下，之后去国外待了五年多吧，或者六年……"

秦宇接着说："你拿到账本不是七年以前。是去年，去年冬天！陈春警官带着账本找上了你，是不是！杀害陈春警官的根本不是廖开勇，就是你！"秦宇整颗心脏如坠冰窟，跳都要跳不动了，"你在警察局走了一圈，居然又出来了！我们当时居然怀疑到了廖成龙身上，怀疑廖开勇是替儿子顶罪，可笑啊，他顶罪的人，其实是你！"

周大千上前揪住他的领子："你知道的，着实有点多啊。"

秦宇黯然笑着："你为了掩盖杀人，又杀了一个人啊。"

周大千将脸凑近，低低说："我也不想啊，陈春是个好警察，我拿他当朋友的，一直配合他调查孙老板那边的案子啊。可是有一天，他来茶馆里找我，那个账本套上了一个塑封袋，就搁在我面前桌子上。简直像颗定时炸弹，我都没发现它埋在那里，可是忽然它就要爆炸了。我不知道陈春从哪里怀疑上的我，明明已经过了这么多年。陈春说已经比对过指纹了，确认我的指纹，正是账本上遗留的指纹，他建议我去自首，否则就要重启当年的案子，按照程序依法逮捕我。是他一点机会都不留给我的，我有什么办法。"

秦宇说："那廖开勇，为什么愿意替你顶罪？"

周大千说："他哪是替我顶罪，他是真真正正袭警了，我在警察局没撒半句谎。廖开勇非要从陈春手中抢回他小儿子出轨的证据，我真是不懂，名声有那么重要吗？尤其还是死后的名声。但是在他眼里，还真就那么重要，我稍微提了一句，他就真敢动手了。只可惜，他只敢用扳手打了一下，陈春倒在地上以后，他就全慌了。我当时就躲在围墙附近看着，陈春明显还有气，只是晕过去了，我提醒廖开勇再打一下，做事最忌留有后患，可是他死活不敢了，扔了扳手就跑。"

秦宇闭了下眼睛："于是你就捡起扳手，又补了一下。"

陈新月说过，医院诊断她父亲后脑共挨了两下，第二下才是狠狠一击，造成了致命伤害。

秦宇缓缓抬起眼帘，看着周大千说："你也是左撇子吧？"

他刚刚拎登机箱用左手，动武主要用左手，连现在夹烟，都是用的左手。

周大千弹了下左手指尖的烟灰，笑了："有关系吗？小兄弟，要知道，你已经是死人了。"

秦宇心底忽然静寂一片，陈新月最初的直觉是对的，周大千就是杀害他父亲的凶手。只是这前因与后果，他多么不想让她知道啊。

他母亲当年的案子，导致了她父亲的死亡。而其中的联系，只是因为初中那年，陈新月向他多投了一些关注的目光。在她的心里，父亲就像太阳一样，温暖强大，能够照耀万物，所以她愿意把父亲偷偷分给他一下，这既是年少的喜欢，更是无私的欢喜。

那是她视为骄傲的父亲啊，她视为整个世界的父亲啊。秦宇可以预见，得知全部真相，无疑会把她推进更加自责的泥沼之中。

可是，他没有权力阻止她。

只是，他无法再背负着她的目光，继续前行下去了。

秦宇想，快要到时间了，是时候执行计划了。

秦宇慢慢抬起下巴，朝地上的烟盒看了眼："给根烟抽吧。"

周大千眼神揣度着，往后走了两步："听说监狱里的死刑犯，死前都能给吃顿好的，想吃什么给什么，想抽什么烟就抽什么烟。只可惜那些犯人，知道自己死到临头了，吃什么都吐得昏天暗地的……"

他拾起烟盒，又从地面捡起一条尼龙绳，在手里试了试，一起拿了过来。

周大千缓缓点燃一根烟，然后看着这捆绳子："本来可以伪造成你上吊自杀，但是工作量太大，咱们还是勒死之后土葬吧，毕竟我着急赶飞机。听说你妈埋在城西山坡？也给你在那附近选个地吧，让你们好好团聚一下。"

周大千面上笑着，把那根烟朝秦宇递了过来。

就这样了吗？还有什么想要做的？

秦宇深深吸了口烟，浑身似乎都不疼了，脑海里浮现出了那个黑色旅行袋。刚才只倒了一半，包里明显还有东西，是什么呢？会是那个账本吗？周大千想要处理掉的还有什么呢？

秦宇猛然睁开眼睛，周大千就站在他近前，穿羽绒服的男人就拦在他身后，在没人反应过来的瞬间，秦宇带着突破一切的力量，朝那角落扑了出去。

有人抄起钢管，从后狠狠砸向他的脑袋。秦宇闷声扑倒在地，他没有回头看，只是带着期待的目光，继续一寸寸爬向那个尼龙袋。

终于够到了，秦宇笑了，同时感到温热的血顺着脖颈流了下来。他迫不及待，将袋子里的东西彻底倒了出来，几本文件，依然是文件，没完没了的文件。直到最后一样，格外沉重，黑漆漆的，掉落在雪白的纸山上面。

秦宇不由得愣了，他抹了一下流到眼睛上的血，确认眼前是一把黑色的手枪。

周大千勃然冲了过来，伸手要抢，秦宇直接上前用身体护住。穿羽绒服的男人拾起地上的绳子，从后边绕在了秦宇脖子上。

"你撒手！你，你给我使劲啊！"

周大千从秦宇护在胸前的手里夺枪，同时对穿羽绒服的男人大喊。

穿羽绒服的男人把脚踩在秦宇肩膀上，双手拽紧尼龙绳，使劲向后使力。秦宇呼吸不上来，血气全都冲上了脑门，感到脖子几乎已经断了，但是他死死护住这把枪，脑中却是那天在警局里，窗外刚刚破晓的场景。当时陈新月疲惫地缩在沙发上，说："很奇怪啊，那天我爸的身上是佩枪的，但是被袭击以后，那把枪丢了。廖开勇掏走了我爸身上所有的物品，却唯独没有那把枪。"

她说，案发现场属于监控死角，巷子旁边有两米高的围墙，如果有人捡了枪，又翻墙跑掉，是很有可能的。

如果这个猜测是事实，如果这个人存在，那他无疑是除了廖开勇以外，最大的凶手。

秦宇抱着这枪，忽然感受到了一股前所未有的温暖力量。这是一把警枪，属于陈新月的父亲，我把它找到了啊。

脖子上的尼龙绳忽然绷断了，穿羽绒服的男人向后跌到地上。周大千大骂一声，起身拾起地上的钢管，狠狠朝秦宇的后脑砸过去。一下，两下，砸第三下的时候，原本趴在地上一动不动的人，忽然翻了个身躲开了，钢管咣当砸到地上。

周大千跟见鬼了似的，抄起钢管瞄准重新砸下去。秦宇后脑漆黑一团，衣服上满是血迹，甚至染红了周围的地面，他伏在地上，似乎再也动弹不得，可是周大千分明听到了一声沉闷的枪响，准确地来自这个人的体内。

这一棍没有再砸下去。周大千犹疑着，伸手把秦宇的身体掀了过来，看到他胸前慢慢渗出血来，血迹蔓延飞快，转眼间红梅一样怒放。

他的嘴唇轻轻合着，唇角似有笑意，好像一股热流从胸口灌入流至全身，他终于感受到了久违的温暖。

事实可以被掩埋，证据可以被剥夺，黑暗究竟有多远，我不知道。可是此时此刻，杀人现场完完整整展示在这里，周大千啊，你还能怎么逃。

周大千愣了好半晌，脚步才挪动了一下，忽然察觉迈不动步。他低头，看到秦宇手指紧紧钩住了他的鞋带，他又看向秦宇，秦宇表情终于一动不动，似乎获得了前所未有的平静。

周大千慌忙把他的手指踹开，这时穿羽绒服的男人却忽然小声说："周老板，我听到警笛的声音了。"

"闭嘴，别瞎说！"

"真的，老板，警车的声音啊。"

穿羽绒服的男人小心翼翼升起铁门，看到数辆警车闪着警灯，从各个入口朝车库这里聚了过来。铁门刚刚升起一道缝，穿羽绒服的男人就慌忙钻了出去，刚跑两步就被警察控制在地。

周大千僵在原地，再次看向躺在地上的秦宇，双手开始发抖。终于完全明白了，为什么他兜里揣着刀，却迟迟没有动手；为什么他带着录音笔，却轻易被发现了；为什么他恶作剧般地变出了一把胡椒粉。原来这一切都只是为了激怒他而已。

他失手杀了宋丽林，为了逃罪杀了陈春，他已经回不了头了，那么为了掩盖，他就能再杀一个人。

周大千盯着地面上的秦宇，不理解这是怎样一个人啊，为了搞垮他命都不要，却没有选择同归于尽，而只是献祭了自己。

是为了让他接受公正的审判吗，还是只是单纯地不想活了呢？

周大千不理解，想破了脑袋也无法理解。

周大千面朝警察慢慢举起手来，终于领悟了一件事情。原来这个车库不是他的牢笼，而是秦宇的陷阱。

以生命为饵。

今年第一场雪，伴着月亮升起，就这样落下了。

陈新月没察觉下的是雪，只觉得雨点打在脖子里，特别冰凉。她站在古茗茶馆的写字楼外面，手里抓着警戒线，视线死死望着楼道口，时不时打起哆嗦。

当她看到秦宇传来的短信里，写了古茗茶馆的地址，就预料到是怎么回事了。这个地方她也来过，在父亲殉职不久，她在父亲最后传来的照片里，发现了古茗茶馆的半截线索。她一路找到了这里，并且在这里，追逐到了周大千的身影。

她相信秦宇来到这里，跟她当时追逐的，是同一个人。

秦宇的短信内容很简单，古茗茶馆地下，立即报警。

陈新月立即照做，并且迅速穿鞋出门。在赶去古茗茶馆的一路上，她尚怀幽微的希望，或许秦宇只是发现了周大千的一些疑点，他并没有跟周大千面对面地硬碰。可是他的短信内容如此简洁，又是如此急迫，似乎警察一来，一切事情就能盖棺定论。同时，陈新月握紧了手机，她无比清楚，秦宇现在的处境，已经做不到亲自报警了。

两个小时以前，他打来电话，忽然说他想妈妈了。他说他一直在逃避，直到母亲死，都没勇气拉一拉母亲的手。现在回想，他那语音里的哭腔，与再也隐藏不住的软弱，简直像是诀别。

警察比她到得快。

陈新月来到大楼门口时，门前已经围起了醒目的警戒线，明晃晃的颜色，在雪夜里更是让人心发慌。她抓住一个面熟的警察问了情况，得知是地下车库里出的事。

陈新月再次掏出手机，检查了秦宇发来的那条短信。时间是七点四十整，一秒不差。她心里再次重重地沉了下去，知道这是一条定时发送的短信。

她没想到的是，没过多久，孙巍也来了。孙巍站在她身旁半步，也掏出手机，他收到的短信内容一模一样，只是发送时间是七点五十整。

孙巍开口说："我报警的时候，警察说，他们已经收到消息出警了。秦宇估计发现了什么线索，自己报了警吧，为了保险，所以给我也补发一份。"

陈新月始终望着大楼里面，没有吭声。救护车和警车都停在她身后道路上，如果警察出来，如果医护人员出来，都会经过她面前这个门口。

孙巍抬头望了望天空："嘶，天真冷，雨夹雪。"他又看着陈新月说，"你没穿外套啊，我把衣服借你。秦宇也是你朋友吧，他是个聪明人，你别太……"

"不要说话了，拜托你。"陈新月说，"我不冷，不用你的衣服。"

孙巍嘴张了一半，声音停住，随后他把脱了一只袖子的外套，又慢慢穿了回去。视线瞥过，身边的陈新月明明已经冻得嘴唇发白。

又有两名医生，从救护车里下来，跨过警戒线，匆匆走进大楼里。

过了不到十分钟，几名医护人员一起抬着担架，从门口出来了。

孙巍表情瞬间肃穆了。他看到那副担架是雪白的，在黑夜中移动，布单被风掀起一角，好像轻得随时要飘起来。可是刚刚进去的那两名医护人员分明是去搭把手的，几人一起围着担架赶路，好似担架有千斤重。

直到那担架往救护车上运，陈新月也木然地走了过去，孙巍才反应过来，这上面抬的人，别是秦宇吧？

医护人员问："你是陪同家属？"

陈新月说："我是。"

医护人员把门给她推开："上来吧。"

孙巍走过去："我也……"

医护人员问："也是家属吗？"

孙巍说："我不是，不过我可以……"

医护人员把车门带上："不管是不是家属，只能一人陪同，市重一院，你自己过来吧。"

救护车呼啸着开走了，警察也陆陆续续从大楼里出来了，前后押着两名犯人，都戴着头套，但孙巍依然能够辨认出，其中一人是周大千，另一个穿着羽绒服，一瘸一拐，好像是腿脚受伤了。

最后只剩下几名警察收拢现场，秦宇始终没有自己走出来。

所以，刚才担架上的那个人……孙巍再次望向救护车远去的方向，半天缓不过神来，头发上落了一层雪。

孙巍打了辆车，往第一重点医院赶，同时给该医院的熟人打了一个电话，拜托他照顾一名刚刚送去的患者，名字叫秦宇的，麻烦给他安排一间舒服的单人病房，再安排最好的医生，从哈尔滨调过去都行。

孙巍嘱咐了一大通，可是电话那边的人查了查，却小声说不用了。孙巍怒了，说："咱俩什么关系，这点事都不给办？"那边的人声音更小了，说："用不着安排病房了，再好的医生也用不着了，你所说的这个人，刚刚确实送到了医院，可是在抬上救护车之前，就已经没了呼吸。"

出租车冒着风雪向前行进，两股车灯照亮前路，整条道路空无一人。雪花越飘越大，这漫天飞舞的场景，好像正在为谁撒着纸钱。

孙巍握紧手机，感到整个胸腔被重重砸了一下，只觉得呼吸急促，险些喘不过气来。

古茗茶馆写字楼前，最后几名警察也离开了，警戒线也随之撤走，只剩地下车库的案发现场，还围着小小的一片空间。

谁也没有注意到，路边还停留着一个人。他八点多钟到来，一直站到了现在，其间他几次掏出手机，读着屏幕上那封短信。

"古茗茶馆地下，麻烦叫救护车。龙哥，之前误会你的事，抱歉啊。"

一共两句话，最后那句，好像是思索一番，才打上去的。

夜已经很深了，廖成龙收好手机，跺了跺冻僵的脚，转身往回走。刚刚来到这里时，他见到白色担架抬走了一个人，也看到陈新月紧随其后，上了救护车。那担架上蒙着白色单子啊，哪个患者好好的，会用白单蒙住脸？

廖成龙一路踩着雪脚印，慢慢地走回家，他哈出一口白气，心里头知道，自己又一个弟弟，离开了。

孙巍进医院以后，询问了前台的护士，然后一溜小跑，直到看见了坐在走廊尽头的陈新月。她身边还陪着两名警察，不知是在问话，还是在安慰她，总之陈新月一言不发，她旁边椅子上还搁着一件警服，应该是哪个警察拿给她的，陈新月也没有碰。

孙巍远远望着，忽然觉得这个姑娘瘦得要消失了。

两名警察陆续从陈新月身边走开了，孙巍跟了几步，拦住其中一位："警察同志，秦宇他……"

警察停步皱眉："你是他什么人？"

孙巍刚要开口，这警察认出他了："孙老板的儿子，孙巍，是吧。前几天夜里，就是你在警局闹事。"

孙巍老实点头："是，那不是因为周大千吗。这回也是因为周大千，我收到秦宇的短信，让我赶紧报警。可能还是晚了，周大千他就是狠人一个……我是秦宇的朋友，我想问问，秦宇他真的……"

这名警察遗憾地摇了摇头。人真的没了，孙巍肩膀一下子塌了，警察拍了拍他的肩："节哀。过两天来警局一趟，关于你爸的案子，还要找你了解情况。"

这名警察说完继续往外走，孙巍追了两步，很想问问他当时现场发生了什么，可是张开嘴，嗓子眼就哽住了。他呼了口气，问："警察同志，通知秦宇家属了吗？我可以……"

警察回头："我们调查到秦宇父母都不在了，那个女孩也始终不说话，你认识他的家属？"

孙巍说："我认识他弟，有血缘关系的那种。"

警察点了下头："麻烦你通知他，来医院一趟吧。"

后半夜的时候，宋浩宇来了，跟许一朵一起。宋浩宇手里拎着两个购物袋，许一朵还拿着半袋爆米花，两人好像刚刚看完夜场的电影。

孙巍提前躲开了。宋浩宇走到陈新月旁边，许一朵坐下拉起陈新月的手，陈新月抬起眼睛，看到两个人眼眶都是红红的，听到他们嘴里都在问怎么回事。

陈新月什么也解释不出来，只是指了一下："他在里面，还没进太平间，宋浩宇，你进去看看他吧。还有，应该告诉你爸，他是长辈，知道这种事情都有什么流程，秦宇应该也没有其他亲人了。"

宋浩宇双眼直愣愣的，半晌才挪动脚步，推开那扇病房的门。他手里仍然拎着那两个购物袋，一直忘了放下。直到走进病房里面，他手里的袋子还在窸窸窣窣地响，好像正在拎着礼物，去看望一个不熟悉的朋友。

陈新月站了起来，说："我先回去了。"

许一朵也站了起来，陈新月对她说："你等宋浩宇一起。"

许一朵拽住她的胳膊："不，我得陪你。"

陈新月对她笑了一下："我想一个人走走，我没事的。秦宇是宋浩宇他哥，他们从小一起长大的，宋浩宇心里肯定更难过，你要陪着他。我跟秦宇刚认识多久啊，我没事的。"

许一朵望了一眼病房，又看着陈新月。陈新月轻轻拍开她的手："你留在这里，这有一件警服外套，你冷的话可以穿。"

许一朵刚要开口，忽然听到病房里爆发出宋浩宇号啕大哭的声音。陈新月对她摇了下头，示意她止步，然后转身走出了医院。

秦宇遗体的火化，安排在了三天后的清晨。他年少去世，尚未立业，没有成家，也没有太多朋友，因此他没有属于自己的葬礼。即便有，宋洪峰作为长辈，也没有办法出席。于是宋洪峰铆足了劲，多花了两千块钱，把秦宇的火化安排在了当天第一炉。

据说第一炉意头好，第一炉里烧的人，能够走得更安稳、更干净。宋洪峰给焚化厂那边塞了两千块钱，回来路上一直念叨着，秦宇从小就爱干净，渴了饿了不哭，被吓着了不哭，唯有尿裤子了，立即开始大哭。有的时候掀开尿布一看，上面只有几滴。但就是哭，就是爱干净，尿了就必须换。他走的那天也是，下了一整晚的雪。宋洪峰第二天清早收到电话，手机当场吓得掉地上了，他着急忙慌下楼，一出楼道，漫天满地的雪白，一个脚印都没印上，干净得直刺人眼。

宋洪峰跟宋浩宇一起去的焚化厂，也是一起回来的。宋洪峰一直念念叨叨，把秦宇从小到大念了个遍，宋浩宇却一直愣愣的，丝毫没有在听，也不知宋洪峰在跟谁说。

秦宇火化结束的下午，陈新月去了一趟警局。

是于洋打的电话，本来怕陈新月不来，可是电话挂了没多久，陈新月人就到了。她自己拉了把椅子坐下，对于洋说："什么事？"

于洋先倒了杯茶，又从抽屉深处翻出一盒进口饼干，看陈新月始终无动于衷，于洋只好直接说事："新月，师傅的案子，要重新审理了。"

陈新月说："廖开勇终于要翻案了？"

于洋说："可以说是这样。我们在秦宇的死亡现场，找到了师傅丢失的手枪……"

陈新月眼皮动了一下，或许是死亡现场几个字，刺痛了她。陈新月抬起眼睛："你现在开始叫师傅了？之前不是都叫陈春同志吗？"

于洋叹了口气，换词继续说："陈春同志当年遇害以后，丢失了一把手枪，几经搜索无果。我们认为除了廖开勇，还有一个人到过现场，并且拿走了枪。现在可以证明，这个人就是周大千。通过再次审问，廖开勇承认，当时他跟踪陈春同志至小巷，只拿扳手打了一下，然后慌忙逃跑。周大千一直埋伏在暗处角落，跟着捡起扳手，又狠狠补了一下，廖开勇逃跑几步之后返回，正好把全部场景看进眼里。周大千当时戴着手套，并未留下直接证据，同时周大千又用廖成龙的前途加以威胁，廖开勇便一人扛下了罪名，周大千随后翻墙逃跑。"

陈新月说："那廖开勇也袭警了，他什么罪？"

"还是要服刑，但起码有生之年，能出来了。"于洋说着，想起审问廖开勇的场景。刚开始他还十分畏惧周大千，再三确认周大千已经服法，他才肯吐露真相。当得知自己能够减刑以后，廖开勇感动得老泪纵横，只来来回回说了一句话，我终于能再看看孙子了，我终于能再看看孙子了。

陈新月问："秦宇胸前的枪伤，鉴定结果出来了吗？"

于洋说："就是你父亲丢失的那把枪打的。"

陈新月闭上眼睛，深深吸了口气。当晚在救护车上，她不顾医生阻拦，掀开白布将秦宇仔仔细细看了个遍。他头上都是淤血和裂口，显然是被棍子狠狠击打过无数下，血流满了他的整张脸，如今凝成血痂，连面容都辨不清晰。同时，他脖子上留有一道深紫色的淤青，勒他的人像是要置他于死地，手臂和腿上也皆有伤痕。但是他承受了这么多——这些其他人可能一百辈子也承受不了的伤痛，他那时却依然活着，陈新月相信，尽管已经被折磨透了，但他仍然撑着一口气的，否则他胸前，不会还有一处枪伤。

这枪伤才是最致命的。

陈新月不能去想，一想起掀开白布，秦宇那饱受折磨的模样，她心里就揪着痛，直到痛得想吐。

于洋继续说："但是有一点，枪不是周大千开的。"

陈新月抬起苍白的脸："什么？"

于洋说："周大千从始至终都没拿到枪，枪是秦宇从他的包里翻出来的。周大千当时在车库取车，并且带着一包东西准备销毁，秦宇强行闯入，把那一包东西全都翻出来了，我们进入车库的时候，白花花的纸张飘得满车库都是，随便几样文件，都足够给周大千定罪了。那把枪，也在即将销毁的包里。"

陈新月明显愣了一下，随后大声说："他是自己开的枪。"

于洋被她吓了一跳，点了点头："是，秦宇自己开的那把枪，指纹检验也证明了这一点。或许他是承受不住折磨，选择自杀。"

"不是的。"陈新月脸上忽然升起一种无比笃定的神情，直视着于洋说，"秦宇不是自杀，他也不会自杀。他知道那把枪是我爸的，他是故意的！"

于洋没说话，不知道故意开枪，和自杀有何分别。

陈新月问："如果你们没有赶到，如果周大千杀人以后，再次逃脱了，你们从秦宇的身体里，能不能检验出子弹的痕迹，来自我爸那把枪？"

于洋点头："可以的，陈春同志的枪一直记录在案。"说完，他也忽然间明白了。

陈新月说："当秦宇看到了我爸的手枪以后，一定就想出了这样的主意——把子弹射进自己的身体。你们只要发现尸体，就能检验出子弹，就知道还有一个凶手，带着我爸的警枪逍遥法外，他才是真正的凶手！秦宇已经让我报警了，已经让不止一个人报警了，可他还是不放心，生怕周大千再跑了，于是他要用最极端的方式，告诉你们这件事情！"

于洋不自觉地发愣，这样惨烈的事实，被陈新月喊似的说出来，于洋后背出了一层冷汗，简直一句话也接不上来。过了好一会儿，于洋才开口："你说过，报警短信是秦宇定时发送给你的，其实那时已经晚了。进入车库之前，他就报警就好了。"

陈新月表情凝住了，声音变得喃喃："他在走进车库之前，就已经想好了。他叫你们过来，只是为了展示一个杀人现场，他想向你们证明，周大千真的有罪，他罪证确凿……"

　　陈新月说完这番话，脸色忽然煞白，弯着腰蹲了下去。

　　于洋连忙扶她："怎么了？"

　　陈新月紧紧护住自己的胸口，好半晌，才挤出声音："胃……好难受。"

　　于洋说："新月，你是心里难受。"

　　陈新月摇头："我胃很难受，我好想吃东西。"

　　于洋说："有饼干，要不喝点水？"

　　陈新月继续摇头，直到慢慢流出泪来："我胃好疼啊，于洋哥哥，我想吃东西。"

　　于洋急忙问："那你想吃什么？"

　　陈新月抹了一把脸，泪水却越流越多："我想吃肯德基，想吃炖排骨，想吃茄盒，想吃糖炒栗子……于洋哥哥，他正在炖一锅羊排，可是他说缺胡椒粉了，然后就再也没有回来。他说他在等糖炒栗子，新出锅的最好吃了，可是他再也不回来了。于洋哥哥，我想吃糖炒栗子……"

　　于洋单手扶着陈新月，另一只手冲着一个小警员使劲挥，小声嘱咐："去买，快去买！"

　　小警员："啥啊？"

　　于洋吼："糖炒栗子，快去！"

　　陈新月在这间熟悉的办公室里，蹲在地上，抱着于洋的一只胳膊号啕大哭。半年以前，她也是这般泪流满面。只是这次流泪，太过沉重，已然索走她一生的泪水。

第六章 午夜

事情过去几月，转眼间过了年。

陈新月今年三十是在母亲家过的，郑诚舟包了海鲜饺子，做了一桌好菜。初一陈新月关在卧室守着电视，看了一天春晚重播，初二这天，她按着习俗去祭拜父亲。

父亲的墓碑在城西半山腰一座陵园里，整座山上有不少墓地，但父亲所在的陵园据说风水是最好的，因为父亲算是烈士。不仅风水好，风景也好，雪水滋养之下，周边不少草木还是绿的。陈新月带了一束花，一瓶好酒，放在父亲墓前，说了会儿话。

她说，自己寒假以后，就要回去继续上学了。虽然比平常晚了两年，但起码可以拿个毕业证。有个人对她说过，毕业早点晚点，差别不大，只有上学的时候，才觉得留级是件可丢人的事了，在班里就是最老的了，其实等到了社会上，大个五岁十岁都没差别。

陈新月为墓碑上的父亲的照片轻轻扫去灰尘，然后看着他说：
"爸，我说的这个人啊，名字叫秦宇，跟我一般大。你在那边，或许能遇上他。你不认识他没关系，他认识你，没准他已经找到你了，或许你们已经聊过天了吧。

"秦宇他人挺好的，爱好也多，什么都会一点，你爱下棋，爱打球，他都能陪你。对了，他也爱抽烟，只是他舍不得抽好烟，你的烟现在不用塞给你的徒弟们了，可以分给他几条，他应该特别高兴。"

陈新月把鲜花和酒仔细摆好，又嘱咐了一句："对了爸，秦宇他不喝酒，尤其不喝白酒，为什么你就别问了。总之这件事，你要记得啊。"

陈新月离开父亲的陵园以后，朝山脚下望了望，她知道距离不远，就是秦宇的墓碑。可是她手上什么也没有了。

陈新月首先回了城里，找了大半天，正月初二，大部分店铺都休了，更别提其他小生意。下午时分，她终于在一家商铺门口找到了卖糖炒栗子的。

陈新月买了一大包糖炒栗子，重新坐上了去墓地的大巴车。

秦宇因为去世得太早，家人只把他安葬在了坟地最边上，孤零零的，好像是受了排挤。但其实并没有，陈新月一路朝他走过去，知道是习俗如此。人们在地上生活，年龄一年年地长，秦宇在地下，年龄也在一年年地加，等他岁数足够了，自然会迁到坟地的中间位置来。

这是陈新月第一次来看他，之前没敢来，怕难过。可是到了这里，陈新月感觉自己哭不出来。哭不出来就好，就没人看到她难过。

秦宇照片选得不好，额头上还带着皱纹，不知拍照时正在思考什么难题，总之形容严肃。陈新月盯着他看，明明年纪轻轻，却显得比她父亲的照片，还要老些。

陈新月摇了摇头，难看归难看，还是要凑合着看，她在墓碑前坐下了，打开纸袋，一颗颗地剥栗子。

陈新月有些不知道说什么，去父亲的墓地已经习惯了，对着照片说话也自然而然。可是对着他的照片，尤其是这么严肃的照片，还是第一次。陈新月于是默默坐着，看他一眼，然后剥几颗栗子。

慢慢剥完一袋栗子，天也黑了下来。陈新月把栗子仁在他面前摆得整整齐齐，组成了一片阵列，然后她离开一步，回头看一眼，离开两步，又回头看了一眼。一片整齐的栗子仁，只要他吃掉一颗，就会特别显眼，可是陈新月几步一回头，直到彻底看不见，栗子却一颗没有少。

坐大巴回到城里，天也彻底黑下来了。

陈新月上楼打开家门，见客厅没有人，往里走了两步，看到母亲和郑诚舟站在厨房的窗前，正在一起吃橘子。郑诚舟剥开一瓣橘子，塞进母亲嘴里，母亲摇了摇头，说："你这个不如我的甜。"然后拿起一瓣，塞给郑诚舟。郑诚舟满脸都是笑意，说："果然你会挑，以后家里东西都得你买，我买的都是酸的，你买的才是甜的。"

厨房暖黄的灯光底下，两个人像演你侬我侬的情景剧一样。

陈新月转身直接出了家门，轻轻把门带上，没发出一点声音。

陈新月在街上漫无目的地逛了一会儿，忽然想起前两天，她在群里说起要回去上学了，许一朵连忙说她有一些毕业论文的资料，特别有用，宋浩宇那里也有，两个人资料汇总了一下，放在宋浩宇家里，让陈新月有空去取一下。

陈新月没有打车，一路走到了宋浩宇家的饺子馆附近。此时已经晚上九点多了，估计他们已经吃完了晚饭，初二饺子馆应该不营业，如果店里没人，陈新月就给宋浩宇打个电话，然后去他家里取。

可是距离饺子馆还有十几米，陈新月停住了脚步，她看到许一朵也在店里，跟宋浩宇，还有他父母一起，围着桌子正在打麻将。

陈新月想起来了，许一朵说过，今年她家人都在国外回不来，却想不到她来宋浩宇家里过年了。

店里暖气烧得热，所以掀开了一半棉布帘子透风，四人围着一张方桌打着麻将，忽然许一朵一把将牌推倒，双手使劲鼓掌，然后指着宋浩宇笑，显然是宋浩宇给她点了炮。宋浩宇挠了挠头发，他父母在两旁和和气气地笑着，一家人温暖又其乐融融。

陈新月往后退了一步，又退了一步，转身快步离开了。

她沿着街道一直走，直到走进了一家肯德基里，这个在过年的夜晚，少数还在营业的店铺里。她坐在最里面的座位上，挨着窗户，看着窗外高高挂着大红灯笼，远处家家户户灯火温暖。她往座位里缩了缩，又缩了缩，直到抱腿缩成一团。

她想到了跟他夏天喝啤酒，秋天涮火锅，想到了看电影时他想牵她的手，却没张开嘴，想到了在警员宿舍的雨夜中，她轻轻靠住了他的胸口，想到他说要陪她一起去哈尔滨上学，要让她过上舒服的日子。她问真的吗，他说一定。

她问真的吗，他说一定啊。

窗外夜风刮起，天空又落下柳絮般的雪。风声带起空洞的鸣响，好像来自遥远的冰川世纪。陈新月就这样愣在窗前，忽然感到特别冷。

结束语

流星划过的那夜，我的父亲倒在街上，丢失一把枪。

初雪降临的傍晚，扳机再次扣响，那把枪的子弹射穿我爱人的胸膛。

这是世上最爱我的两个人，

与他们之间唯一的联系。

从此以后，

再没人搂着我说去把冰箱填满，

没人给我送馄饨汤。

番外

一天傍晚，陈新月在一家文身店门口站了许久，几次鼓气，终究没有走进去。

她手里捏着一幅小画，画中是一株仙人掌，孤零零立在波浪状的沙砾中。而那天是她十四岁的生日，此次文身是她打算送给自己的生日礼物。

文身店内偶尔传出尖锐的机器声响，偶尔又传出大声的混着脏话的谈笑，陈新月不确定里面是否是正经生意，这家位于脏乱差的商业街二楼的小店在她眼里也越来越像一家黑店。

陈新月退后一步，再退后一步，最终转身跑下楼梯，文身行程以失败告终。

此时距离父母离婚不到一个月，母亲从没打来一个电话，父亲已经连着一周睡在警局办公室里。十四岁这一年的陈新月，没有任何生日礼物。

陈新月在班级里也越来越沉默。她是初二快结束时转过来的，这所学校距离父亲工作的地点更近，师资力量也是全市最强的，可是那又有什么用呢？陈新月每天课上低着头，放学书包都不背，一个人慢吞吞地回家。

临近期末，各科作业都是自批自改，老师在讲台上讲解答案，陈新月在空白的试卷上随意画画，一个月来老师都没有留意过她，更别提引起父亲的任何额外的关注了。

没敢踏进文身店的第二天，陈新月趴在课桌上，握着一支黑色中性笔，卷起校服衣袖，在小臂上慢慢描绘那个仙人掌的文身图案。

当天下了一场暴雨，体育课改成了自习课，临时监课的老师是他们年级教导主任，出了名的严厉刻薄，所以没人敢有怨言。

教室保持着绝对安静，周围同学笔尖落在作业纸沙沙作响。

陈新月在胳膊上画上一两笔，就把笔甩一甩，或者往纸巾上蹭几蹭，再继续往皮肤上画。仙人掌的图案逐渐成形，微微尖锐的疼痛无限扩大了她的孤独，她放轻呼吸，整间教室，或者这整个世界都只剩下她一个人。

描绘仙人掌尖刺的时候，中性笔却怎么都不下水了，陈新月把笔尖在纸上使劲画了几道，又继续往皮肤上戳，忽然班级前门咣当巨响，被不知何人一脚踹开。

全班都被大吓一跳，陈新月皱眉，胳膊被笔尖扎出了血。

她比其他人抬头慢了半拍，看见一名黑瘦的男生已经大摇大摆晃到了讲台中央，睥睨全班，同时指着大声喊问："刚才都有谁？去给我们班道歉！"

教室门框里还发着嗡嗡余响。

全班怔愣几秒，很快同学们开始小声交谈，陈新月听到右边有个女生说："这不是隔壁班的秦宇吗？打篮球赛的那个。"前边的女生朝右扭头："是啊，真敢啊，闯咱们班有什么事啊？"右边那个女生说："估计是因为他们班得了一等奖的黑板报被抹了，就是被那几个……"她朝教室后面努了下嘴，后半句话自动静音。

陈新月明白，这个女生指的是坐在班级后排那几个不学无术的"坏学生"。她虽然刚转来不久，跟大部分同学都少有交流，但是对班级氛围也有了大致体会。那几个学生下课就凑在一起，俨然形成了一个混天混地的小团体，其余同学都对他们避而远之。

教室里的说话声越来越大，瘦小的教导主任拍着讲桌维护秩序，不料秦宇反客为主，一巴掌猛拍讲台，扫视全班："我知道有谁，是你吧，你带的头。"后排有个男学生表情不对，被他一眼抓住了。

那个男生挑衅地站了起来，秦宇用眼神直接跟他斗上了架。然后秦宇点了两下头，撸起袖子直朝他冲了过去，那个男生旁边的两个同伴也跟着站了起来。

陈新月课桌上摞了十来本书，为的是趴在桌上有安全感，那些书就像一堵拒绝与他人接触的墙。随着秦宇扫过身边，陈新月眼看他的胳膊肘撞歪了底下的一本书，然后整个书墙轰然倒塌。

书本噼里啪啦跌到地上，秦宇冲锋的脚步被生生打断了，他回头看情况，怔了一下，然后立即蹲了过来，手忙脚乱地把书捡起来。

"对不起啊……"

全班的视线都投到她这里，陈新月愣了片刻，原本想说没关系，又想说"我自己来好了，别耽误你打架"。可是什么话都没来得及说，教导主任已经迈着小步赶了过来，揪住秦宇的脖领，像老鹰捉小鸡一样把他从地上逮了起来。

"太不像话了，你你你，你跟我去办公室。"

秦宇手忙脚乱，把一摞书放到陈新月的书桌上，鞋子又被地上的书绊了一下，他夸张地踉跄了一步，班级里顿时传来笑声。

　　"安静！你，还有你，都给我坐下！"教导主任揪住秦宇的脖领子，又把教室后面那几个站起来的男学生瞪了回去。

　　秦宇趁机在陈新月的桌角上轻敲了一下，陈新月抬眼，却看到秦宇张了下嘴，目光忽然看向她的胳膊。

　　她手臂内侧的皮肤上，涂鸦的仙人掌文身分外醒目，刚刚被笔尖扎破的皮肤渗出了血珠，好像仙人掌上开出了一朵花。陈新月感到一阵被冒犯的脸热，赶紧伸手把文身捂住了，再抬眼，秦宇冲她快速抱了下拳，真诚地小声说："对不起啊，你自己捡一下……"然后嘴里哎哎呀呀的，被教导主任一路拽出了教室。

　　在教导主任这位小老太太手下，秦宇身体被迫弯成了一只虾，跨出教室门的姿态十分搞笑，也或许是他刻意为之，于是教室里同学们又发出一阵笑声。

　　这笑声里没有嘲讽，反而带着一种配合，像是同学们为他对于平淡的自习课堂增添了几分色彩的感谢。

　　在这阵笑声里，陈新月忽然感觉心情轻松了一些，因为她感受到了一种蓬勃阳光的生命力，这把她从死气沉沉的状态里托了起来。

　　她慢慢松开护着胳膊的手，看着自己画了一大半的仙人掌。如果拿植物类比，那个男生一定不是仙人掌，他是一株带着新鲜绿色叶片的小树。

　　之后半节自习课，教导主任始终没有回来，同学们心都散了，开始零零碎碎聊天。

　　陈新月把桌上书本重新整理好，心里面想，教导主任一定正在办公室狠批那个男生呢。秦宇，那个男生是隔壁五班的，名字叫秦宇。她默默念了两遍这个名字，同时产生了一个想法，她转学如果去的是五班就好了，跟那个男生在一个班里，生活会不会变得更有趣一些。

陈新月对秦宇留了很深的印象，可她没想到，这么快又会见到他。

当天放学后，陈新月脚步慢吞吞的，从另一个小门出了学校。这个校门距离她家最远，可是这正合陈新月的心意，她就想漫无目的地逛一逛，反正回到家里，也只有她一个人。

出了校门不过几百米，陈新月看见路边歪着一辆旧自行车，道路靠里有一片工地，门口堆了不少施工废料，一个身穿校服的人正在里面窸窸窣窣翻找什么。不一会，那个人直起身来，握着了一根细细的竹竿，还颠了颠，似乎感觉挺趁手。

陈新月一眼就是认出了这是秦宇。尽管他没有转过身来，可是他瘦高的个头、吊儿郎当的姿势，都很好辨认。她往前紧走几步，看着秦宇跨上了自行车，他的校服外套飞起，衣角用粗彩笔写着秦宇两个字，字形幼稚，像是初学写字的小孩子信笔描的。

秦宇单手扶把骑车，右手握着竹竿，在地面划出一连串吱呀声响。直行骑了不远，他便拐进了一旁的巷口里。

此时天刚擦黑，尚未亮灯，巷口里黑黢黢的。陈新月不自觉警惕起来，她从书包里掏出小灵通握在手里，慢慢朝那巷口走过去。

距离几步远，她便听到秦宇的吆喝声："让她俩先走，我不打女人。"

巷子里传来陌生的哄笑声，有男声，也有女声。陈新月走到近处，探头看进巷子，那辆旧自行车倒在一旁，秦宇已经开始挥舞竹竿了，把对面几个人唬得一愣一愣的。

对方为首的，正是秦宇今天在她班里挑衅的那个男同学，其余两男两女都是跟他一伙的。

眼看那些人把秦宇团团围住，陈新月连忙在小灵通上按出父亲陈春的电话，正欲拨打，忽然见秦宇一竿子打在一个最壮的男生腿上，那人瘸着退了两步，又一竿子打在另外男生背上，竹竿带着力道呼啸的风声，那人也顿时躲远了一步。

陈新月便暂时没打电话，因为她感到秦宇占了上风。

可随即局势急转而下，团伙里的两个女生耍赖一般围上来，一人抢夺秦宇手里的竹棍，另一人绊他的腿。秦宇坚守着不打女人的底线，闪躲之间被她们绊倒在地。随后几个男生围攻上来，对他开始拳打脚踢。

陈新月赶紧拨号，电话接通，只匆匆说了一句："爸，学校北门出来的巷子，你快来！"

据事后陈春所言，当时他以为女儿被什么歹人欺负了，开上警车带俩徒弟就一路呼啸过来了。

可是即便如此，也用了将近十分钟的时间。

陈新月打完电话，又探头朝巷子里看，秦宇双手紧紧护住头，周围人一脚一脚踹在他身上，一个女生居然随手捡了石块扔他。

陈新月赶紧站出来，大喊一声："警察来了！"

那几人顿时停住了。巷里有小灯，巷外的路灯还暗着，陈新月站在昏暗的巷口，面孔不明，但是她指着身后急切喊叫："那边有警察来了，来抓人了！"

"停，停，撤吧……"

那几个学生犹豫几秒，然后丢下秦宇，朝巷子深处跑走了。

漆黑的地面上，秦宇蜷缩成虾米，过了几秒，摊开身体"哎哟"了一声。陈新月松了口气，不想现身过去扶他，于是立即转身跑回学校，把门卫室里的保安喊了过来。

保安跟着她一路小跑，重新回到巷口，原先躺在地上的秦宇却不见了。陈新月刚疑心他自己起身走了，却忽然听见巷子更深处又传来打斗的声响。

陈新月躲在保安后面，朝巷子里找过去，看见秦宇又跟那几个学生缠斗成一团。他锁住其中一个男生的腿，另一个男生被他钳在身下，虽然自己也挨了几下揍，但对方也没占什么便宜。

陈新月心里直叫骂："我虚张声势把人吓走了，你自己倒好，居然又追上去讨打。"

保安赶紧上去阻拦，就在这时，巷外终于传来了真实的警笛声。

陈春和另外几名警察进去处理这起打架斗殴的事情了，陈新月坐回了警车上，静静等着父亲出来。她相信，从始至终，秦宇都没看见她，也不会辨出她的声音。

这样也好，因为她当秦宇是朋友，单向的朋友，而帮助朋友是应该的。

不过半小时，事情就处理好了。陈春让两个徒弟先回警局，自己今晚陪女儿。

这一天，陈春没有带陈新月回家，而是去了一家陈新月最爱的烧烤店。

路上陈新月问："爸，那个男生呢？"

陈春故作不知："你说哪个男生？打架的一共三个小浑蛋呢。"

陈新月瞥他一眼："秦宇。"

陈春："噢，你说被打的那个小浑蛋啊，他先走了。"陈春看向女儿，"他叫什么来着？秦宇，是吧？"

陈新月闷闷"嗯"了一声。

她第一次向作为警察的父亲求助，还是为了一个男同学，难免不自然，她怕说多了父亲误会，可是什么都不解释，父亲更容易误会。

陈春微妙地咳嗽了一声，主动说："都没受什么伤。你们这个年龄的小孩皮实着呢，打一架，什么事没有，能跑能跳。"

过了一会，陈春又说："那孩子从地上爬起来以后，主动跟我认错，他说'警察叔叔，别告诉我妈，我怕她生气'。我说需要等学校领导来了处理，是否请家长，由学校决定。然后他犹豫了一会，又过来跟我说，'警察叔叔，我怕我妈担心，求你了，别告诉她'。

"这孩子也是奇怪，被五个人围着打的时候没哭，鼻青脸肿地爬起来没哭，说到怕他妈担心，表情明显就是要哭了。当时我看了看他，就挥手让他先走了。"

陈新月沉默了一会，然后说："他不是那种打架斗殴的坏学生，爸，别为难他。"

走进烧烤店，陈春点了一桌子女儿爱吃的，尤其是女儿最爱的烤扇贝和鱼豆腐，都点了双份。然后他掏出一个小盒子，递给女儿说："爸爸前些天加班太忙了，要不是今天这事，也挪不开时间。迟了几天，女儿，生日快乐。"

陈新月打开盒子，看到了一个可爱的粉色翻盖手机。她愣了半晌，然后抬头，隔着满桌的好吃的望着父亲，幸福地微微笑了。

不知是因为离婚的缘故，还是因为接连几天的加班工作，在烧烤的烟气中，父亲显得沧桑了许多。

那一刻，陈新月感到这些天来积累的那种赌气的感觉荡然无存。离婚是对她的伤害，但更是对父亲的伤害，从此以后，少了一个女人对他好了。

陈新月手里握紧手机，心里暗暗发誓，今后她要多给父亲打电话，她要多关心他。

经过这天，之后在学校的日子里，陈新月也开始默默留意秦宇，留意他的名字，以及可能与他相关的事情。

比如路过走廊张贴的年级成绩单，她会在其中寻找秦宇的名字，比如路过篮球场，她会朝里面张望一圈，看看有没有秦宇的人影。

找到了，也不会怎么样，她只是会心地一笑。或许只是因为在这个陌生的学校里，她形单影只，于是默默在心里为自己交了个朋友。

可是她这位朋友，却很快出现了状况。

初二下学期月考，他考了年级第七，名字耀武扬威地写在学校的大红榜上，期末考时他考了第十二，也算是稳定且优异的成绩。可是初三以来的第一次月考，他的成绩却遭了滑铁卢，当时陈新月在公布的成绩单前面站了很久，都看到自己的姓名了，又往下数了几百名，才看到他的名字，年级倒数第五。

从那以后，陈新月会在课间时频繁路过操场，放学后更是在操场边逗留很久，却再也没有看到秦宇打球的身影。

她知道秦宇一定遭遇了一些事情，可是她在五班里没有认识的同学，她不知该向谁询问，也不知该如何了解。

直到第一次模拟考试那天，陈新月瞥见教学楼下停了一辆警车，两个民警站在不远处的树荫底下，正跟一个穿校服的学生交谈些什么。

站在楼上，又隔着窗户玻璃，可是陈新月觉得那个学生就是秦宇。

她不顾接下来的数学考试，一口气跑下了楼，距离那警车越来越近，陈新月的脚步却发放慢了。

她看到秦宇深深埋头蹲到了地上，肩膀抖如筛糠。

那一瞬间，陈新月听不到民警的安慰，听不到喇叭里持续响起的考试开始的铃声，只听到了那个少年绝望悲怆的哭声："不要问了，我只是想回家……我想我妈，我想回家了，可是再也回不去了，我只是……
好想回家。"

考试正式开始，整座校园静寂，冬日蓝色的天空一丝云彩都没有。

陈新月双手握拳，在原地僵了很久，然后她躲回楼里，掏出那个粉色翻盖手机——那只属于她的十四岁生日礼物，给父亲打了一个电话。

"爸，你记得秦宇吗？对，就是那个小浑蛋。你们局里有人来学校找他了，应该是他家里出什么事了。"

父亲在电话那边说了什么呢，这个案件不由他负责，这个案件已经快结案了。

可当时陈新月什么也没听进去，只是深深吸了口气，然后央求说："爸，无论怎样，你帮帮他。"

那个少年说，他再也回不去家了。

我第一次见人这么难过。

爸，你是我心里最万能的大人了，你也是我最信任的大人了。

所以这一刻，爸，请你帮帮他。

握着手机，陈新月抬头，教学楼泛黄的门框外面，一排黑鸟飞过高空。

你看见了吗？

这一刻，命运之网缓缓降落，透明天空竖起耳朵。

漫延开来的冗长冬日，终会结束。

虎哥

HUGE

甲虫花花 —— 著

JIACHONGHUAHUA

长江出版社 CHANGJIANGPRESS

冬日焰火 · 随书别册

短篇《虎哥》

力潮文创
POWER TIME

白鲸文化

为纯粹的乐趣而读

冷茶浇不灭热血,
尊严在绝地里逢生。
想活得滚烫, 便活得滚烫。

力潮文创
POWER TIME

白鲸文化

为纯粹的乐趣而读

冷茶浇不灭热血，
尊严在绝地里逢生。
想活得滚烫，便活得滚烫。

一

李虎午觉睡醒，天已经黑了。

他没脱鞋，也没盖被，但阁楼一点也不冷，暖气片就在床头，熏得他满脸热乎气。

李虎望着昏暗的天花板缓了缓神，往下一蹿，一下子站起来。他顺着楼梯吱呀吱呀走下去，把一楼的灯打开了。

李虎拾起脸盆，接了半盆水，把抹布扔进去泡着，然后把盆移到一张桌子上，搓了两下抹布，开始擦桌面。

李虎经营一家麻将馆，门面不大，只摆得下三张自动麻将桌，生意好的时候，还可以再加两张方形折叠桌，不过那就很拥挤了，人们摸牌出牌一激动，胳膊容易碰在一起打架。

李虎把桌椅都抹了一遍后，哗啦啦打开店门。

他站在门口点了根烟，眯起眼睛吸了两口，然后从门边拿过扫帚扫地。

他麻将馆晚上营业，早上门口会聚着几家卖早餐的，拖拉到中午过后收摊，地面上便留了满地的油纸袋、塑料袋，还有些干掉的葱花、碎的饼屑。

李虎把烟头咬在嘴里，火星子一上一下，晃动翻飞。地扫了一半，烟抽完了，他把烟头用脚捻灭，一并扫走。嘴里开始闲了，手上便没了耐心，大致一扫，糊弄过去。

李虎倒了垃圾，回到屋里开始烧水。他守着炉灶，一壶接一壶，统共灌满了六个暖瓶，将最后剩下的一壶底热水，灌进了自己的茶缸里。

陈茶凝在了杯底，热水一浇，又袅袅地漂起来。

李虎抓着茶缸出门，在几步远的一家店里吃了碗过油肉拌面，就了瓣蒜，吃得舒坦。

吃完他又踅进麻将馆隔壁的彩票店里。

苗成伟窝在椅子上，面前电脑屏幕播着香港武侠剧，手里打着王者。店门响了一下，苗成伟抬头看到是李虎走进来，注意力又迅速回到手机上。

李虎站定在小黑板面前，研究着上几期的中奖号码，用铅笔在便利贴上写写画画。他琢磨了十来分钟，终于定下了一组数字，出了口气，将便利贴一撕，交给苗成伟。

"买上二十的。"

苗成伟应了一声，在手机屏幕上一个劲儿点着请求集合。

李虎又说："我去接人了。"

苗成伟这才说："去吧，我打完这把就过去你店里盯着。"

李虎点了点头，看到苗成伟的手机界面一下子灰了。李虎说："下波团战你出个名刀，打后手，别抢先就上。"

苗成伟磨牙："出什么都没用，垃圾辅助不跟人。"

李虎又看了会儿，从兜里摸出车钥匙，抓起茶缸出了彩票店。

李虎一路开着面包车，停在了高中对面，看了眼时间，离下晚自习还有十分钟。他靠在车门上。

不远处的教学楼轮廓在夜幕里很模糊，几乎每扇窗口都明晃晃亮着灯。早上的学校会显得热闹一些，有诵读的声音，有讲课的声音，预备铃不久就紧接着正式铃。晚上就很静谧了。

不过也对，晚自习那些学生们都把当日知识往脑子里灌，李虎想，吸收东西的时候，是该安安静静的。

李虎弹了下火星，继续望着校园看，他感受到那里充满了某种气氛，很干净，很舒服，使他愿意目不转睛地看。

夜晚冻手，但是无风，一缕烟雾在他指尖直直向上飘着，拉得细长。

放学铃后，教室窗口里的人影开始晃动，没多久，走读的学生陆续走出校门。

　　两个学生过马路找到了面包车，冲李虎打招呼："虎哥!"

　　李虎一点头，搓搓手，钻回了驾驶座里。

　　李虎的面包车改装过，后两排都是长条座椅，加上副驾驶，能坐下九个学生。不过这学期他的车只拉顺路的六名学生，其余还有几个家长找他，但绕路太多，他都给推了。

　　早上送一趟，晚上接一趟，每个学生每月二百。这是李虎在开麻将馆之余另挣的外快。

　　没多久学生一一从推拉门上了车，李虎一边给车打着火，一边从车后视镜里点了一下人数。

　　这一点，他数出了七个人。

　　不算他自己。

　　李虎皱了下眉，扭头看车座，发现后排座中央，坐着一个他不认识的女学生。

　　那女生抱着书包，手掌缩在宽大的校服袖子里，马尾辫松松的，一双大眼睛看着他，却像是在想事情，并不主动说话。

　　李虎只好说："你，不是这个车的。"

　　那女生没回答，前座一个短发女生替她说："虎哥，她是我同学，也是走读的。她家搬家了，以后想跟我们车回家。"

　　李虎问那女生："你家在哪儿？"

　　那女生回答："光明小区。"

　　倒确实是顺路。李虎想了一下，把一个硬壳本从抽屉里拿出来，翻开一页，递过去："把你名字、住址，还有家长的联系电话留一下。"

　　女生低下头，抵着膝盖写字，毛茸茸的碎发拂在脸上。

　　李虎接过本子，扫了一眼，然后说："刘少是吧？"

　　"……京沙。"

　　前座的短发女生哈哈笑了出来。

　　李虎又瞅了一眼，字体连笔，自己认错了。他没再重读这个名字，说："行，那你每天早上六点半在小区门口上车，晚上一放学就来这个位置找车。"

他又赶紧说："开车了，回家。"

　　面包车缓缓通过学校面前道路，融入车流里。李虎伸手加挡，杯座里的茶缸微微晃荡，他跟着前面的车尾灯走，脑中突然滑过碎发底下那双灵动的大眼睛——充满学生气，很干净，却又不只是干净。多的是什么，李虎不知道。

　　他品了品，突然感到那双眼睛，那副眼神，有点意思。

　　李虎不由往后视镜上一瞟，后面的学生有聊天的，有思考背书的，有插着耳机听歌的。

　　李虎的视线一下子又和她的碰上了。

　　那个女生向后靠着，透过后视镜，也在看着他。

　　她不是在看前面的窗外，也不是在发呆，而是直接地打量着他。与他对视上的那一刻，她若有若无眨了下眼睛，轻轻笑了。

　　李虎移开了目光。

　　李虎看着车前道路，面色如常，杯子在右手旁咯噔咯噔震动。等红灯时，他听到短发女生转头问后排："京沙，你物理作业大题写完了吗？"

　　他的耳朵也收到了京沙的回答："我借到了，还没抄完，在我书桌里没带回来。"

　　"那你明天早自习给我看一下吧。"

　　"好啊。"

　　都是孩子，普普通通的孩子，每天应付作业就是顶天大的事情了。还是学生时代好啊，日子多么单纯。

　　李虎这样想着，认真开车，没有再抬头看后车镜一眼。

　　有人说，判断一个人是否喜欢你，要主动与他对视。如果视线相触，他目光躲闪，那他应该就是喜欢你。起码，他对你有好感。

　　是这样吗？不，不会是这样。

二

李虎把学生一一送到小区门口，最后一个男生下车，钩着书包冲他摆手："拜拜虎哥。"

李虎跟他说再见。

他完全降下车窗，一拧方向盘往麻将馆开去，夜风呼呼吹僵了他的左脸。

停车进店，李虎看到苗成伟坐在墙边椅子上打游戏，麻将桌已经坐满两桌。

苗成伟目光不抬，伸手一指："开桌时间我记本上了。"

李虎点头，问他："吃点夜宵？"

苗成伟说："不了，晚上吃得撑。"

苗成伟打完手上这把游戏，就抬步回隔壁彩票店了。

李虎拎起一只暖瓶，给两桌人添水，没过多久，桌上有个人接电话有事离开了。李虎便坐下顶了他的位置。

刚开始他手气不行，给另外三家一家点了一炮，深夜里有些倦了，牌运倒是好起来了。

最后统算，赚了四十多。

后半夜里，李虎走到楼上，沾着枕头刚闭上眼睛，闹钟就响了。

他洗了把脸，开车去接学生上学。

快到光明小区门口时，他一眼看到了京沙。

她站在花坛边上，抓着书包肩带，轻轻歪着头，看着车来的方向。

她的书包很大，粉蓝色的，鼓鼓囊囊的，压在她肩头，看着就沉。

李虎突然想到了昨晚车上的对话，女同学问她借作业，她说在课桌里没带回来。

这么大的书包，却没有装尚未完成的作业，那装了些什么呢？

李虎不知道，自己为什么对这个女孩的事情存了多余的关心。

车里其他六个学生，李虎接送了大半个学期，只知道有一个男生是尖子班的，其他几个学生成绩都不太好。

再多的，他也不了解了。

面包车一停一开，京沙在后排坐下。

李虎拐过路弯，随口说："很准时啊，不用我打电话催。"

京沙笑了一下："嗯，你也很准时。"

李虎瞥了一眼仪表盘上的时间，6：32。

他又说："一个月二百，你同学跟你说了吧。"

京沙问："是月底交吗？"

李虎嘴唇动了一下。

京沙又说："我月底交可以吗？"

今天已经是21号了。李虎瞟了一眼后车镜，又看着前面点了下头："行。"

李虎的生活很平静，好像一直就这样了，早晚蹬几脚油门，平时开开麻将馆，没什么大变化。多接送一个漂亮的女学生，似乎也带不来大变化。

李虎发现问题，是一周之后的晚上。

那天他们几个兄弟约着，在麻将馆附近的烧烤店吃夜宵。点好了烤串和啤酒，李虎回自己车里取之前买好的白酒。

他拎出酒盒，然后"哐"地合上后备厢，晃着车钥匙准备走的时候，余光一扫，看到车子的推拉门有一道小缝。

李虎伸手一拉，车门就开了。

李虎皱了皱眉，以为自己没锁好车。他准备把车门合拢，手停在门把手上，顿了顿，心里一个念头莫名动了一下。

李虎把车门完全拉开，探头看进去。

车里黑漆漆的，一点光也没照进来，李虎掏出手机，往后座上一照，一眼就看到了一个粉蓝色的大书包。

再往下照，李虎看到了一个毛茸茸的脑袋顶，在光线里不安地动了一下。

李虎张了张嘴："你……"

下一秒，他看到京沙小心翼翼抬起头来。

李虎有点蒙，感觉舌头也木了："你……在车里干什么？"

京沙像是被逮到了，神情慌张，同时又眯起眼睛，伸手挡这突然的光线。

李虎把电筒移开，问她："你怎么没回家？"

紧接着，他又说："你不是在光明小区下车了吗？"

京沙没有说话，不过李虎连续问了几句，心里却大概明白是怎么回事了。

夜里的风吹着车门，发出空洞的瑟瑟响声。

李虎一手扶着车门，一手举着手机，等了一会儿，手机屏幕自动熄灭了。李虎再次按亮手机，又说了一句："你……"

他倒是不知道说什么了。

京沙接着他说："你，就当没看见我行不行？"

李虎反问："当没看见？"

京沙声音低了一下："虎哥，我明天早晨还要上课呢。"

李虎站在车门口没动。

京沙声音更低了："我月底再多给你二百块钱行不行？"

李虎问："多给我二百？"

"嗯。"

李虎感觉哭笑不得，他仰头吸了口气，感到夜空里有细细的味道，像是不远处的烧烤摊，又不太像。

李虎仰头思考了片刻，再低头时，已经做了决定。他说了句："那你睡吧。"然后伸手拉上了车门。没完全关拢，留了条细缝。

车里那个身影很白，毛衣是雪白的，脸也是，缩在两排座椅的空隙里，像是路边没化净的积雪一样。

车门关上了，他也还能看见。

有人长出了一口气，李虎不知道是车里的人，还是他自己。

三

李虎把两盒酒放到饭桌上，伸脚钩过塑料椅子，坐下了。

苗成伟推过盘子："肉串都凉了，拿个酒这么慢。"

李虎说："我想顺路买点熟食，切份猪耳朵啥的。"

桌上其他人问："猪耳朵呢？"

李虎说："晚上店关了。"

有人伸手拿酒："想也是，咱们点的串够了，吃俩毛豆就行。"

一瓶白酒下了大半，一人卷着舌头探头说："虎哥，你再讲讲你之前在东北混的事呗。"

李虎说："就那么点事，都讲过了。"

"没啊，你就说你在东北开网吧时认识了个漂亮女人，好上之后发现她有孩子，是个闺女，像个爱笑的小天使，甜甜地叫你李虎爸爸。再后来，你发现那女人有个浑蛋老公拖着不离婚。"

李虎用筷尖挑生蚝壳里的蒜末吃，抿着说："对啊，你不是都听过了。"

"你说那男的浑得很，那女人一提离婚，那男的就把女人打得鼻青脸肿，连闺女都一起打。你叫那女人带着闺女躲远了，然后自己挑了一天蹲在半路把那男的狠揍了一顿。"

"嗯。"

"你就讲到这儿啊，然后呢？"

"然后那男的叫人把我的店给砸了，都是道上的人，我不好待那边了，就来这边了。"

"那女人呢？"

"那女人挺好。"李虎把生蚝壳从盘子拨下去，说，"最后也离成婚了。"

苗成伟问："你和那女的，也不联系了？"

李虎说："我都不在那边了，那边的店也没了，联系她干吗？"

桌上有人"哧"地笑了一声："情种。"

李虎没否认，只是说："我现在做事就一条标准，不要冲动。要不就聪明点。"他抓起酒杯，看着晃了一下，过了几秒重复，"反正就是别瞎冲动。"

说完他一口把酒灌了，像是把这句至理名言一起吞下了肚。

第二天清早，李虎抓着茶缸出门。

他在车边蹲下，看清车门角落处塞了一块叠起来的卫生纸，这样即使关上门，也锁不上。他又站起来，直瞅着车门，好像面对的是薛定谔的面包车一样。

终于，他一把拉开车门，后座已经空了。

李虎依次接上学生，开到光明小区时，京沙站在门口的花坛边上等着。

她的大书包搁在一旁，一只脚踮着，另只脚悬空，轻盈得像只小小的雀鸟。

李虎透过玻璃瞅着，慢慢把车停下。

车里几个学生正在聊天，京沙上车后，也跟他们一起聊了两句。

李虎从聊天内容听出来，学校快要考试了。

到了校门口，学生一一跳下车，李虎伸手摆弄空调。京沙拖到最后一个下车，在门口停顿了一下，伸手从椅背后递过来一瓶茶饮料。

李虎手上停了，扭过脸来。

京沙冲他笑了一下："虎哥，我看你爱喝茶。"

李虎又看了她一眼，然后伸手把饮料接过来，点了下头。

马路对面的教学楼里，预备铃打了，上课铃也打了，校园里变得空荡荡的，一个学生小跑过去，就特别显眼。

李虎把空调修了修，又把收音机调了调，最后拿出硬壳本，翻到京沙的字迹。

他用手指挲着那行家长的联系电话，拨了过去。

电话通了，一个男声说："喂？"

李虎说："你好，是京沙父亲？"

男声说："你打错了吧。"

李虎接着说："你是住光明小区，孩子在××高中上学吗？"

男声说："哪儿跟哪儿啊，大哥，我也刚高中毕业啊。"

李虎脑袋上下动了一下，冲电话说："知道了，对不住，打错了。"

挂了电话，他把手机装了，本子合了，一转方向盘回去。

晚上再来学校接人回家，短发女生下车了，说："虎哥拜拜。"李虎说："拜拜。"尖子班男生下车说："再见虎哥。"李虎说："再见。"到了光明小区，李虎把车停。京沙猫着腰拉开车门，说："虎哥再见。"李虎轻微"嗯"了一声。

李虎店门口经常有野猫过来找食，都是黄白花的，分不清是同一只猫吃不够反复过来，还是不同的猫分批次前来。

不过它们都有一个共同的特点，有人盯着它们的时候，它们就僵住了。人一靠近，它们就逃走了。只有人们目若无物地走过去时，它们才能安然进食。

李虎把面包车停在老地方，披着夜色走回麻将馆里。

今天是周五，店里人聚得多，两张折叠桌都支开了，五桌同时开牌，还有不少站着看的。

墙角暖壶的水都被倒空了，李虎又一壶一壶烧好灌满，挨桌倒水。

周六高中还是正常上课，闹钟响，李虎起床送人，晚上睡醒后又开车去接。

五个学生依次上车了，等了约十分钟，短发女生才匆匆跑过来。

李虎见她是一个人，刚想问，她开口说："虎哥，京沙说今天不用等她了。"

李虎问："她有地方住？"

短发女生愣了一下，没想到他这么问，一般人会问京沙有什么事，或者问是否有别人来接的。短发女生慢吞吞回答："……她应该，有吧。"

尖子班的男生转头问："不是走读生不让住学校宿舍吗？"

短发女生赶紧给他使了个眼色。

李虎看着他们的小动作，又说："我给老师打个电话确认一下吧。"

短发女生赶紧道："不用，虎哥，京沙专门让我跟你说的，说不用等她了。真的，她专门让我跟你说的。"

李虎侧着身子，头靠在座椅背上，他目光向下动了一下，说："那行吧。"

他打着车子："开车，回家了。"

车在路上跑着，他耳尖地听到后排窸窸窣窣的聊天。

有人问短发女生："京沙她又……"短发女生小声说："嗯，今天不是周六吗，人来校门口堵她了。"

"那她……"

"哎，别管了……"

送完学生，李虎把车停回家。

他站在麻将馆门口，晃了两下车钥匙，没进门，又转身走回来了。

李虎原路返回，开到学校对面，马路上已经没什么车了，他三步并作两步走过去。

学校大门口一片静谧，老树都叠在一起，姿态歪扭，猛地一看像是有人，但其实并没有。

李虎沿着花坛往学校侧门走，风在树的暗影里穿梭，回响反衬出夜的寂静。

　　离着侧门有十来米，李虎停下了。

　　他看到了五六个学生聚在那边，吵吵嚷嚷。

　　李虎叼上根烟，眯起眼睛，分辨出京沙被推推搡搡地围在其中。

　　他站在原地，喷云吐雾了一会儿，然后把烟头一丢，走了过去。

四

那帮学生见李虎走过来，以为是路人经过，先暂时安静了一下。

李虎走到他们跟前，却停下了。

一个小青年拿眼瞟他："你干啥？"

李虎笑了下，感到嘴里的烟味淡了，灌了一嘴冷风进去。他指指面前说："五个男的欺负一个女的，觉得自己挺酷？"

小青年说："你管这闲事干吗？"

京沙站在路边，手里拽着书包带子。她粉蓝色的书包里的东西都被倒出来了，铺散在昏暗的路灯底下，没有几本书，却有许多件衣物，还有些生活用品。

李虎看向小青年："问你呢，是不是觉得自己挺酷？"

小青年说："你哪只眼睛看我欺负她了？"

李虎说："两只眼睛不够使怎么的？"

京沙手里动了一下，把书包抱在怀里。她抬起眼睛，小声叫："虎哥……"

小青年眼神变了一下，说："哟，认识啊。"他往前走了一步，看着李虎的脑袋，"这是找帮手来了啊。"

李虎不知道京沙欲言又止，是想说什么。他隔着人问京沙："你们学校没人管？"

京沙说："他们不是我学校的。"

李虎脑袋点了一下，又问她："什么事？"

小青年扑哧笑了："怎么着，还聊上了？"他盯着李虎，"你不知道什么事是吗？"

李虎看向他："那你给我说说。"

小青年说："老大送她一根项链，拿到项链她人就消失了，有这样的吗？"

"人人找不见，项链又死活不拿出来，怎么着，就这样要无赖？"

李虎站在那里，没说话。

空气干干地冷，小青年们都穿得厚实，鼻子里冒着白色热气。李虎看到京沙脑袋埋得更低了，身体微微发着抖，手揣进了书包里。

同时，李虎看到她的毛线手套里握住了一柄闪着寒光的利器。

小青年鼻腔里哼笑一声："说真的，这样满嘴是谎的，我们老大也不稀罕交。怎么着，哥，你上赶着被骗啊？"

京沙胳膊往外抽动了一下。

李虎大步过去，抓住她的胳膊，往后一带。京沙惊诧地抬眼看他。

李虎手上抽走她手里的小刀，丢回书包，拦在她的前面。他的后腰结实，像一堵墙。

小青年们围近了一步，李虎笑了一下，对他们说："你们对社会的理解，还挺独到啊。"

小青年斜睨着他。

李虎说："没追到人，礼物得还回去，是这意思吧。"

小青年反问："怎么？"

李虎说："不怎么，你们想得对，项链，得还。"他嘴里"嘶"了一声，像天气冷着了，接着他眯缝起眼睛看了看天空的月牙，说，"明天学校休息，周一晚上来拿吧。"

小青年："你想直接把人带走？"

李虎说："包你们也搜过了，东西扔一地，项链她今天没带过来。"他偏头一指学校院墙，"庙在这儿呢，跑不了。"

小青年问："周一再不还怎么办？"

李虎说："不怎么办，说了周一还，就是周一还。"他从兜里摸出烟盒，摇了摇问，"几位抽烟不？"

月亮有时藏在积云后面，有时又从缝隙里露出来，有些暗淡，光有点冷。

小青年骂骂咧咧地离开后，李虎站在人行道上抽烟。他深吸了几口后，对京沙说："收一下吧。"

他看着地上散乱的物品，说："装起来，走了。"

京沙蹲下来，把所有东西一股脑塞回书包。李虎跺灭烟头，把手揣进兜里，朝车子走回去。

车在路上跑着的时候，李虎突然问她："你怎么洗澡的？"

京沙问："啊？"

李虎眼里瞧着路边一排排晃过的路灯，说："我看你头发挺干净，还带香味的。"

京沙说："我中午的时候溜去澡堂里洗的。"

"学校外面的？"

"嗯，午休的时候，过了饭点，门卫就管得不严了。"

李虎又说："项链明天还给人家吧。"

京沙说："我还不了。"

"怎么的？"

"卖了。"

李虎瞥了后车镜一眼。

京沙说："月底得给你车钱。"

李虎问："卖到哪里去了？"

"商场一楼芙蓉饰品的柜台。"

"卖了多少？"

"一千。"

"多少钱买的？"

"不知道。不是大品牌，项链带几颗小钻，真钻。"

李虎点点头。

车子径直开过光明小区，在麻将馆前边停下了。

京沙背上书包，跳下车子，用脚踢掉了门边卡着的纸，将车门关紧了。

李虎把车钥匙扔进兜里，手揣在里面问："饿了没？"

京沙走过来，拨了一下肩膀上的头发。

她的眼神在夜晚亮晶晶的，脸颊像是冬夜里柔韧的野花。

李虎说："饿了，就找地方吃点夜宵。想休息，我就给你找个床睡。"

京沙看着他，微微笑了一下："这么晚了，虎哥，吃东西对身体不好。"

五

李虎用肩膀顶开门帘，走进麻将馆里。他指着墙根的椅子："坐那里能连上隔壁的网，远一步，就没信号了。"

京沙说："虎哥，我没有手机。"

李虎"嗯"了声，继续往屋里走。围桌坐的都是老烟枪，烟气浓得都发白了，李虎环顾一圈后，兜着烟雾走向楼梯："那上楼吧。"

走到二楼床边，李虎打开衣柜，看着里头："被子盖不盖都行，这楼上热。"

京沙说："我怕冷。"

李虎说："那行，给你拿床厚的。"

他掀开上面两层，把一床棉被从底下抱出来，搁在床中央。

京沙贴着床边坐下，伸手摸了一下柔软的被面。

李虎说："楼下有光，这上面的灯就别开了，太刺眼。"

京沙说："我喜欢黑。"

李虎说："行，那你睡吧，我下去招呼了。"

京沙抱住那床被子，忽然出声说："虎哥，我不是坏学生。"

李虎说："不是就不是呗。"

京沙说："我真不是，我曾经是想上重点大学的。"

李虎稍微笑了笑，问："怎么是曾经呢？"

京沙说："这几个月，忽然就跟不上了。"

李虎站在楼梯口，看着她，然后说："明天好好上学吧。"

京沙说："明天周日，不上课。"

李虎说："那正好，睡个懒觉，一周只能睡这么一回。"

京沙没说话，过了一会儿，低下头开始解鞋带。

李虎跟她说："作业自己做吧，别抄同学的，把学认真上出来。怎么也不能耽误这个。"

京沙脱了一只鞋子，解另一只的时候，李虎下楼走了。

第二天早上，李虎从硬板桌上爬起来，把合在一起的两张麻将桌搬回原位。他扭扭脖子，打开店门，眯缝起眼睛看了看太阳，又看了看门口的早餐摊。

李虎要了两个石头饼，抽完烟，饼也好了。

他靠在墙边咬饼，看到人行道树坑底下，一只花猫张望着他。

李虎把第二个饼咬了两口，从里面抽出一截火腿，问花猫："吃不？"

花猫远远盯着他。

李虎拎着火腿冲它抖了两下，然后扔在地上。

这时，身后有人跟他说："你别瞎喂，小心吃过一次就不走了。"

李虎回头，苗成伟靠在店门口的玻璃上。

李虎说："这猫一直在这片晃悠。"

苗成伟说："野猫都喂不熟的，没用，一靠近还会挠你。"

李虎随意搭了声，回头看，火腿已经被叼走了。他把最后两口饼咬进肚子里，走进彩票店，跟苗成伟说："我再挑组号码。"

买了彩票，李虎揣着兜去开车，苗成伟叫他说："你店门开着呢。"

李虎说："知道。"他又说，"开着透透风，你别管了。"

中午，李虎回来了。他走上楼梯，看到京沙坐在床上看书。

她背冲着楼梯，被子垫在腿上，书搭在被子上。肩胛骨支棱出瘦削的形状。

李虎又下了楼，没一会儿，拎了一盒炒面回来，放在床脚。

京沙凑过去，拆开塑料袋，打开盒盖。她抬脸问："虎哥，你吃一半？"

李虎说："我吃过了。"

京沙捧着饭盒环顾："那我？"

李虎说："坐床上吃就行。"

京沙点点头，拆开一次性筷子。她坐在床边大口吃面，绷直脚面，小腿轻盈地翘起来。

傍晚，店里坐满了。李虎没机会上桌，站在人群后揣手看着。

他看的这老头打牌不太用记性，只按自己的路数走，摸牌瞅一眼就扔，也不管别人要不要。一张幺鸡丢出去，李虎眼角抽了一下，果然，给对家点了炮。

老头骂骂咧咧把钱拍出来，摸了摸兜，转头问李虎："你这儿卖烟不？"

李虎转过去一步："抽什么烟？我去旁边给你买。"

李虎买烟回来，看见老头又趴桌子底下去了。李虎问："咋了？"

老头说："掉了张麻将，不知滚哪儿去了。"

李虎拽拽他的肩膀："你起来，我给你找。"

李虎把烟盒从兜里掏出来，摆在桌上，然后猫腰去够麻将牌，他裤兜里还有另一个方块盒子，硬硬地硌着他。

李虎站直起来，把麻将牌丢在桌上。他又站回人群后面，一场牌局没瞅完，就转身上楼了。

京沙坐在台阶中间，借着楼下的光亮看书。光线被人影挡住了，她把书扣在一边，抬起脸笑："虎哥。"

李虎把项链盒子掏出来，轻轻搁在她的书本上边。然后他说："咱们，聊聊吧。"

京沙问："聊什么？"

李虎说："你父母呢？"

京沙望着他，没说话。

李虎紧接着又问："你家，不是光明小区的。你自己家住在哪儿？"

京沙说："我家，有点远。"

李虎手里烟灰一弹："远没事，在哪里？"

京沙顿了一下，把书包从身后拎过来："虎哥，我把项链卖的一千块钱给你吧。"

李虎说："别跟我整这个。"

京沙低着头，并没有掏钱，打开项链盒子看了眼，然后迅速塞进了书包里。

李虎看着她的举动，忽然又问："你爸呢？"

京沙不说话，李虎问："为什么没人管你？是家里出了什么事？学校知道你的情况吗？"

一连串问题，回答他的，只有女孩埋低的毛茸茸的头顶。

李虎脑袋一低，转身就走："行吧，明天我去问你老师。"

"虎哥。"

京沙伸手拽住他的胳膊。

李虎站住，京沙坐在楼梯上仰起头，轻轻换上一副笑脸："虎哥，车里的同学都说你是个好人，大家都愿意坐你的车。可是，我觉得他们不了解，你其实也挺凶的，是不是？"

京沙把书包搁回地面，重新拉起他的衣袖。

"你的胳膊上有道刀疤，开车的时候我看到了，昨晚你拽我的时候，我也看到了。"

李虎站那儿没动，任由她撸起衣袖，挽到小臂处。他低眼看着，这时才说："不是这只胳膊。"

京沙恍然醒悟，又拉起他的另一只胳膊。她把袖子一节节挽起，直到看到一道粗粗的疤痕露出来。

京沙往前摸了摸那个疤痕："虎哥，你打架也挺凶的，是不是？"

李虎后背紧了一下，立即把胳膊抽了回："什么意思？"

京沙凝望着他，过了几秒钟，将双脚立起来，开始慢慢卷起自己的裤管。她穿的看似单薄，其实还挺厚的，校服裤子里面还有绒裤，绒裤里面还有秋裤。

京沙把它们依次卷起来，直到露出了布满青肿伤痕的两条小腿。

李虎愣了，直直上飘的烟雾中，京沙继续挽起自己的袖管，她纤细的手臂也同样带有青紫不均的伤痕。做完这一切，京沙安静地看向他，这些原本隐藏起来的皮肤，此时仿佛一齐不安地发起抖来。

（六）

此时窗外车灯晃过，映在墙上的影子忽大忽小。楼下搓牌的声音像是脆生生的爆竹。

李虎感到头脑被灌了热血，脱口问道："你爸打的？"

他接着又看向京沙的脸："所以你从家里逃出来了？"

京沙绝望地笑了一下，她的眼睛又黑又亮，像是默认了一切。

李虎把烟头扔了，用脚碾了碾，沉默了好一会儿："那你……我去给你找点药膏，京万红管用吗？"

京沙轻轻地叫了声："虎哥。"

李虎说："嗯？"

京沙把头抬高，跟他说："我爸，其实现在在医院里。"

"病了？"

"他喝多了，打了我，然后从二楼踩空掉下去了。"

李虎问："能治吗？"

京沙说："之前说醒不了，但是上周他突然醒了。医生说，醒了，就是好了一半了，再过几天就可以出院了。"

李虎问："这是好事坏事？"

京沙说："那天他喝多了，他可能记错自己是怎么掉下去的了。"

李虎明白了些，小声问："你推他了？"

京沙说："没有。"她轻声说，"我是怕他记错。"

李虎低头瞅她，她细软的发丝带着一圈昏暗的光泽。

然后她脑袋朝旁边歪了下："虎哥，你坐下吧，你一直站着，我有些害怕。"

李虎没有动，京沙又说："虎哥，你是不是想抽烟？你床头抽屉里有。"

李虎说："不用，不抽。"他在低一阶的楼梯上坐下了，隔了好一会儿，扭过头问，"那你妈呢？"

京沙说："她不在了，去年的事。"

李虎问："怎么的？"

京沙说："其实我从小没见过我爸，他欠了钱跑路了，我一直跟我妈一起生活的。但是去年我爸突然回家了，他回来没多久，我妈就出事了。"

她接着又说："虎哥，我其实跟我爸不熟，就跟陌生人一个样。"

李虎低低"嗯"了一声。

京沙突然问："虎哥，你是不是不爱听我讲这些？"

李虎说："没有。我问的，你该讲一讲。"

京沙说："那虎哥，你跟我说点轻松的吧。"

"想听我的事？"

"嗯。"

李虎想了想，然后说："我喜欢买彩票,每期不落。"

京沙轻笑了下："那中奖了的话，你想做什么啊？"

李虎说："其实没想好。"

京沙说："总得有个目标，有个盼头啊。"

李虎说："我就是喜欢那串数字，感觉变化挺多，挺奇妙的。"

京沙说："我要是有很多钱了，就去外地上大学，在学校附近租一个房子，再养一只狗。"

李虎屁股稍微挪动了一下，然后开口："我要是有很多钱了，就回东北开店。"

京沙问："你以前在东北？"

李虎说："之前在黑龙江那边。有钱了再回去，我就能站稳脚了。"他说完话，感觉嗓子有点干，喉咙动了动，说，"把抽屉里烟盒给我。"

京沙站起身，从抽屉里翻出烟盒，抽出一根点燃了。

她把烟送到他嘴边。借着微亮的火星，李虎看到她的面孔，年轻纯净，像是盛开了一半的花苞。

李虎没有起身，直接把烟叼上了。

京沙贴着他坐下了："其实，我妈走之后，有一大笔保险，但是不归我。你说，我爸都走了十多年了，他们怎么能没办离婚呢？"

李虎缓缓吸着烟，没有说话。

京沙摇了下头："算了，不说我的事了。"她开始慢慢把自己的袖口放下来，裤管也放下来，碰到伤口，嘴里"嘶"地抽了口气。

李虎把嘴上烟摘了，站起身说："我下去给你找点药。"

"不用，虎哥。"京沙说，"我出去洗个热水澡就会好多了。"

李虎说："不用出去，店里可以洗。"

李虎走下楼梯，一楼拐进去的炉灶后面有个小隔间，是卫生间。李虎把电热水器给预热了。

京沙洗澡的时候，李虎倒了杯水喝，又上楼找烟。

他从楼梯上拾起烟盒，走了两步，又拾起京沙的书包，拎的时候拿反了，里头东西都翻了出来。

李虎弯下腰一件件捡回去，其中有个小红本的学生证，照片里京沙脸蛋稍圆一些，比现在还稚嫩上几分。他仔细看了一遍，把学生证合拢，看到地上还落着一个塑料袋。解开袋子，里面毛线手套包着一把折叠水果刀。

李虎忽然回忆起那天晚上的细节。当时在学校侧门口，她隔着手套握起了这把刀，然后他伸手，把刀拿了下来。

李虎打开阁楼的灯，炫目白光下，不锈钢刀柄上清晰地保存着指纹。李虎看着，胸腔里闷哼了一声，像是笑了下。然后他把袋子重新系好，塞回书包里。

京沙洗完澡，擦着头发走上楼来。她眯起眼睛说："虎哥，你这二楼的灯还真挺亮的。"

李虎说："是，瓦数买大了。"

京沙说："我有点渴了，有水吗？"

李虎把杯子拿起来："给你倒了杯。"

喝完一杯水，京沙缩回床上，说："虎哥，能把灯关了吗？"

李虎站在楼梯口，没动。京沙又抬脸问："你要下楼去？"

李虎："对。"

京沙望着他："能把灯关了吗？"

李虎点了下头："好。"他伸手关了灯，说，"你睡吧。"

他下了一节台阶，又说："明天周一，要上学了。"

七

隔了两天，到了晚上兑奖的时候，李虎踱进彩票店，和苗成伟一起盯着电视。号码摇完了，李虎转身拿过铅笔，在废彩票纸后面又写了一串新号码。

"买这个。"

苗成伟笑："还不知道这回中不中，就已经想好下回的了？"

李虎说："忽然想到的。"他转了两步，看着店面墙上挂着的横幅"热烈祝贺本站陈先生喜中体彩大乐透二等奖108万"，多看了两眼，不禁问，"这是真事还是假事？"

苗成伟说："嗐，就是个噱头，吸引一下生意。"

李虎说："别说，有零有整，看着还挺真。"

苗成伟说："我跟别的店学的，那家店写的是一等奖508万。"

李虎咧嘴笑了下，点头说："我该去接人了，记着给我买20块钱的。"

苗成伟翻看他写的号码，末尾12、27两组数字，问："这是哪来的灵感？"

李虎说："一人的生日。"

"哟，这不快过了吗？"

"嗯。"

李虎到高中门口接上学生，挨个送回家，最后开回麻将店门口，车里只剩下京沙一人。

京沙跳下车，忽然问："虎哥，你明天晚上有时间吗？"

李虎说："就是看店，怎么了？"

京沙说："我想去医院……看看我爸。"

李虎问："你明天不上学吗？"

京沙说："我晚自习可以请假，提前走。"

李虎想了一下，问："几点走？"

京沙说："五点四十五。"

李虎点头："行，到时候我去接你。"他没等京沙道谢，直接迈步往回走，"赶紧进屋，外面太冷。"

第二天傍晚，李虎接上京沙去了城南医院。

医院是老楼，离远看去，砖瓦陈旧。停车位也不够，李虎找了一圈，把车开进了半条街外的巷子里。

停好车，他转头看京沙："别背书包了，怪沉的。"

走到医院门口，李虎问她："你跟你爸姓吗？"

京沙"嗯"了一声："他姓京。"

李虎点头："你先上去吧，我看看附近有卖什么吃的。"

李虎走过几家店，看到了一家饺子馆，透明玻璃，里面几个身穿白色厨师服的人正在包饺子，饺子大肚，看着挺香。李虎想着一会儿叫着京沙一起吃。

他又走回来，在医院门口的水果摊上买了一串香蕉，拎着走向病房。

还没走到门口，李虎就听到门里传来大骂声，粗鄙难听。他透过门上玻璃，看到京沙被床上的人紧紧揪住衣领。

李虎拉开门，下一秒，京沙被推搡过来，一头撞在门上，倒在他脚边。

李虎伸手托住她的头，京沙抬起脸，眼里蓄满了惊慌的泪。李虎没吭声，把她扶了起来。

病床上的男人一身腱子肉，除了手背上连着根输液管，一点病人架势也没有。他脸上和胳膊上的擦伤，简直像是他独有的装饰品。

他握着栏杆坐直起来，看了李虎两眼，骂骂咧咧："在哪儿又找了个男人撑腰？"

李虎说："京哥，这里都是病人，小声点。"

京哥一拍栏杆："哎，我没报警就够意思了，还叫我小声点？"

李虎说："自家父女，什么报不报警的。"

京哥指着京沙和李虎："少在这儿耍嘴皮子，我告诉你，也告诉你，我在医院这几天花了两万块钱，还有那什么精神损失费，一共五万块钱，少一分我就报警。"

京沙靠在门上，抬起眼睛冲他说："我妈死之后的保险，你不是都拿走了吗？"

京哥说："咋着？那就是分给我的。"

京沙说："我妈怎么死的，你以为我不知道吗？"

京哥说："她自己想不开自杀，你知道什么！"

京沙说："我妈不会自杀的！"

京哥啐了一口："你给我闭嘴！"

京沙眼泪一下子流了出来，她哭喊着说："我妈她不是自杀的，她还没看我上大学呢，她舍不得自己走！"

京哥咣当一跺床，差点把输液架给掀了，他瞪着豹眼说："反了你了！你等着，后天老子就出院了，老子不用报警了，给钱老子也不要，老子自己撕烂你的嘴！"

京沙转身贴在门上，悲恸地大声哭泣。

李虎扶住她的肩膀，她的肩薄得像屋脊下的冰凌，不住地发着抖。李虎拍了她两下，然后对床上的京哥说："行，我知道了。"

京哥直接把一只杯子掷过来："你知道什么！"

李虎丝毫没躲，玻璃杯直接砸上他的额头。或许流血了，或许没有，李虎没有伸手摸。

京哥瞪眼喘着粗气。

李虎走过去，把一串香蕉轻放他的床头柜上，说："五万，我知道了。"

李虎带着京沙离开医院，回到麻将馆里。

京沙眼睛已经干了，缩在床上，有点空洞地望着自己的脚尖。李虎靠墙站了一会，看了眼手机，说："快九点了。"

京沙抬起眼睛，对他说："虎哥，他不光是要钱，他出院会杀了我的。"

李虎没有说话。

京沙绝望地笑了一下，像是对自己一样低声说："他真的会杀了我的。"

李虎说："我该去学校接人了。"

隔了不到一小时，李虎回来了。

他走上楼，衣服上还带着外边的冷霜。京沙缩在被子里，轻轻叫了声"虎哥"。李虎什么也没说，坐在楼梯上安静地抽烟。

楼下揉牌摸牌，连着打完了几场，李虎缓缓吐出一口烟雾，出声说："我取出了五万块钱。"

京沙片刻沉默，说："我还不起。"

李虎弹了下烟灰："总有希望的。"

京沙慢慢坐了起来，隔了会儿，轻声说："虎哥，我妈真不是自杀的。"

李虎说："你得有证据。"

京沙："光明小区旁边以前有片野树林，现在没了，现在是新修的高层，但去年还有，你知道吗？"

李虎"嗯"了一声。

京沙说："去年我妈被发现死在那片树林里，贴着路边，心脏插了一把刀子。"

李虎说："报警查了吗？"

京沙说："查了，警察说刀子上只有我妈一个人的指纹，那天又下了雨，地上什么痕迹也没留下。凶手还没找到，我爸和警察说我妈是自杀的。"

李虎突然扭头看向她："是去年春天的事吗？"

京沙说："对，怎么这么猜？"

李虎停了几秒，回答说："春天雨水多。"

京沙"嗯"了一声，又低低地说："我妈不会自杀的，她不会留下我一个人。我知道我爸在外面欠了钱，我妈一死，他正好用保险金来还账了。"

李虎忽然站了起来。

京沙望着他问："怎么了？"

李虎朝楼下走去："想起来没吃晚饭，我给你整点吃的。"

八

第二天，京沙背起书包上学。李虎钻进车门的时候，京沙像什么都没发生过一样，冲他笑了一下。

李虎送完学生，开车去了一家蛋糕店。

他走进店里，趴在玻璃橱窗面前挨个看生日蛋糕。

店员走过来："订蛋糕吗？"

李虎点头："嗯，我看看样式。"

店员问："什么时候要？"

李虎说："就今天，27号。"

店员问："几个人吃？给你推荐一下吧。"

李虎抬起头来，指着说："不用，就要这样的。"

那蛋糕是双层的，松软的奶油上布满了绿色花草，还有个巧克力装饰的小木屋，木屋周围还插着精致的小动物，比如小狗什么的。

店员记好单之后，李虎走出店门，站在大街上。

脚底下有点湿黏，积雪一半化了，一半脏了。李虎想不起来什么时候下的雪。

他抬起头，看到前边就是他和兄弟爱在那儿聚餐的烧烤店，现在店门关着，只有晚上热闹。他也想起不久前那天晚上，他灌下的那杯酒。

"我现在做事就一条标准，不要瞎冲动。"

自打从东北来到这边，他也确实一直是这样要求自己的，压抑自己的暴性子，碰到事情别瞎掺和，动手之前先动脑子，如此起码图个安稳。

可是，从昨晚开始一直绕在他脑子里的事情，又难以抑制地浮了上来。

去年春天，他刚改造好面包车，准备开始接送学生。那天晚上，他开车出门，想把各个小区多跑几遍，熟悉一下道路。

他开车经过光明小区，继续向前跑，这时女人呼救的声音从车窗灌了进来。

他减慢车速，朝野树林里望了一眼，黑黢黢的一片。他又侧耳听，除了女人的哀呼声，还有一个男人的低吼威胁。

他车子开到树林边上，停了一下，想了一下，然后重新开走了。

他记得车灯晃过那片树林的模样，枝丫弯曲，土地黝黑，像是罩着浓郁的雾。

李虎久久站在阳光底下，他朝远方看，街道一片清冷而模糊。

他突然觉得，自己已经在这条陌生的道路上徘徊太久了，这样下去，每一步就都变成了一种持续的负担。

李虎往回折回去，开车上路，来到了城南医院旁的巷子里。

他在车里坐了很久，一直到了傍晚，然后他往兜里揣了把东西，打开车门，朝医院走过去。

回到麻将馆门口，京沙迎了出来，李虎说："等一下，我拿个东西。"

李虎绕到车后，从后备厢里把蛋糕盒抱了出来。

京沙吃惊地看着他。

今天麻将馆没有营业，李虎走进店里，把蛋糕摆在桌上，然后转身关好门。

他走回来，把丝带拆了，盒子打开，在蛋糕上插上蜡烛。然后他掏出打火机，把蜡烛一根一根细致地点燃了。

李虎看着对面的京沙说："许个愿吧。"

京沙的眼神跟着蜡烛的火苗一样飘飘摇摇，她不可置信地说："虎哥，你对我真的很好。"

李虎说："买生日蛋糕就好？"

京沙慢慢地说："以前我妈带我，条件不好。我过过生日，但是我从来没吃过生日蛋糕。"

李虎说："那这回多吃点。"他低头看着蜡烛，说，"先许个愿吧。"

京沙刚要慢慢闭上眼睛，他又说："许个跟以后有关的愿望。"

京沙有些惊讶："啊？"

李虎说："别想着现在这些破事了，许个跟你将来有关的愿望。"

京沙闭上眼睛，想了很久，才许下一个愿望。她再睁开眼睛，眼眶已经红了。

李虎拿出托盘，给京沙切蛋糕吃。他在烛光里看着她，心里突然有点难受，原来有的小女孩吃着吃着蛋糕，就哭了。

李虎专注地看着京沙，觉得她的眼泪花真好看。

眼睛也好看，又大又水灵。

年轻的生命可真好啊。

他想起了当年那女人可爱的小闺女，曾经甜甜地叫他李虎爸爸。

她说："李虎爸爸是我心中的大英雄啊。"

李虎带着憧憬的笑容，一直看着京沙，直到门外遥远处传来他等待中的警笛的声音。

京沙有些不安地望向他。

李虎深深点了下头，从兜里掏出一个塑料袋。塑料袋里，毛线手套包着一把不锈钢折叠刀。

他把袋子放在桌面上，跟她说："这回别用了。以后也别用这个。"

京沙眼神晃动了一下，都是震惊。

李虎挑起叉子剜了块生日蛋糕吃，嚼了两口说："挺甜的。"

然后他又贪婪地挑起一大口，吃着走到门口，拉开店门迈了出去。

迎面扑来的警灯晃眼，他举起双手，听到身后京沙叫他："虎哥！"

她的声音在黑天底下摇动。

李虎从来没听到过那么清脆的声音，像百灵鸟一样好听。

但他没有回头。他眯起眼睛，看到了人行道，看到了面包车，看到了匆匆窜过的野猫，也看到了前方的巷口。

他感到自己仿佛换了一身新血，一下子活了起来。

阳光消失了，昏暗的光线底下，他从未觉得前方道路如此清晰过。

李虎自首后，被重伤的京沙爸爸也被警方控制，经审问，一切真相大白。